ISBN: 9781798278062

IMPRINT: INDEPENDENTLY PUBLISHED

Love has no age, no limit and no death.

John Galsworthy

KAPITEL 1

Lajanas Finger glitten über den fliederfarbenen Seidenstoff ihres Kleides; über die prachtvollen Stickereien darauf, hinauf zu der Korsage, die ihre Dienerin im Rücken schnürte und ihr dabei mit erstaunlicher Kraft die Luft aus den Lungen presste.

Es fühlte sich falsch an.

Es fühlte sich fremd an.

Einmal mehr hatte sie mit der Tatsache zu kämpfen, dass sie sich in dem Tempel, in dem sie seit frühester Kindheit aufwuchs und erzogen wurde, wie ein Fremdkörper fühlte.

„Wenn du erst einmal das Portal geöffnet hast, wird dein Frohmut zurückkehren", stellte ihre Dienerin mit erstaunlicher Überzeugung fest.

Lajana antwortete nicht.

Sie war eine Kyrische Jungfrau; eine jener wenigen, erwählten Frauen, die in der Lage sein sollten, das Spiegelportal zu öffnen, hinter dem die Welt der Götter lag.

Zumindest war das die Theorie, die sich in weniger als einer Stunde hoffentlich bestätigte. Versucht hatte Lajana es noch nie. Ihre Vorgängerin Esther hatte das erstaunliche

Alter von 112 Jahren erreicht und bis zum letzten Tag, wenn es König Uriel von ihr verlangt hatte, das Portal mit eiserner Willenskraft geöffnet.

Doch es war nicht nur die Aufgabe der Kyrischen Jungfrauen das Portal zu öffnen. Darüber hinaus gab es einen Handel, zwischen dem König und einer Göttin hinter dem Portal. Die Götter bekamen schnelle Pferde und edle Stoffe, Perlen und Schmuck, und der König bekam im Gegenzug Waffen von den Göttern, mit denen er jeden Angriff seiner zahllosen Feinde im Keim erstickte.

Es war ein fruchtbarer Tauschhandel, der die Frauen im Tempel für den König zu einem wertvollen Gut machte; natürlich nur, wenn sie in der Lage waren, ihre Aufgabe zu erfüllen.

„Du wirst es schaffen, Lajana!“ Ihre Dienerin hatte ein bemerkenswertes Gespür dafür, was sie dachte. „Daran zweifle ich nicht einen Augenblick.“

Lajana lächelte ein Lächeln, das ihre Augen nicht erreichte. „Ich hoffe es. Ich hoffe es wirklich.“

Ein lautes Pochen an der Tür ließ sie zusammenfahren.

„Der König trifft ein.“

Sie schluckte trocken und nickte. „Ich komme sofort!“

Der Saal des Spiegels war der größte Raum im Tempel. Er war quadratisch und so hoch, dass Lajana im Licht der Fackeln und Kaminfeuer die Decke nicht erkennen konnte.

Der König war eingetroffen, zusammen mit einem Tross von Bediensteten, zwölf Männern seiner Leibgarde und einer Schar Diener, die Seidenstoffe und Schmuck auf ihren Händen hielten.

Der König bedachte Lajana mit einem abschätzenden Blick, während er vor sie trat.

„Du sollst nun also die Aufgabe der Esther übernehmen?", fragte er und ließ seinen Blick über ihren Körper gleiten.

Glücklicherweise trat Lajanas Lehrerin Muriel vor. „Sie wurde in allen Gesetzen des Tempels unterwiesen; sie kennt die Formel, weiß, wie man die Verbindung aufbaut. Sie ist bereit."

„Ich will es hoffen." Der König berührte Lajanas Wange mit Zeige- und Mittelfinger. Mit aller Willenskraft unterdrückte sie ein Ausweichmanöver. „Wir wollen hoffen, dass all die Zeit und Mühe, die wir in dich investiert haben, sich nun auszahlen wird."

„Ihr könnt Euch darauf verlassen, mein König."

„Das will ich hoffen." Er trat zurück und nickte. „Nun gut, dann zeig mir deine Kunst."

Lajana schluckte trocken und unterdrückte das Frösteln. Auf Muriels unauffälliges, aber aufforderndes Nicken hin drehte sie sich zu dem kreisrunden Spiegel um, der von einem roten Samttuch verhangen war.

Panik schwappte durch ihre Magengrube und hob das spärliche Frühstück verdächtig an.

Die Garde des Königs zog das Tuch herab und ein Raunen ging durch die Anwesenden, als der Spiegel entblößt war. Der prachtvolle goldene Rahmen glänzte, so sehr, dass die Flammen der Feuer darauf tanzten. Das Gesicht der Göttin Arigona, die alles sah und alles wusste, stand zu oberst und schien mit einem abschätzenden Lächeln auf Lajana herabzublicken.

Am liebsten wäre sie davongelaufen!

Für einen Augenblick überlegte sie wirklich, ob nicht ein mittelloses Leben in den Wäldern, gehüllt in Lumpen und auf der ständigen Flucht vor Verbrechern und Wilderern genau diesem Augenblick vorzuziehen gewesen wäre.

Doch selbst wenn: Der König hatte sie als Kind in den Tempel geholt. Seine Späher hatten sie als das entdeckt, was sie war: Von den Göttern mit einem goldenen Mal auf dem Schlüsselbein gezeichnet. Und dieses Mal bedeutete nur eines: Von Anfang an, war es ihre Bestimmung gewesen genau zu dem erzogen zu werden, was sie nun war: Eine Kyrische Jungfrau.

Sie trat einen zögerlichen Schritt nach vorne und breitete die Hände ein wenig aus. Sie holte tief Luft und schloss die Augen, tat, was Muriel ihr beigebracht hatte: Sie spürte dem Spiegel nach, ertastete die zarte Verbindung zwischen ihnen und ließ sich auf den Sog ein, der von ihm ausging.

Sie räusperte sich, während sie die Augen wieder öffnete und auf die matte Schwärze blickte, die der Rahmen umhüllte.

Dunkelheit
Finstere Einsamkeit
Horche auf, denn ich bin bei dir!
Schmeichle mir!
Portal der Spiegel, tu dich auf!
Denn deine Herrin steht vor dir!
Schlag die Brücke, lass mich sie sehen!
Schlag die Brücke, lass mich sie begehen!

Lajanas Mund war so trocken, dass sie die letzten Worte kaum noch hervorbrachte. Sie starrte auf die Dunkelheit und sekundenlang geschah nichts. Gar nichts!

Was würde passieren, wenn sich das Portal von ihr nicht öffnen ließ?

Vermutlich wäre sie noch vor dem Abend aus dem

Tempel verstoßen und mittellos auf die eisigen Straßen geworfen worden.

Als plötzlich ein Raunen durch die Menge ging, versteifte sich Lajana. Doch dann sah sie es auch: Die matte Dunkelheit, die finstere Spiegelfläche, sie … bewegte sich. Es war, als würde sie Wellen schlagen, als würden sich kleine Wirbel darin kräuseln. Die Oberfläche begann zu brodeln, erst sanft, dann heftiger und mit einem Mal war die Dunkelheit verschwunden.

Lajana wollte zurücktreten, doch ihre Lehrerin Muriel wies sie an, die Verbindung nicht zu unterbrechen. Also blieb sie stehen, regelrecht schockstarr und blickte auf die wunderschöne Landschaft, die sich ihr plötzlich offenbarte. Eine riesige Grünfläche, sanfte Hügel und Wälder, drei Sonnen, die am Himmel standen und ihr goldenes Licht auf schneebedeckte Berggipfel warfen, die am Horizont zu erkennen waren.

Sie war so fasziniert von dem Anblick, der sich ihr bot, dass sie erst im letzten Augenblick bemerkte, wie jemand in ihr Sichtfeld trat, direkt auf dem steinernen Plateau, das vor ihr lag.

Eine Frau, so schön, wie Lajana sich eine Göttin stets vorgestellt hatte. Ihr Haar war so blond wie ihr eigenes, doch war es in kunstvollen Zöpfen um ihren Kopf geschlungen und aufgetürmt. Ihr Gesicht war makellos, die Haut hell und glatt, die Lippen rot. Doch sobald man ihr in die Augen blickte, begriff man, dass diese Frau, diese Göttin, einem nicht wohlgesonnen war.

„Wer bist du?", fragte sie geringschätzig und Lajana brauchte einen Moment, um ihre Sprache wiederzufinden.

„Ich bin Lajana, Herrin. Ich folge der ehrenwerten Esther nach, die vor kurzem ihre Reise in die Ewigkeit angetreten hat."

„Als ob die Ewigkeit sich mit Würmern wie euch abgeben würde."

Lajana blinzelte und schluckte all die Erwiderungen hinunter, die ihr bei einer solchen Beleidigung ihrer Vorgängerin auf der Zunge lagen.

„Nun gut. – So soll ich also mit einem kleinen Mädchen verhandeln?"

„Ich wurde wie alle meine Vorgängerinnen zwanzig Jahre im Tempel ausgebildet. Ich bin in die Gepflogenheiten unterwiesen, derer es bedarf, um das Portal zu öffnen und mit Euch zu verhandeln; wenn es Euch beliebt."

„Wenn es mir beliebt, was? – Das werden wir noch sehen! Weißt du überhaupt, wer ich bin?"

„Ihr müsst Kessara sein."

Die Göttin reckte das Kinn. „In der Tat, das bin ich. – Nun, denn. Zeig mir, was du mir mitgebracht hast, um mein göttliches Gemüt gnädig zu stimmen."

Lajana konnte die Überheblichkeit und Arroganz kaum fassen, die ihr entgegengeschleudert wurde. Doch sie schwieg, wie sie es gelernt hatte, und war erleichtert, als plötzlich der König neben sie trat.

„Kessara …"

„Uriel." Sie betrachtete ihn voller Abscheu. „Du bist alt geworden."

„Es ist erst wenige Wochen her, seit wir uns das letzte Mal gesehen haben."

„Und wenn! – Ihr Menschen altert in rasendem Tempo; wie Kröten!"

Sie hatte es wohl mit dem Tierreich!

„Kessara, ich bringe dir wie gewünscht die feinsten, wundervollsten Seidenstoffe. Diamanten und Rubine sind in deine Roben eingewebt, wie du es gewünscht hattest." Er schnipste einen Diener herbei, der blutrote Seide auf seinen Armen trug. Im Schein der Flammen sah man die Steine funkeln, die darauf genäht waren. Ein Stoff von unschätzbarem Wert und unbegreiflicher Pracht.

Ein Ausdruck trat auf das Gesicht der Göttin, der mindestens mit dem Begriff *Gier* zu beschreiben war. Sie trat nach vorn und tat etwas, das Lajana völlig faszinierte: Sie streckte die Hände durch das Portal. Ihre langen, dünnen Finger reckten sich vor und ragten wie ein völlig unerklärlicher Fremdkörper in ihre Welt hinein.

Der König nickte dem Diener schnell zu, der vortrat, die Stoffe auf Kessaras Arme legte und dann zur Seite trat.

Einmal mehr musste Lajana dem Drang widerstehen, zurückzuweichen. Und sogar dem König neben ihr schien es nicht anders zu ergehen.

Erst als Kessara wieder zurücktrat, entspannte sie sich ein wenig.

„Eine anständige Arbeit, wie mir scheint."

„Die höchste Schneiderkunst nur für Euch, meine Teure."

Kessara legte die Stoffe auf ein steinernes Geländer und drehte sich dann wieder zu Lajana. „So lass mich dann erproben, ob mir das Mädchen eine gute oder eine schlechte Verhandlungspartnerin ist."

Der König trat ein wenig vor. „Vielleicht könnte ich sie dies erste Mal in den Verhandlungen unterstützen, Kessara. Nur dies eine Mal, um es ihr etwas -"

„Du kennst das Gesetz, Uriel. Wir Götter verhandeln nicht mit Menschen." Sie zeigte auf Lajanas Oberkörper. „Oder wurdest du bei deiner Geburt ebenfalls von einem Gott berührt und mit einem goldenen Mal gezeichnet, wie sie?"

Uriel schüttelte schnell den Kopf. „Natürlich nicht, Kessara."

„Nun, denn! Tritt zurück und lass mich sie auf die Probe -"

Die Göttin unterbrach sich und blickte zur Seite.

Wenn Lajana irgendetwas nicht erwartet hatte, dann dass auf das Gesicht der Göttin ein regelrecht geschockter Ausdruck trat.

„Vidar?", fragte sie tonlos. „Aber, was -"

Schwere Schritte näherten sich.

Lajanas Gedanken rasten im Kreis.

Vidar! – Diesen Namen hatte sie schon einmal gehört. Und auch wenn sie die Erinnerung im Augenblick nicht greifen konnte, so verursachte sie dennoch eine Gänsehaut in ihrem Nacken.

Kessara machte einen wackeligen Schritt zurück und im selben Augenblick trat ein Mann in Lajanas Blickfeld.

Sie starrte zu ihm empor, verfiel dem Sog seiner grünen Augen, die nichts Irdisches an sich hatten.

Vidar! – Sein Gesicht war kantig und männlich, makellos, wie es nur das Gesicht eines Gottes sein konnte. Sein Haar war dunkel und kurz. Sein gewölbter Brustkorb steckte in einem ledernen Oberteil, das wie für den Kampf gemacht war. Genau in dem Augenblick, da er vor sie trat, so nah, dass kaum noch zwei Schritte zwischen ihnen lagen, holte sie ihre Erinnerung wieder ein.

Vidar! – Der Rachegott!

Der gefährlichste aller Götter!

Nun machte sie doch einen halben Schritt zurück, doch als ihr Gegenüber die Hand erhob, verharrte sie taumelnd.

„Bleib!", wies er sie an und sah dann zum König. Erst jetzt fiel Lajana auf, dass er wie alle anderen im Saal zurückgewichen war.

Kessara indes trat ein wenig vor. „Vidar", sagte sie, „ich führe die Verhandlungen!"

Er sah sie nicht an, während er antwortete: „Du führst, was auch immer ich dir zu führen befehle! – Und jetzt geh!"

„Aber -"

Ein harsches Wort des Gottes in einer Sprache, die Lajana

noch nie gehört hatte und die ihr dennoch seltsam vertraut erschien, genügte, um Kessara völlig aus der Fassung zu bringen. Sie trat einen Schritt zurück und verschwand wortlos.

Vidar löste seinen Blick von Lajana, vielleicht zum ersten Mal, seit er vor sie getreten war.

„Du!“ Er zeigte auf Uriel. „Lass mich mit der Jungfrau allein!“

Ein empörtes Raunen glitt durch die Anwesenden. Blicke wurden ausgetauscht, um sich dann mit solcher Intensität in Lajanas Rücken zu bohren, dass es sich wie Messerstiche anfühlte. Sie holte zitternd Atem, fragte sich, ob sie etwas sagen sollte, doch der König kam ihr zuvor.

„Herr, es ist den Jungfrauen nicht gestattet, allein vor dem Portal -“

„Ich gestatte es ihr!“

„Aber, Herr, es sind unsere Gesetze, die es ihr verbieten.“

„Dann passe deine Gesetze an! – Oder bist du nicht der König, dieser goldverzierten Jämmerlichkeit?“

Uriel schluckte.

Seine Wut vor dem Gott Vidar im Zaum zu halten, musste dem launischen, cholerischen König schwerfallen. Tatsächlich bemerkte Lajana, wie er die Fäuste ballte.

„Herr -“

„Nach fast 100 Jahren bringst du uns eine neue Verhandlungspartnerin. Ich will sie auf die Probe stellen; will sehen, ob sie des Handels, den ich führe, würdig ist. – Eine Schar Gaffer, die das, was ich zu sagen habe, in deine Welt hinausträgt, akzeptiere ich nicht. – Nimm es hin, oder suche dir einen neuen Weg, um dein endliches Reich zu verteidigen!“

Das Raunen war verstummt und Lajana ertappte sich dabei, dass sie die Luft anhielt, bis ihr schwindelig wurde. Es schien eine Ewigkeit zu dauern, bis Uriel sich zu einer Antwort durchgerungen hatte.

Er nickte knapp. „Sie ist unerfahren. Es soll nicht zu lange dauern."

„Ich werde es dich wissen lassen, wenn ich mit ihr fertig bin."

Ihr wurde schwindelig.

Mit ihr fertig bin? – Was hatte er vor, um alles in der Welt?

Uriel fuhr herum, so dass das Schwert an seiner Taille gegen seinen Gürtel klirrte. „Alle hinaus!", befahl er und rauschte davon.

Lajana warf einen hilfesuchenden Blick zu ihrer Lehrerin. Diese berührte sie im Vorbeigehen an der Schulter und verließ den Saal des Spiegels.

Die Tür fiel ins Schloss.

Es war still.

Es war so still, dass Lajana das Gefühl hatte, ihre Furcht würde so laut um sie herum pulsieren, dass der Rachegott, der sie wieder mit seinem tiefgrünen Blick musterte, es hören konnte.

„Dein Name ist Lajana?", fragte er mit tiefer Stimme.

Sie war erleichtert, dass ihr zumindest eine Frage gestellt wurde, auf die sie die Antwort wusste.

Sie deutete ein Nicken an. „Ja, Herr."

„Nenn mich Vidar."

Sie schluckte trocken. „Ja, Vidar."

„Du folgst der Esther nach?"

„Ja."

„Wie bist du in den Tempel gekommen?"

Ein wenig Härte war aus seinem Gesicht gewichen, also wagte sie es, die Schultern zu lockern und sich zu räuspern. „Meine Eltern entdeckten das göttliche Mal. Sie berichteten es dem König und brachten mich zu ihm."

„Sie haben dich fortgegeben?"

„Zu meinem Besten."

„Fühlt es sich denn für dich an, als wäre es … das Beste?"

Lajana stockte, blickte ihn mit gerunzelter Stirn an. „Es ist eine große Ehre -"

„Danach habe ich nicht gefragt!"

„Aber -"

„Als ich dich auf der anderen Seite gesehen habe, war mir, als würdest du dich fremd fühlen an dem Ort, an den es dich verschlagen hat."

Nun kehrte die Anspannung in ihren Körper zurück. „Ich -"

„Denkst du, dass du in diesen Mauern leben solltest, Lajana? In einem Käfig aus Gold und Edelsteinen, gekleidet in Seide und mit einer Dienerin, die dir täglich das Haar bürstet? Fühlt es sich … richtig an?"

Ihr Herz hämmerte.

Diese Fragen, sie trafen den Kern all dessen, was sie in den Jahren im Tempel stets empfunden und immer verdrängt hatte. Sie hielt dem Blick des Gottes stand, auch wenn es ihr schwerfiel. Sie wusste, dass die Götter tückisch waren. Vielleicht … war es eine List.

Vielleicht wollte er so nur herausfinden, ob sie ihm eine treue Verhandlungspartnerin sein konnte.

„Natürlich fühlt es sich richtig an", erklärte sie deshalb.

Ein Zucken in seinem Mundwinkel. Spöttisch. Ein angedeutetes Lächeln.

„Du bist eine gute Lügnerin."

„Ich bin keine Lügnerin!"

„Du würdest es also schwören beim Grab deiner Eltern?"

Die Frage war wie ein Schlag ins Gesicht. „Kennt Ihr etwa meine Eltern?"

„Bei allem, was recht ist, ich habe sie gekannt! Dein Vater war mein engster Freund und hat mir in zahllosen Schlachten zur Seite gestanden."

Lajana starrte ihn an, schüttelte völlig entgeistert den Kopf.

„Ist das eine List?“, fragte sie atemlos. „Ist das eine geschmacklose Art, meine Treue als Verhandlungspartnerin auf die Probe zu stellen? Oder wollt Ihr mit diesen billigen Lügen meinen Stand demontieren?“

Er schüttelte den Kopf. Der Ausdruck, der auf seinem Gesicht lag, war beinah gequält. Er trat vor, so dicht vor den Spiegel, dass er die Hand hindurchstrecken konnte. Es war, als glitte er dabei durch eine Flüssigkeit, die zwischen den Rändern des Spiegels aufgespannt war.

„Gib mir deine Hand!“

Instinktiv zog sie die Arme zurück. „Niemals!“

„Tu es!“ Er durchbohrte sie mit seinem Blick und streckte die langen, kräftigen Finger nach ihr aus. „Lajana, willst du denn nicht wissen, wer du wirklich bist?“

Sie starrte ihn an. Ihre Brust hob und senkte sich unter heftigen Atemzügen, die sich ihrer Kontrolle entzogen. Ihr Körper bebte, als sie den Kopf schüttelte.

„Ihr wollt mich täuschen!“

„Ich gebe dir mein Wort, dass ich nichts dergleichen will. – Du brauchst keine Angst haben, dass ich dich durch das Portal ziehen könnte. Dieser Spiegel öffnet sich nur denjenigen, die sich aus freien Stücken für den Weg auf die andere Seite entschließen.“

Lajana starrte auf seine Hand. Sie war schön. Eine schöne Männerhand mit kräftigen Fingern. Am Daumen trug er einen Ring mit einem Symbol, das sie nicht kannte. Seine Handgelenke waren mit einem ledernen Band umwickelt.

Sie spürte, wie ihr Widerstand bröckelte.

Was, so verrückt es auch klang, was war, wenn er wirklich etwas wusste, dass ihr all ihre widerstrebenden Gefühle im Tempel erklären konnte?

Einen zögerlichen Schritt nach vorne tretend, sah sie wieder zu ihm auf. „Ich habe Euer Wort?“

„Mein Wort.“

Obwohl sie der König für diesen Frevel vermutlich sofort aus dem Tempel verjagt hätte, tat sie, was Vidar von ihr verlangte. Sie hob die Hand und legte sie in seine.

Sofort schlossen sich seine Finger um ihre, er hielt sie gepackt, so fest wie ein Raubtier. Unwillkürlich wollte Lajana die Hand wieder zurückziehen, doch sie hatte seiner Kraft nichts entgegenzusetzen.

Er schloss die Augen. Völlig fasziniert beobachtete Lajana, wie die Härte aus seinem Gesicht wich. Er lächelte mit noch immer gesenkten Lidern. „Oh, ja", sagte er nach wenigen Augenblicken. „Du kannst deine Abstammung wahrlich nicht verleugnen."

Als er die Augen wieder öffnete, schüttelte sie den Kopf. „Welche Abstammung denn? Welche – Ich verstehe das alles nicht!"

Anstatt ihr eine weitere Erklärung zu liefern, machte er einen Schritt zurück. Und weil er sie festhielt, musste Lajana einen Schritt nach vorne machen. Sie stemmte sich gegen ihn.

„Ich habe Euer Wort!"

„Nur die Hand, Lajana. – Ich will, dass du spürst, wie die Luft meiner Welt deine Haut berührt." Er machte noch einen Schritt zurück.

Lajana starrte auf ihre Finger, als sie das Portal berührten. Es kitzelte, als ihre Fingerspitzen hindurchglitten und als ihre ganze Hand auf der anderen Seite war …

„Was …, was ist das?"

Vidar lächelte wieder, ein Anblick, an dem man sich festsaugen wollte, weil er gleichermaßen kostbar wie selten war. „Das ist deine Heimat, Lajana."

„Meine Heimat, aber -"

„Ich lasse dich jetzt los. Spreiz die Finger, lass den Wind über deine Haut streicheln!"

Es war anders, als alles, was sie jemals erlebt hatte. Es

war, als würde sie eine Hülle von ihrer Hand streifen, die ihr ein Leben lang jegliches Gefühl geraubt hatte. Es war, als wären ihre Fingerspitzen bisher taub gewesen. Und jetzt strömte das Gefühl hinein; Leben.

Es strömte ihren Arm empor, verteilte sich mit ihrem rasenden Puls in ihrem ganzen Körper, bis in die letzte Nervenfaser. Sie schloss die Augen; versuchte, dieses Gefühl zu begreifen, ihm nachzuspüren.

„Wie fühlt es sich an?"

„Als würde ich aus einem Kokon schlüpfen."

Sie spürte sein Lächeln durch ihre geschlossenen Lider hindurch. „Stell dir vor, wie du dich fühlst, wenn dein ganzer Körper hier ist."

Lajana riss die Augen auf. „Wie meint Ihr das?"

„Ich möchte, dass du das Portal durchquerst."

„Was?"

„Ich möchte, dass du in die Welt zurückkehrst, der du entrissen wurdest."

„Aber ich habe hier einen Platz! Ich habe -"

„Dein Platz ist hier. Er war es immer."

Sie zog die Hand zurück an ihren Körper. Es war, als würde ein Teil ihrer Haut absterben, als es wieder mit der Luft auf dieser Seite in Kontakt kam. Ihre Fingerkuppen fühlten sich taub an; blutleer.

„Was für ein Platz soll das sein?"

„Deine Mutter hat Vorkehrungen getroffen für die Rückkehr ihrer Tochter."

„Meine Mutter? Wer soll meine Mutter sein?"

„Deine Mutter Finja. Sie entstammt dem ältesten Geschlecht und fiel in der schrecklichsten Schlacht, an der sie Seite an Seite mit deinem Vater kämpfte."

Wieder schüttelte sie den Kopf. „Das ist doch Wahnsinn!"

„Wahnsinn ist es, dass du in diesem Tempel leben musst;

das Leben eines geknechteten Hundes, der die Süße der Freiheit noch nie gekostet hat!"

„Was für eine Freiheit hätte ich denn auf der anderen Seite des Portals? Ich habe keine Mittel! Kein Eigentum! Mir gehören nicht einmal die Kleider, die ich trage!" Sie überwand ihre Angst und Scheu und blickte dem Gott Vidar direkt in die Augen. Ihre Finger glitten durch das Portal und ertasteten noch einmal die Leichtigkeit der fremden Welt. „Ich bin das Eigentum des Königs!", sagte sie dabei. „Wenn ich Euch folgen würde, wer garantiert mir, dass ihr Euch diese wahnwitzige Geschichte nicht einfach ausgedacht habt, um sein Eigentum zu dem Euren zu machen?"

Vidar packte nach ihrer Hand und zog sie an sich. Lajana riss die Augen auf, als er ihre Hand auf seinen Brustpanzer legte, an die Stelle, unter der sein Herz schlug. „Beim Grab deines Vaters schwöre ich dir, dass jedes Wort, dass ich gesagt habe, der Wahrheit entspricht! Wenn du durch das Portal trittst, dann wirst du für dich sorgen können und zwar mit einem Maß an Reichtum, von dem dein jämmerlicher König nicht zu träumen wagt!"

Lajana starrte noch immer auf ihre Finger auf seiner Brust, sein Griff an ihrem Handgelenk war schmerzhaft fest.

„Selbst wenn es stimmen würde: Wie kann ich sicher sein, dass -"

„Ich stelle dich unter meinen Schutz! Niemand wird dir auch nur zu lange in die Augen sehen, wenn du es nicht wünschst!"

Bevor sie etwas darauf erwidern konnte, klopfte es an der Tür. Es würde nicht lange dauern, dann käme der König hereingestürmt. Lajana trat zurück und entzog ihrer Hand die kostbare Berührung der Luft.

„Es wird Zeit, dass du unter Deinesgleichen lebst." Vidar betrachtete sie fest. „Ich habe fast zwei Jahrzehnte nach dir gesucht, Lajana, und jetzt, wo ich dich gefunden habe, wird es Zeit, dass du deinen Platz einnimmst."

„Meinen Platz als -"

Noch ehe sie ihre Frage zu Ende stellen konnte, flog die schwere Tür mit einem lauten Krachen gegen die Sandsteinerne Tempelwand.

„Heute Nacht", sagte Vidar schnell. „Zögere nicht!"

Lajana starrte ihn an, während der König vorstürmte und sich neben sie stellte. „Die Zeit wird wohl genügt haben, um meine Kyrische Jungfrau zu begaffen", erklärte er voller Wut.

Vidar blickte ihn an. „Ich will dir deine Unflätigkeit und Ungeduld verzeihen, denn wen du mir zur Verhandlung übergeben hast, ist vielversprechend."

Uriel riss die Augen auf. „Tatsächlich?"

„Was die Esther an Erfahrung besaß, macht Lajana an Gefechtstärke wett. – Sie hat mir einiges abverlangt!"

Uriel war fassungslos. „Oh, das … - wie erfreulich!"

Vidar nickte. Lajana wusste nicht, ob es Absicht war, aber mit seinen Worten schaffte er es problemlos, den König von ihr selbst und ihrem noch immer überforderten Gesichtsausdruck abzulenken.

„Ich übergebe dir die eineinhalbfache Menge an Waffen."

„Die eineinhalb …" Uriel blickte zu Lajana hinüber. „Wie -?"

„Du solltest ihr die Nacht über Ruhe gönnen. Stärke sie mit einem Mahl das einer Königin würdig ist; ja, einer Göttin möchte ich sagen."

Er warf Lajana einen bedeutungsvollen Blick zu und noch ehe sie wusste, was sie tat, nickte sie knapp. Für Uriel glich es vermutlich einer Geste der Dankbarkeit.

Für Lajana war es etwas anderes: Die Einwilligung einem Fremden zu glauben und alles, was sie kannte, zu verlassen!

KAPITEL 2

Nachdem der König sie mit einigen überschwänglichen Lobesfloskeln abgespeist und dann mit seinen Waffen und Gefolge aus dem Tempel verschwunden war, hatte sich Lajana auf ihr Zimmer zurückgezogen.

Ihre Lehrerin und Dienerin waren voll des Lobes. Sie wurde geherzt und gedrückt, angestrahlt und doch bemerkte sie selbst kaum, was vor sich ging.

Ihr Kopf war voll von den Gedanken, die ihr Vidar eingepflanzt hatte. Und je mehr Zeit seit diesem surrealen Aufeinandertreffen verging, desto verrückter kam ihr all das vor, was er gesagt hatte.

Als es zur Mitternacht schlug, war Lajana zu dem Schluss gekommen, dass sich der Rachegott nur einen Scherz mit ihr erlaubt hatte; einen brutalen, barbarischen Scherz, der sie glauben machen sollte, sie wäre etwas, das sie nie sein würde. Nur die Tückischsten lockten mit Dingen, von denen sie wussten, dass sie dem anderen schmerzlich abgingen. Vermutlich war es ihm ein Leichtes gewesen in ihrer Miene zu lesen; vielleicht hatte er sogar direkt in ihre Seele hineingeblickt und all das vor ihr ausgebreitet, was sie ihr Leben lang beschäftigte. Er hatte mit eindringlichen Worten daraus einen Köder geformt und Lajana hatte ihn bereitwillig geschluckt.

Doch es war noch nicht zu spät!

Noch war sie auf dieser Seite des Tempels; eine Kyrische Jungfrau, die in der Gunst des Königs stand und für den Rest ihres Lebens sorgenlos in Wohlstand leben konnte.

Sie legte sich auf ihr Bett und starrte gegen die steinerne Decke, die mit blauem Samt abgehangen war.

Aber, wenn doch …?

Was, wenn tatsächlich irgendein Funken Wahrheit in seinen Worten steckte? – Was, wenn er etwas über ihre Eltern wusste? – Es musste verrückt sein, dass sie auf der anderen Seite geboren worden war. Es würde bedeuten, dass sie selbst eine Göttin war! Sie wäre …

Lajana erhob sich ruckartig und fing an, hin und her zu gehen. Es war doch alles Wahnsinn! Verrückter Unsinn! Tagträumerei!

Und doch war da dieses Pochen hinter ihren Schläfen und dieser quälende Gedanke, dass Vidar womöglich rechthatte.

Sie fuhr herum und fasste einen Entschluss.

Sie würde keinesfalls durch das Portal treten, aber sie würde es öffnen und noch einmal mit dem Kriegergott sprechen, um herauszufinden, was er tatsächlich im Schilde führte.

Der schwere Samt, der den Spiegel verdeckte, schien sie regelrecht vorwurfsvoll anzublicken.

Keines der Feuer brannte im Raum und Lajana fröstelte unter ihrer dünnen Seidenrobe.

Mit einem Ruck zog sie den Samt herab und starrte auf den schwarzen, matten Spiegel, den nur sie zum Leben erwecken konnte.

Ihr Herz pochte vor Aufregung und Nervosität, als sie die Worte sprach und den Spiegel aufforderte, die Brücke in die andere Welt zu schlagen.

Wieder bewegte sich die Oberfläche, kräuselte sich, schlug sanfte Wellen, die immer heftiger wurde, bis jäh die Helligkeit Lajana blendete.

Nur eine der drei Sonnen stand noch zwischen den Berggipfeln und tauchte die andere Seite in sanftes, weiches Licht.

„Ich habe auf dich gewartet!“

Die tiefe Stimme von Vidar kam näher und als er schließlich vor sie trat, schluckte Lajana.

Seine grellen Augen betrachteten sie abschätzend. Den ledernen Kampfpanzer hatte er gegen ein schlichtes, helles Hemd getauscht, doch die ledernen Hosen und schweren Stiefel trug er noch.

„Bist du bereit?“, wollte er wissen.

Lajana starrte auf die Hand, die er vorstreckte und räusperte sich.

„Ich … habe noch ein paar Fragen.“

Er hob die Braune. „Du willst, dass ich deine Zweifel auslösche, aber das kann ich nicht; nicht, solange uns dieses Portal trennt. Komm auf diese Seite und ich zeige dir die Wahrheit!“

„Es könnte eine Falle sein“, beharrte sie.

„Eine Falle?“

„Ihr könntet mich anlocken, um mich nie wieder freizugeben.“

„Warum sollte ich das tun?“

Sie reckte das Kinn. „Ich kann das Portal öffnen.“

„Das kannst du. Und du tust es auf der Seite, auf der du

dich nun befindest. Ich hätte keinen Vorteil davon, dich davon abzubringen."

Damit hatte er zumindest nicht Unrecht.

„Ihr könntet mich entführen wollen!"

„Wozu?"

„Ich bin schön."

Er lachte. Er lachte laut, regelrecht herzhaft; ein tiefes, männliches Geräusch, das sie völlig aus der Bahn warf. Dann räusperte er sich. „Das bist du in der Tat. – Doch sei dir versichert, du sollst mir nicht zu Diensten sein; insbesondere nicht auf die Weise, die du andeutest. Ich bin hier, weil wir dich brauchen."

„Warum solltet Ihr mich brauchen?"

„Du musst den Platz deiner Mutter einnehmen!"

„Meiner Mutter?"

„Finja."

„Und wodurch sollte ich ihren Platz einnehmen?"

„Lajana, diese Welt ist weit mehr als irgendein göttlicher Ort, der deinem König als Waffenlieferant dient. Die Zusammenhänge sind komplex."

„Und wie sollte ich Euch dann jemals glauben?"

Er blickte sie lange an, bevor er antwortete. Dann trat er noch etwas näher vor das Portal. Er war so nah, als würde er direkt vor ihr stehen. „Wenn dein Geist stark genug ist, dann kann ich dir deine Erinnerung zeigen."

„Welche Erinnerung?"

„Die Erinnerung an deine Eltern und wie sie dich gerettet haben vor der Verdammnis, die über uns kam."

Dann streckte er seine Hand zu ihr, hindurch durch die wabernde Membran.

„Ich brauche nur deine Hand. Und du musst dich mir öffnen."

„Und dann?"

„Dann finde ich die Erinnerung und zeige sie dir."

Lajanas Atem ging stoßweise, als sie mit weit aufgerissenen Augen auf Vidars Hand hinab starrte.

Einmal mehr überwand sie sich; einmal mehr legte sie die Finger in seine und erlaubte ihm den festen Griff.

„Schließ die Augen!", wies er sie an.

„Warum?"

„Weil du nicht mich ansehen sollst. Sieh in dich selbst hinein."

Lajana gehorchte nach kurzem Zögern und holte tief Luft. Sie fragte sich, ob sie etwas spüren würde, bei dem, was Vidar offensichtlich mit ihr versuchte. Doch sie spürte nichts.

Bis sie plötzlich etwas traf, das wie ein harter Tritt gegen den Brustkorb war. Es presste ihr die Luft aus den Lungen, raubte ihren Beinen die Kraft, so dass sie auf die Knie sank. Sie bemerkte, dass Vidar sich vor ihr ebenfalls hinkniete. Doch im nächsten Augenblick wurde ihre Wahrnehmung fortgerissen und in etwas hineingeschleudert, das waberte und zuckte; ein Bild, verschwommen zuerst, dann immer klarer werdend.

Ein Frauengesicht. Wunderschön. Das herzförmige Lächeln umrahmt von goldenem Haar, strahlend blaue Augen; erst im zweiten Augenblick begriff Lajana, wer sie war. Ihre Mutter. Sie hatte keine Ahnung, woher die Gewissheit kam, doch sie war so fest in ihr verwurzelt wie der Drang, Luft zu holen. Sie wusste es unumstößlich und instinktiv.

Dann wurde sie plötzlich hochgehoben. Da das überhaupt möglich war, musste sie klein sein; ein Kind. Ein Säugling. Ihre Mutter herzte sie, drückte sie, küsste sie auf die Stirn und dann drehte sie sich hastig um.

Der liebevolle Ausdruck auf ihrem Gesicht verschwand für einen Moment, wich schrecklicher Sorge, bevor sie Lajana wieder ansah. Sie küsste sie auf das Schlüsselbein, nein, ein wenig darunter; genau auf die Stelle, an der sie nun das göttliche Mal trug. Dann flüsterte sie ihr etwas ins Ohr, liebevolle Worte, doch voller Traurigkeit.

Und im nächsten Moment verschwamm Lajanas Blick. Als er sich wieder schärfte, war es kalt um sie. Sie schrie und reckte die kleinen Fäuste in die Luft, während sie abgelegt wurde.

Das Portal. Ihre Mutter hatte sie durch das Portal hindurchgehoben und auf der anderen Seite abgelegt; auf der Seite, auf der es nur Kälte und Dunkelheit gab.

Sie schrie; schrie nach ihrer Mutter. Doch im nächsten Augenblick loderte ein Feuer auf. Ihre Mutter ließ sie los; was für ein schrecklicher Moment. Sie wirbelte herum und zog ein Schwert, bevor sie direkt in die Flammen lief und von ihnen verschluckt wurde.

Die Szene wurde ihr entrissen und ihr Bewusstsein zurückkatapultiert in die Gegenwart.

Sie keuchte, kämpfte gegen die Tränen an und verlor. Es dauerte einige Augenblicke, in denen sie schwieg und Vidars Blick mied, der noch immer ihre Hand hielt und vor ihr kniete. Als sie es wagte, aufzusehen, lag auch auf seiner Miene Schmerz.

„Ich wusste bis heute nicht, wie sie es gemacht haben."

„Was gemacht?", brachte sie hervor.

„Wie sie dich gerettet haben. – Ich wusste nicht, dass deine Mutter dieses Portal öffnen konnte. Das erklärt so vieles."

Lajana entzog Vidar ihre Hand und wischte sich die Tränen aus dem Gesicht.

Sie hätte ihm vorgeworfen, dass das nur ein weiterer Taschenspielertrick von ihm war; ein weiterer Akt in seiner göttlichen Komödie, um sie zum Narren zu machen.

Doch jetzt, wo ihr die Erinnerung wiedergegeben war; jetzt, wo sie sich erinnerte, wie sie in diese Welt gekommen war, gab es für sie keinen Zweifel, dass es tatsächlich stimmte. Es war genauso erleichternd wie beängstigend.

Vidar erhob sich und auch Lajana tat es ihm gleich, sie strich ihre Robe glatt und hob den Blick.

„Ich …"

„Du musst jetzt mit mir kommen!"

„Ich habe nichts bei mir, ich …"

„Hier ist alles, was du brauchst. Und dort ist nichts, das du vermissen wirst. Ist es nicht so?"

„Schwör mir, dass du mich nicht betrügst!", sagte sie noch einmal. „Schwör es mir, wie du es einem Mann schwören würdest, der mit dir Seite an Seite kämpft!"

Vidar sah sie lange an. „Ich schwöre es dir", sagte er dann schlicht. „Und sollte ich dich belügen, möge mich der Speer meines eigenen Vaters treffen!"

Lajana starrte ihn an, dann glitt ihr Blick hinab auf Vidars Hand. Sie trat vor, stand direkt vor ihm, hob den Blick, um ein letztes Mal den Versuch zu unternehmen, Lüge und List in seinem Blick zu lesen. Doch da war nichts; nichts, das ihren nun gefassten Entschluss ins Wanken bringen konnte.

Zum dritten Mal legte sie ihre Finger in seine Hand.

Zum dritten Mal schloss sich seine Hand um ihre.

Als er diesmal zurücktrat, trat sie nach vorne.

Sie tat etwas, das ihr vor wenigen Stunden noch völlig unmöglich erschienen wäre: Lajana durchquerte das Portal.

KAPITEL 3

Das erste, was sie spürte, war Leichtigkeit. Sie erfasste sie, beinah als würde sie ihren ganzen Körper emporheben. Als würde sie in einer wohlig warmen Quelle schwimmen, die sie emportreiben ließ, an eine Oberfläche, an der reinster Sauerstoff sie empfing.

Sie atmete ein. Es fühlte sich an, als würden sich ihre Lungen das erste Mal mit wirklicher Luft füllen und ihrem Körper eine Kraft verleihen, von der sie nicht ahnte, dass sie sie besaß.

Als sich ihre Lider hoben, empfing sie der Anblick einer vor Schönheit strahlenden Landschaft. Die dritte Sonne lag auf dem felsigen Horizont und tauchte alles in sanftes, orangefarbenes Licht. Die Weiden lagen da in schimmerndem Kupfer, ein sanfter Wind wehte und von irgendwoher hörte sie fremdartiges Vogelgezwitscher.

„Wie fühlt es sich an?"

Beinah hatte sie Vidar vergessen, der nun völlig real neben ihr stand. Sie entzog ihm ihre Hand und deutete ein Kopfschütteln an.

„Es ist atemberaubend", erklärte sie leise und schaffte es

nicht, ihren Blick von der Schönheit der Landschaft loszureißen. „Deine Welt ist wie ein Wunder."

„Sie ist auch die Deine."

Lajana sah zu ihm empor. Nun, da er direkt vor ihr stand, ohne den trennenden Schutz des Portals machte er ihr ein wenig Angst. Kampfgeist stand in seinen unmenschlichen Augen und die Bereitschaft sich jeder Bedrohung entgegenzustellen. Das Leinenhemd, das er trug, schmiegte sich über seine gewölbten Brustmuskeln, die massigen Schultern. Sein Atem ging ruhig und seine vollen Lippen lagen aufeinander, als würden sie auf etwas lauern.

Er war ein Rachegott. Er war jemand, der die Feinde zerschmetterte, wenn er es für nötig hielt. Und doch …

„Hast du Angst vor mir?"

Sie blickte ihm direkt in die grünen Augen. „Nein", log sie.

Er lächelte. „Komm, ich zeige dir etwas!"

Als er sich umdrehte und an dem steinernen Geländer entlang zu einer Treppe ging, begriff sie erst, dass es auf dieser Seite ja zwangsläufig auch einen Spiegel geben musste. Sie drehte sich zu ihm herum.

Er war eingewachsen in Efeu, der an einer Mauer emporrankte, die so hoch war, wie ein Turm.

„Wo sind wir hier?", rief sie Vidar nach, der sich auf den Stufen umdrehte.

„Am Hof des Königs."

„Nicht noch ein König!" Es rutschte ihr einfach so heraus.

Vidar lachte. „Dieser hier wird dir gefallen!"

Lajana hatte keine Wahl. Sie folgte Vidar die Stufen hinab zu einer weiteren Terrasse, von der aus man durch einen großen Torbogen ins Innere des Gebäudes gelangte.

„Lass mich dir etwas zeigen, damit du verstehst!", sagte Vidar und öffnete eine Seitentür. Sie folgte ihm nach kurzem Zögern und trat in einen großen Raum.

Es war eine Bibliothek, doch von Büchern abgesehen, gab es noch weitaus mehr. Es gab Karten und Pläne, riesige Fernrohre, die zum Himmel gerichtet waren und allerlei kleine Gerätschaften mit Rädchen und spitzen Enden, die auf den Karten neben angespitzten Stiften lagen.

„Was ist das alles?", fragte sie und strich über eine der Karten. Sie war aus feinem Papier, weich und schneeweiß.

Vidar trat an ein Bücherregal und zog einen Holzkasten hervor, den er neben ihr auf den Tisch stellte.

„Dieser Ort mag dir magisch und schön vorkommen", erklärte er, während er die Staubschicht vom Deckel wischte und ein Symbol freilegte, das aussah wie ein Wappen. „Doch unsere Welt erbebte in den letzten Jahrhunderten unter so vielen Schlachten, dass ich sie kaum noch zählen kann." Er blickte sie fest an. „Ich habe in meinem Leben vielleicht mehr Schlachten geschlagen als du Atemzüge getan hast, aber glaube mir, wenn ich sage, sie werden immer schreckensvoller. Nichts ist mehr, wie es war. Unser Gegner ist … übermächtig."

„Aber ihr habt doch Waffen", gab sie zurück. „All die Schwerter und Äxte, die ihr Uriel –"

„Sinnlose Lächerlichkeiten, wenn man unseren Gegner bedenkt. Sie sind so unwirksam gegen ihn, wie ein Atemhauch. Wie ein schnelles Blinzeln." Er öffnete die Schnalle der Schatulle und hob den Deckel an.

Lajana wusste nicht, was sie erwartet hatte, doch es gab nur zwei Gegenstände, einen davon erkannte sie. Ein Ring.

Vidar nahm ihn heraus und betrachtete ihn lange, als wären damit unzählige Erinnerungen verbunden. Dann streckte er ihn Lajana entgegen. „Der gehört dir."

„Mir? Aber -"

„Er gehörte deiner Mutter. Er war die Insignie ihres Standes."

Lajana blickte auf den schlichten Goldring mit dem

ovalen Saphir, den er in ihre Hand gelegt hatte. „Was war denn ihr Stand?"

Vidar blickte sie fest an. „Sie hat unserer Welt in vielerlei Hinsicht ihre Stärken gewidmet. Als Heilerin, als Strategin, als Kriegerin. Aber in allererster Linie: Als unsere Königin."

Lajana starrte ihn an. *„Was?"*

„Du bist die Tochter der letzten Gottkönigin, Lajana. Du bist ihr Vermächtnis und – wenn uns das Schicksal gnädig ist – unsere Rettung!"

Sie trat einen Schritt zurück. „Das ist doch Wahnsinn!"

„Alles andere als das!"

„Aber ich bin doch … - Ich habe in einem Tempel gelebt! Statt Schwert und Axt habe ich nur Haarbürsten und Kerzen in Händen gehalten!"

„Schwerter und Äxte sind nicht die Waffen, derer sich deine Mutter bediente."

„Sondern?"

Er nickte auf ihre Hand hinab. „Steck den Ring an, Lajana. Er wird dir zeigen, was du sehen musst. Er wird dir deine Fragen beantworten."

Sie blickte auf den Saphirring und steckte ihn auf ihren Ringfinger. Er passte so genau, als wäre er nur für sie allein gefertigt worden.

„Erlaubst du mir, es ebenfalls zu sehen?", fragte Vidar.

Lajana runzelte die Stirn. „Was zu sehen?"

Doch da waberte schon die Luft, der Raum schien sich um sie herum zu drehen, als stünde sie im Auge eines Sturms, der sie nicht berührte. Die Bücher verformten sich, verzerrten sich, verwanden, rissen die Ferngläser und Karten mit sich und schleuderten sie in ein helles, pulsierendes Nichts, das sie mit einem Mal umgab.

Lajana drehte sich im Kreis und als sie wieder nach vorn blickte, stand eine Frau vor ihr. Sie war ihr selbst so ähnlich, dass es ihr regelrecht den Atem verschlug: Das blonde Haar, die blauen Augen, die Gesichtsform und Haltung, einfach alles.

Die Frau lächelte, erst jetzt bemerkte Lajana, dass sie nicht wirklich körperlich war, wie eine täuschend echte Luftspiegelung wirkte sie.

„Meine Tochter", sagte sie. „Meine ganze Freude."

Lajana öffnete den Mund, doch Antworten waren scheinbar nicht vorgesehen. Es war wie eine Nachricht, die ihre Mutter ihr über all die Jahre hinweg überbrachte.

„Wenn du diese Nachricht hörst und mir gegenüberstehst, dann weiß ich, du bist zu einer wundervollen, starken Frau herangewachsen. Und ich weiß, dass mein treuster Heerführer dich gefunden hat."

Lajana blickte kurz hinüber zu Vidar, dessen Blick auf die Spiegelung ihrer Mutter geheftet war. Er saugte den Anblick in sich auf und Lajana begriff, er hatte sie mehr als nur gekannt. Er hatte sie geliebt.

„Du musst wissen, Vidar hat mich stets dafür kritisiert, dass ich deinen Vater erwählt habe. Aber nun weiß auch er, dass er uns in seiner Entschlossenheit und in seinem aufopfernden Mut nicht im Geringsten nachgestanden hat."

„Das weiß ich", murmelte Vidar, während Finja ein wenig vortrat, näher zu Lajana.

„Ich habe dich mit dem göttlichen Mal gezeichnet, damit er dich finden kann. Ich wusste stets, dass unser Opfer nicht vergebens war, dass es unserer Welt Zeit gegeben hat. Aber ich wusste auch, dass es nur ein Waffenstillstand war. Der Feind, meine Tochter, er ist übermächtig. Er ist nichts, das simple Waffen töten können. Er muss geschlagen werden mit Waffen, die nur die allerwenigsten von uns besitzen. Wenn Vidar dir diesen Ring angesteckt hat, dann drängt die Zeit, das weiß ich. Lass dich unterweisen, um deine Kraft zu entdecken und sie zu der Waffe auszuformen, die uns alle rettet. Lass dich ein auf dein

Königreich und das Leben, das dir seit jeher vorherbestimmt war. Und ich bitte dich von Herzen: Vergib mir, dass ich dich in diese grässliche, kalte Welt entlassen habe. Es war nur zu deinem Schutz." Ihre Mutter presste kurz die Lippen zusammen. „Vergib mir, dass ich dich nicht aufwachsen sah. Vergib mir, dass ich nicht ein einziges Mal da war, um dich zu trösten oder dich zu lehren, was es heißt, eine Königin zu sein. – Und auch du vergib mir, Vidar. Ich weiß, dass du in genau diesem Augenblick neben meiner Tochter stehst. Ich weiß, dass du sie beschützen wirst, wie du mich beschützt hast. Gelobe mir, ihr Leben mit dem deinen zu verteidigen."

„Ich gelobe", sagte er und klopfte sich mit der Faust gegen die Brust.

Finja lächelte traurig. Lajana bemerkte, wie ihr Blick verschwamm. „Es wird Zeit, meine Tochter. Es wird Zeit zu gehen. – Vidar wird dich begleiten und nicht von deiner Seite weichen. Er wird dir sein, was er mir war. Er wird dafür sorgen, dass es dir hier an nichts fehlt. – Leb wohl, meine Tochter. Leb wohl und rette uns alle."

Mit diesen Worten verschwamm das Bild von Lajanas Mutter und noch ehe sie begriff, was geschah, stand sie wieder in der Bibliothek, mit all den kleinen Messgeräten und Papieren und starrte auf einen leeren Fleck.

Sie schwieg für einige Augenblicke, versuchte, zu begreifen, was ihre Mutter alles in diese Nachricht verpackt hatte. Doch es überstieg ihr Verständnis bei Weitem. Sie war doch gerade noch im Tempel gewesen und hatte ihr Leben damit verbringen sollen, dass sie alle paar Wochen ein lächerliches Portal öffnete. Und nun sollte sie plötzlich eine Königin sein? Und das in einer Welt, die ihr völlig fremd war?

Vidar neben ihr räusperte sich. „Komm", sagte er. „Ich bringe dich hinaus, dort ist die Luft frisch."

„Ich brauche keine frische Luft."

Er legte seine Hand in ihren Rücken und schob sie zur Tür. „Aber ich."

Hinter dem gigantischen Gebäude erstreckten sich Gärten, die genauso ungezügelt wild wie wunderschön waren.

Lajanas Welt war überwiegend grau, Regen und Stürme beherrschten das Land und machten es den Bauern schwer, ihre spärliche Ernte einzubringen, die Tiere zu ernähren und dem König seine Steuern zu bezahlen. Aber hier war alles … satt.

Das Grün war intensiver, die Luft reiner, der Wind war gnädig und warm.

Bäume, die sie noch nie gesehen hatte, wuchsen unzählige Meter hoch in den Himmel und blühten in allen erdenklichen Farben. Stachelige Büsche waren besiedelt von Dutzenden kleiner Vögel, die aufgeregt herumflatterten und zeterten.

Mittlerweile war die zweite Sonne wieder aufgegangen und der Tag strahlend schön. Der Himmel war nicht blau, er war fliederfarben.

„Es ist nicht überall so schön wie hier", sagte Vidar, der ihren Blick sicherlich bemerkt hatte. „Dieser Boden ist getränkt mit dem Zauber deiner Mutter, die Bäume haben ihn eingeatmet, er pulsiert im Blut der Tiere. – Finjas Geist beschützt diesen Ort noch immer, selbst nach all den Jahren."

Lajana blickte sich um und bemerkte einen Hasen, der unter einem der riesigen Bäume hockte und kaum, dass er sie bemerkt hatte, blitzartig in seinem Bau verschwand.

„Warum warst du mit meinem Vater nicht einverstanden?", fragte Lajana, sprach den ersten Gedanken aus, der ihr in den Sinn kam.

Vidar verschränkte die Hände hinter dem Rücken, ohne Lajana anzusehen. „Er war ein Mensch."

Sie blieb stehen. „Er war aus der anderen Welt?"

„Ja. Er war Schmied." Er lachte, aber es klang traurig. „Die Gottkönigin erwählte einen sterblichen Schmied. Ich habe sie gescholten. Ich habe sie angefleht, ihre Wahl zu überdenken. Aber sie war stark und stur und ein Entschluss, der ihr richtig erschien, wurde niemals geändert. Am Ende …"

„Was?"

Er drehte sich zu ihr um. „Am Ende hat sie ihn wohl einfach geliebt."

„Du sagst das, als ob es etwas Schlechtes wäre."

„Es vernebelt den Geist und betäubt die Gedanken. Liebe erstickt Vernunft und Klarheit. – Aber was Kastiel angeht, so habe ich mich getäuscht."

„In der Liebe?"

„In ihm. – Er war nur ein Schmied, nur ein Mensch. Aber er kämpfte an der Seite deiner Mutter und meiner besten Männer. Er starb an meiner Seite und ich darf sagen, um sein Andenken zu ehren, er starb mit dem Mut eines Gottes!"

Lajana blickte ihn lange an. „Hast du meine Mutter auch sterben sehen?"

Für einen Augenblick war es beinah, als wäre er zusammengezuckt, dann räusperte er sich und deutete ein Kopfschütteln an. „Du solltest dich ausruhen!"

Sie riss die Augen auf. „Was?"

„Ausruhen."

„Jetzt? – Ich bin gerade hierhergekommen, mein Kopf ist zum Bersten mit Fragen gefüllt und ich soll schlafen?"

„Wir haben drei Sonnen, unsere Tage sind länger als die in der Welt, die dich beherrbergt hat. Doch die Nacht wird bald hereinbrechen und ich bin mir sicher, du musst erholt sein für morgen."

„Was ist denn morgen?"

Anstelle einer Antwort schob er sie eine Treppe hinauf. Wachmänner und Diener standen überall herum und verbeugten sich tief, als Vidar und Lajana vorbeigingen. Sie erinnerte sich, wie er Kessara abgekanzelt hatte. Vermutlich genoss er enormes Ansehen.

Er unterbrach ihre Gedanken, als er stehenblieb und eine Tür aufschob.

„Wenn es dir beliebt, wäre das dein Zimmer."

Lajana durchschritt nach kurzem Zögern die Tür und stand in einem riesigen Raum mit marmornen Wänden, die hohen Decken waren mit farbigen Tüchtern abgehängt, Kerzen brannten, auf einem kleinen Tisch stand eine Karaffe mit Wein. Doch das Schönste war die Terrasse, von der aus sie den Blick über all die Schönheit dieser unfassbaren Welt schweifen lassen konnte.

Als sie sich umdrehte, war Vidar nähergetreten. Er bewegte sich beinah lautlos. „Ich weiß nicht, was ich sagen soll", erklärte sie wahrheitsgemäß.

„Dann sag nichts, Lajana. Ruhe dich aus, genieße die Energie, die dir neu ist und dir Kraft schenken wird. – Wenn die erste der drei Sonnen wieder aufgeht, hole ich dich ab. Der Palast ist sicher, du bist hier in besten Händen."

Als er sich zum Gehen wandte, befiel sie plötzlich Panik an diesem fremden Ort.

„Wohin gehst du?", platzte es aus ihr heraus.

Er drehte sich noch einmal zu ihr um. Ein Lächeln lag auf seinen Lippen. „In mein Bett."

„Und wo ist das? Ich meine …" Sie presste die Lider aufeinander und ballte die Fäuste. „Ich meine, wo finde ich dich, wenn …"

„Frag einen der Diener, er wird dir den Weg zu mir zeigen."

„In Ordnung."

„Gute Nacht, Lajana."

Sie atmete aus und nickte. „Gute Nacht."

Von wegen *Gute Nacht!* – Wie ein Wolf im Käfig ging sie in ihrem Raum auf und ab, blickte abwechselnd auf die Kerzen, den Wein, die Terrasse und auf das breite Bett.

Nichts von alldem konnte sie locken, zu verwirrend waren ihre Gedanken; zu aufgewühlt ihr Geist.

Nach einiger Zeit, als es tatsächlich dunkel geworden war, griff sie nach der Karaffe und goss sich ein Glas des schweren Rotweins ein. Sie nahm einen Schluck, in der Hoffnung, dass es sie beruhigte, doch als das nicht funktionierte nahm sie noch einen zweiten Schluck.

Der Wein hatte es in sich und nach einiger Zeit verlegte sie sich samt Karaffe zu dem breiten Bett, zog sich eine Kerze heran und schob die Füße unter das seidene Laken.

Irgendwann in tiefster Nacht fielen ihr tatsächlich die Augen zu und sie glitt in unruhigen Schlaf.

Obwohl es sich anfühlte, als hätte sie nur einen kurzen Augenblick geschlafen, war es nun, da sie die Augen wieder öffnete, taghell.

Lajana setzte sich auf und gab ein gequältes Stöhnen von sich. In ihrem Kopf drehte sich alles, die Schläfen pochten und der Geschmack, der ihr auf der Zunge lag, war einfach zu widerwärtig.

Unweigerlich fiel ihr Blick auf die Karaffe auf dem Beistelltisch. Sie war leer.

Sie vergrub das Gesicht in beiden Händen und holte Atem. Beinah war sie überrascht, dass sie noch immer in der fremden, wunderschönen Umgebung war, wo die Luft sie mit schierer Kraft erfüllte.

Sie dachte an Vidar. Wollte er nicht hier sein, wenn sie aufwachte?

Vielleicht wartete er vor der Tür?

Obwohl … - Er schien nicht der Typ Mann zu sein, der sich vor einer verschlossenen Tür die Beine in den Bauch stand.

Lajana schwang vorsichtig die Beine aus dem Bett und rutschte an die Kante. Ihr Kleid war zerknautscht, aber das war, wenn man bedachte, in welcher ungewissen Situation sie sich befand, das kleinste Problem.

Sie erhob sich ein wenig unsicher, ging zu einem Beistelltisch, auf dem eine Schüssel mit Wasser stand. Sie spritzte sich ein wenig davon ins Gesicht und spülte sich den Mund aus.

Als sie den Blick hob, standen zwei der drei Sonnen hoch am Himmel. Sie tauchten die fremde Welt in warmes Licht. Dennoch fand Lajana keine Ruhe, um den Anblick zu genießen. Sie wandte sich der Tür zu und öffnete sie vorsichtig.

Ein Diener stand in der Nähe und kam sofort herbei.

„Kann ich Euch helfen?"

„Ja, ich … suche Vidar."

„Er ist im Garten."

„Gut, ich …" Sie sah nach links und rechts. „Wo ist denn der Garten?"

„Den Gang entlang, die Treppe hinunter und dann einfach geradeaus. Soll ich Euch begleiten?"

„Nein, vielen Dank." Sie lächelte und wandte sich um, ging den breiten Korridor hinab, dessen schlichte, marmorne Pracht sie am Vortag im Halbdunkeln nicht gesehen hatte. Die Treppe war leicht geschwungen und führte im Bogen zu einem großen, hölzernen Eingangstor, das weit offenstand.

Sie trat ins Freie. Der Duft von Rosen stieg ihr in die Nase. Fremdartiges Vogelgezwitscher war zu hören. Unter ihren Sandalen war das Gras so weich wie ein Daunenbett.

Lajana sah sich um.

Im Garten! – Aber, wenn der Garten nun so groß war, dass er nicht einmal ansatzweise zu überblicken war?

Plötzlich hörte sie einen Schrei.

Sie fuhr zusammen.

Noch ein Schrei.

Klirrendes Metall.

Ein Kampf?

Lajana wandte sich nach rechts, schlich sich vorsichtig an den schützenden Rosenbüschen entlang, die sie bei weitem überragten und zu einer riesigen Hecke verwachsen waren.

Ihr Weg führte sie an einem steinernen Brunnen, einem Pavillon, der von duftenden, grellblauen Blumen überrankt war, und mehreren Bäumen vorbei, die so hoch waren, dass sie die Kronen nicht einmal erahnen konnte.

Das Klirren von Metall wurde lauter, ein erstickter Schmerzenslaut, ein dumpfer Knall, als wenn ein Körper auf den Boden geschleudert wurde. Lajana stockte. Zwar waren einige simple Verteidigungsarten Teil ihrer Ausbildung im Tempel gewesen, trotzdem war es vielleicht nicht die beste Idee, sich unbewaffnet einer solchen Situation zu nähern.

„Seid ihr denn Waschweiber? – Habt ihr keine Waffen? Keinen Mut? – Greift mich an!“

Sie erkannte Vidars Stimme und duckte sich hinter einen duftenden Kamelienbusch. Hinter dem dichten Blattwerk erkannte sie eine verwirrende Szenerie. Ein Dutzend Männer, in dicken Kampfpanzern, kräftig, teilweise schweißgebadet, bis an die Zähne bewaffnet, standen im Kreis um Vidar herum. Sie lauerten. Er selbst trug nur eine Axt in der linken und ein Kurzschwert in der rechten Hand.

Es war still. So still, dass Lajana unwillkürlich die Luft anhielt, bis plötzlich alle Mann gleichzeitig auf Vidar stürzten.

Sie widerstand ihrem ersten Impuls, ihm irgendwie zu

helfen. Und schon im nächsten Augenblick begriff sie, dass das überhaupt nicht nötig war, denn einer der Männer flog im hohen Bogen davon. Ein zweiter wurde herumgewirbelt. Lajana hatte keine Ahnung, wie das funktionierte, sie sah nur eines von Vidars kräftigen Beinen, das dann wie ein riesiger Arm einen dritten Mann packte, ihn auf den Rücken warf, als er sich herumdrehte und mit der stumpfen Seite seiner Axt einen vierten bewusstlos schlug.

Plötzlich sprang er auf die Beine. Sechs Mann taten es ihm gleich.

Lajanas Herz pochte wie wild, als sie den Hunger in Vidars Augen sah; den Durst nach Kampf und Sieg.

„Die Tochter des Bäckers, mag sie vier Jahre alt sein", spottete er. „Ich glaube, wenn sie ihre Brötchen knetet, hat sie mehr Kraft als ihr alle zusammen!"

Das reichte offenbar als Ansporn aus, um das verbliebene halbe Dutzend Männer auf ihn zu hetzen. Doch diesmal brachten sie Vidar nicht mehr zu Fall. Einen nach dem anderen setzte er außer Gefecht. Doch von oberflächlichen Schnitten abgesehen, verletzte er sie nicht. Er schlug sie bewusstlos, verdrehte ihnen Gelenke, warf sie zu Boden. Innerhalb weniger Augenblicke stand keiner mehr von ihnen. Nur Vidar blickte atemlos auf sie alle herab.

Er steckte die Axt in die Halterung an seinem Gürtel und schob das Kurzschwert in das Heft.

„Glaubt nie, ihr wärt überlegen, nur weil ihr in der Überzahl seid!", warnte er seine Männer. „Vertraut nie auf eine List! Seid euch niemals sicher! – Nur, wer hellwach seinem Feind begegnet und ohne Furcht, der kann siegreich sein! Und haltet die Augen offen", forderte er. „Man weiß nie, wer oder was sich in der Dunkelheit verbirgt. Oder hinter einem blühenden Strauch!"

Lajana stockte. – Meine er etwa sie?

Doch da war sein Arm schon durch die Kamelie

geschossen und packte sie, zerrte sie in die Mitte und warf sie zu Boden.

Lajana riss die Augen auf, funkelte ihn voller Wut an. Sein Mundwinkel zuckte amüsiert, als er zu seinen Männern aufsah.

„Im schönsten Kleid mag sich der Feind verbergen! Lasst euch nicht blenden!"

Was dann geschah, war wohl eher reiner Instinkt.

Lajana riss ihr Bein in die Höhe und traf Vidar mit dem Fuß dort, wo es sicherlich schmerzte, dann schoss sie vor auf die Knie, packte das Messer, das an seiner Wade schimmerte, sprang auf und presste die Klinge gegen seine Kehle.

Grimmige Wut stand in seinen unmenschlichen Augen, als sie lächelte. „Und selbst wenn ihr am Boden liegt", richtete sie das Wort an die unbekannten Männer, „könnt ihr noch immer siegreich sein!"

Die Männer murmelten, ein paar klatschten.

„Gut pariert!", musste Vidar nun einräumen.

„Nichts anderes sollte man mit Frechheiten tun!"

Er hob die Hände und bewegte sich etwas zurück. „Ich ergebe mich."

Lajana blickte ihn fest an, versuchte ihren pumpenden Herzschlag zu ignorieren, und gab ihm dann das Messer, das er wegsteckte. Dann erhob er sich und streckte Lajana eine Hand entgegen, um sie auf die Beine zu ziehen.

„Ganz unzweifelhaft bist du die Tochter deines Vaters."

Sie runzelte die Stirn. „Weil ich mich nicht wie ein Idiot übertölpeln lasse?"

Er lachte kurz. „Das ist die königliche Palastwache. – Als Tölpel würde ich sie nicht bezeichnen. – Aber nun komm!"

Seine Hand in ihrem Rücken schob sie von den Männern weg. Sie stemmte sich gegen den Druck. „Wohin gehen wir denn?"

„Ich will dich dem König vorstellen."

Sie riss die Augen auf. „Aber -“

„Er wird sich freuen, dich kennenzulernen.“

Vidar ging voran, ohne auf Lajanas Zögern zu reagieren oder gar eine weitere Frage zuzulassen. Er durchquerte die Gärten und gelangte auf die andere Seite des Gebäudes.

Zu ihrer Überraschung entdeckte Lajana ein Kind, das auf dem Gras saß und mit einem Fohlen spielte, als wäre es ein Hund. Das Kind, ein Junge von nicht mehr als zehn Jahren, tollte mit dem Fohlen herum, balgte und lachte, während die Stute am Rand stand und genüsslich eine Portion Hafer verspeiste, die ihr ein Diener in einer großen Schale hinhielt.

Vielleicht war das der Sohn des Königs, oder sein Enkel, oder –

„Eure Hoheit!“

Lajana stockte, als Vidar den Jungen ansprach.

„Vidar, wie schön!“ Er sprang auf und lief zu ihm.

Für einen Augenblick schien es, als würde er dem Kriegergott direkt in die Arme springen, doch dann machte er kurz vor ihm Halt und deutete, nicht ohne ein Lächeln, eine tiefe Verbeugung an.

Vidar verbeugte sich ebenfalls.

„Kyros, mein Freund. Sieh nur, wen ich dir hier -“

„Die Tochter der Gottkönigin.“ Der Junge blickte zu Lajana empor und verbeugte sich noch einmal, tiefer diesmal, regelrecht galant.

„Ich bin Kyros, Sohn der Festa, der Schwester deiner ehrenwerten Mutter.“ Er grinste, während er sich erhob. „Ich bin also dein Cousin.“

„Oh, das …“ Lajana lächelte etwas unbeholfen. „Das hatte Vidar völlig vergessen, zu erwähnen.“ Sie warf dem Besagten einen finsteren Blick zu, der nur ein Achselzucken von sich gab.

„Ich freue mich, dich kennenzulernen. Ich …, es muss schwer sein, in deinem Alter schon Staatsgeschäfte -"

Der Junge lachte lauthals. „Nun, in meinem Alter müsste ich allmählich dazu in der Lage sein." Er zwinkerte und Lajana warf Vidar einen fragenden Blick zu.

„Mit der Magie, die Kyros beherrscht", erklärte er daraufhin, „lässt es sich frei wählen, wann der Körper aufhört zu altern. Kyros hier hat sich entschlossen, die Leichtigkeit der Kindheit niemals gegen die Freuden eines erwachsenen Mannes einzutauschen. Er ist mittlerweile 230 Jahre alt."

Lajana starrte zu dem Jungen hinab und konnte nicht verhindern, dass sie dabei ein richtig, richtig dummes Gesicht machte. „Ist das wahr?", fragte sie.

Er strahlte. „So wahr ich hier stehe."

„Aber wie alt war meine Mutter, als sie -"

„98", gab Kyros zurück, der ihre Frage offensichtlich erahnte. „Sie war sehr jung, als sie sich einen Mann erwählte."

„Bedeutet das, dass auch ich -"

„Wenn du es wünschst, hört dein Körper noch heute auf, zu altern." Vidar nickte und offenbar war es hier völlig überflüssig, dass sie ihre Fragen zu Ende stellte. „Kyros kann dich in die Magie unterweisen, die ihm und euren Müttern eigen war. Er beherrscht sie von uns allen am besten. Deswegen führt er unser Reich."

Der Junge nickte und schob das Fohlen weg, das ihn zum Spielen aufforderte. „Ich habe eine Klasse, die ich unterweise", erklärte er dabei. „Weniger als zwei Dutzend, in denen die Magie unserer Mütter schlummert." Er streifte ihre Hand. „Keiner davon besitzt deine Kraft. Das Erbe deines Vaters hat sie nicht gemindert. Im Gegenteil." Er sah zu Vidar auf. „Du warst im Unrecht, mein Freund. Von Anfang an."

„Ich weiß, Kyros." Er sah Lajana lange an. „Ich weiß."

Kurz herrschte Schweigen, das der Junge unterbrach, indem er laut in die Hände klatschte. „Schluss mit den trübsinnigen Gedanken und schmerzvollen Erinnerungen. Ich bringe die Pferde weg und dann lasst uns hineingehen. Ich werde die Chronik zitieren und das Vermächtnis der Gottkönigin. Und dann werde ich ein Fest geben, wenn mein lästiges, schwermütiges Amt an diesem Tag endlich endet!"

Lajana blinzelte verständnislos. „Warum endet es denn?"

„Na, weil du meinen Platz einnimmst, natürlich."

Und noch ehe Lajana ihrer Fassungslosigkeit irgendwie Ausdruck verleihen konnte, sprang der Junge singend davon.

KAPITEL 4

Lajana war kurz davor, zu hyperventilieren. „Ich nehme seinen Platz ein?", hauchte sie.

Vidar hob beide Hände. „Lajana, beruhige -"

„Ich nehme seinen Platz ein?", brüllte sie nun, jeglicher Fassung beraubt.

„Lajana, deine Mutter hat -"

„Meine Mutter war bis heute eine völlig Fremde für mich! Ja, mehr noch, meine Mutter war eine Frau aus dem Volk, die mich in den Tempel gegeben hat, weil ich dazu bestimmt war, dieses verdammte Portal zu öffnen. Zwanzig Jahre, mein ganzes Leben lang, habe ich mit diesem Gedanken gelebt. – Kannst du dir auch nur ansatzweise vorstellen, was du mir zumutest? Was das alles … mit mir macht?"

Vidar packte sie bei den Schultern. Sein fester Griff und der Blick seiner unmenschlichen Augen, die in diesem Moment regelrecht zu pulsieren schienen, brachten wenigstens ein bisschen Ruhe zurück in ihren Geist.

„Nein", erklärte er entschlossen. „Ich habe nicht den Hauch einer Ahnung, was das alles in dir auslöst. Aber wenn ich dir sage, dass all dies nicht zu deinem Nachteil ist, dass die Aufgabe, die deine Mutter dir zu erfüllen vorbestimmt hat, von Grund auf gut und rein ist, dass sie unzählige, unschuldige Leben retten wird, und dass nicht wenige gute Menschen gestorben sind, damit es überhaupt zu diesem Augenblick hier kommt, wirst du dann nicht versuchen, all dem zu entsprechen? Willst du nicht anhören, was zu tun ist? Willst du nicht die Gefahr sehen, die uns alle verschlingen will, bevor du uns und ihr den Rücken kehrst?"

Lajana schluckte trocken.

Argumentieren konnte er!

„Bin ich meiner Mutter wirklich ähnlich?", fragte sie leise. „Denkst du wirklich, dass ich dem gewachsen bin oder jemals sein könnte, was ihr alle hier in mir seht?"

„Aus tiefster Seele ja, Lajana. Zu beidem."

Was hatte sie schon für eine Wahl?

Sie hatte den Schritt in diese Welt gewagt, sie hatte erfahren, wer sie war und ganz gleich wie unglaublich alles zu sein schien, es war real. Diese Welt und ihre Bewohner, diese Welt, der sie angehört hatte, lange bevor sich ihr Bewusstsein geregt hatte, sie fühlte sich ihnen verbunden.

In Vidars eisernem Griff holte sie tief Atem. Einmal ..., und dann noch einmal. Und ein drittes Mal.

Dann nickte sie.

„In Ordnung", erklärte sie.

„In Ordnung." Er ließ sie los.

„Keine weiteren Überraschungen?"

„Kyros wird nur die Erbfolgechronik deiner Mutter verlesen. Sie hat verfügt, was dir gehören soll. Die Chronik wird dem Volk verkünden, dass sie dir zu folgen haben und dass sie die Kraft in dir ehren sollen."

Das klang so einschüchternd, dass sie kaum ein Nicken zustande brachte.

„Gut", sagte sie dennoch. „Dann lass uns reingehen."

„Es gibt einige formelle Dinge, die eingehalten werden müssen", erklärte Vidar, während er die Treppen des prachtvollen Marmorpalastes hinaufstieg und Lajana ihm folgte. „Kleidervorschriften, wer anwesend zu sein hat, solche Dinge."

„Ich habe keine Kleidung zum Wechseln dabei."

„Dein Erscheinen ist einer Gottkönigin angemessen. Es gibt nichts daran zu verändern."

„War das ein Kompliment?"

Vidar blickte sie kurz über die Schulter an. „Eine Tatsache."

Es gab einen Thronsaal.

Er war mit farbigen Stoffen abgehängt und wirkte durch große Tafeln, die unterhalb des Thrones standen und sicher für Empfänge oder Bankette genutzt wurden, besonders festlich.

Kyros saß auf dem Thron. Er trug eine Art lederne Uniform und ein Kurzschwert hing an seiner Seite. Es war poliert und glänzte in der Sonne, die durch die bogenförmigen Fenster hereinfiel. Lajana konnte sich nicht vorstellen, dass er es jemals benutzt hatte.

Ihr Blick fiel auf die beiden langhaarigen Katzen, die auf den Armlehnen des Thrones saßen und sie erwartungsvoll anstarrten, beinah als wären es verzauberte Menschen; oder Götter.

Obwohl er ein Kind war, zumindest der Gestalt nach,

wirkte der junge König plötzlich sehr förmlich. Seine Miene war ernst, die Lippen fest aufeinandergepresst. Der Schalk war aus seinen Augen gewichen, als er aufstand und Lajana einen Gruß zunickte.

Das erste Mal konnte sie sein wahres Alter erahnen.

„Lajana, Tochter der Finja und des Kastiel. Willkommen!"

Er zeigte auf einen Platz zu seiner Rechten.

Lajana selbst war so sehr damit beschäftigt, zu überlegen, was wohl die richtige Antwort auf seine Begrüßung war, dass sie gar nicht daran dachte, sich auf seine Geste hin zu setzen, zumindest nicht, bis Vidar sie am Arm fasste und hinauf zum Thron führte. Dort setzte sie sich vor Kyros, so dass sie in etwa auf Augenhöhe waren. Vidar blieb stehen.

„Lajana", sagte der Kindkönig, „ich werde nun einige Worte in unserer Sprache sagen. Vergib mir, wenn du sie nicht verstehst, es gehört zum Prozedere."

Sie räusperte sich. „Natürlich."

Sie hielt ihre Stimme leise, weil jeder Laut in hundertfacher Lautstärke von den Wänden zurückgeworfen wurde. Während Kyros in einer Sprache, die ihr zwar fremd, aber dennoch vertraut war, anfing etwas zu rezitieren, schweifte ihr Blick über die Anwesenden. Nur wenige waren im Thronsaal. Drei Frauen und vier Männer. Sie blickten Lajana alle auf dieselbe erwartungsvolle, neugierige und skeptische Weise an; eine Art und Weise, die sie am liebsten die Flucht hätte ergreifen lassen. Und besonders unangenehm war ihr, dass Kessara, die Verhandlerin, die sie noch vor wenigen Stunden so abgekanzelt hatte, scheinbar ebenfalls zu diesem kleinen Kreis der Anwesenden gehörte.

„Nun zu dem Teil, den deine Mutter verfügt hat", wechselten Kyros die Sprache und sah Lajana direkt an.

Sie lächelte etwas hölzern und nickte.

„Ich verlese es laut, da das Protokoll es so vorsieht." Er rollte ein wenig mit den Augen, nur so, dass Lajana es sehen konnte, und nahm damit ein wenig der Spannung aus ihren Schultern.

„Meine Tochter", hob er dann an. „Der Tag ist gekommen, da unserer Welt mein Kind wiedergegeben wurde. Das Leben, das du geführt hast, muss fremd gewesen sein, und noch fremder erscheint dir nun dieser Ort, der doch niemals etwas anderes als deine Heimat war. Doch ich ahne, dass die Zeit drängt. Und ich bete, dass es noch nicht zu spät sein wird, das dunkle Schicksal abzuwenden, wenn du deinen Weg zu uns zurückgefunden hast. – Um all das Notwendige zu beschleunigen, verfüge ich in meiner letzten Amtshandlung diese Dinge. Sobald sie erfüllt sind, wirst du meinen Platz als Gottkönigin einnehmen und mithilfe meiner treusten Freunde und Ergebenen unser aller Schicksal vollenden. – Zuerst verfüge ich, dass Kyros dich lehren soll, deine Kraft einzusetzen. Er ist derjenige von uns, dem am meisten davon geschenkt wurde, zumindest nach dir und mir. Er wird dir helfen deinen Geist in eine Waffe zu formen, die alles zerschmettert, das sich ihr in den Weg stellt." Lajana blickte Kyros stirnrunzelnd an, der sie mit der Zuversicht eines Kindes anblickte und weiterblätterte. „Natürlich verfüge ich auch, dass dir mein Besitz übergeben wird. Diejenigen, die sich darauf ausgebreitet haben, ohne ihn sich auch nur ansatzweise verdient zu haben, mögen innerhalb der nächsten fünf Sonnenaufgänge davon verschwunden sein." Lajana hörte leises Gemurmel von unten. Besonders Kessara rutschte plötzlich sehr unbehaglich auf ihrem Platz herum. Hoffentlich war es nicht ausgerechnet sie, die –

„Und zuletzt noch eine Verfügung, die dich, meine Tochter, und Vidar betrifft."

Lajana hob überrascht die Braue und drehte sich zu ihm um, der nur ein ahnungsloses Achselzucken von sich gab.

Als beide zu Kyros blickten, war er seltsam blass geworden.

Er räusperte sich.

„Lies weiter!“, forderte Vidar ihn auf.

„Ich verfüge, dass …“ Wieder ein Räuspern. „Ihr wisst ja, der Überbringer schlechter Nachrichten kann überhaupt nichts …“

„Kyros!“

„Außerdem bin ich ein Kind …“

„*Kyros*!“ Diesmal riefen sie es sogar zusammen aus.

Der junge König trat einen halben Schritt zurück, bevor er weiterlas. „Ich verfüge, dass Kyros meiner Tochter das Amt der Gottkönigin übergibt, sobald sie und mein treuster Waffenbruder und Freund, mein Lehrer und Vertrauter, Vidar von Asteria, vermählt sind.“

Das Gemurmel von den Bankettbänken wurde plötzlich zu etwas sehr viel Lauterem. Doch Lajana nahm es gar nicht wahr, denn in ihren Ohren war plötzlich dieses Klingeln, das sich innerhalb von Augenblicken zu einem Dröhnen entwickelte.

Wie in Zeitlupe erhob sie sich und drehte sich zu Vidar um, der sie mit weit aufgerissenen Augen ansah.

„Du!“, drohte sie mit ausgestrecktem Zeigefinger.

„Lajana -“

„Du *wusstest* es!“

„Ich hatte keine Ahnung!“

„Du wusstest es von Anfang an!“

„Ich schwöre dir -“

„Hör mir auf mit Schwüren!“ Sie fuhr zu Kyros herum. „Wusste er es?“

Der Kindkönig wand sich. „Nun ja, eigentlich nicht …“

„Könnte er es erfahren haben?“

„Nun, die Chronik lag hier zwanzig Jahre lang, für jedermann zugänglich. Es könnte schon sein, dass -“

Und da brannten Lajana die Sicherungen durch, von denen sie gar nicht gewusst hatte, dass es sie gab.

Mit einem wütenden Schrei sprang sie Vidar an die Kehle. Sie versuchte ihn zu würgen, auch wenn er sie mühelos abschüttelte, hielt sie das nicht davon ab, einen zweiten Versuch zu unternehmen.

Er packte ihre Handgelenke, nachdem sie ihm einen möglicherweise schmerzhaften Schlag gegen das Kinn verpasst hatte.

„Lajana, ich hatte keine Ahnung davon. Ich habe die Chronik nie angerührt!"

„Du verdammter -"

„Kyros, lässt sich dieser Punkt irgendwie umgehen?"

Der Kindkönig stieß ein Lachen aus. „Eine letzte Verfügung der Gottkönigin Finja? – Vergiss es, Bruder!"

Lajana hatte noch nie einen Mann berührt, und obwohl es vielleicht etwas ungewöhnlich war, dass die ersten Berührungen ausgerechnet in Schlägen und Würgeversuchen bestanden, fühlte es sich in diesem Moment genau richtig an.

„Ich werde dich auf keinen Fall heiraten! Ich würde eher den Staub unter meinen Schuhen fressen, als mit dir -"

Der Rest ihres Satzes ging in einem ohrenbetäubenden Sirenengeheul unter, das den Raum erfüllte und das Glas zum Klirren brachte.

Innerhalb eines Wimpernschlags war alles in Aufruhr.

Kyros packte seine Katzen und klemmte sie sich wie Schreibmappen unter die Arme.

Vidar schüttelte Lajana brüsk ab und zeigte auf einen der Männer an den Bankettischen. „Aus welcher Richtung?"

Die Augen des Mannes flackerten auf, dann antwortete er: „Aus Norden!"

„Verflucht noch eins!"

„Was …, was ist denn los?"

„Ein Angriff! – Kyros, bring sie in Sicherheit!"

„Natürlich!"

Und noch ehe Lajana begriff, was geschah, verwandelte

sich der Mann, der sie so freundlich angeleitet hatte, der ihr den König vorgestellt und bei der Nachricht ihrer Mutter gerührt neben ihr gestanden hatte, in etwas, dem sie nicht im finstersten Alptraum begegnen wollte. Sein Blick wurde eiskalt, das Grün loderte, die Lippen waren zusammengepresst. Und die Sicherheit, mit der er einen Waffengurt umlegte, der ihm von unten zugeworfen wurde, zeigte, wie unendlich viele Male er das schon getan haben musste.

Mit wildem Blick fuhr er noch einmal zu Lajana herum. „Wenn es das Schrecklichste ist, mit mir vermählt zu sein, dann löst sich dein Problem vielleicht bevor die Sonne untergeht. – Zu den Pferden!“

Dann lief er einfach davon.

Lajana blieb zurück, mit Kyros und seinen Katzen.

Völlig fassungslos starrte sie Vidar und den anderen nach. „Wie meint er das?“

Kyros stand neben ihr. „Ein Angriff. Bei jedem davon sterben Männer. Er meinte, wenn es diesmal ihn trifft, brauchst du ihn zumindest nicht mehr zu heiraten.“

Sie sah erschrocken zu Kyros hinab. „Aber so habe ich es doch nicht gemeint! Ich will doch nicht, dass er stirbt!“

„Vidar war noch nie vermählt. Denkst du, ihm fällt es leicht, die Verfügung deiner Mutter zu erfüllen? Er ist dir aber zumindest nicht sofort an die Gurgel gesprungen, weil er dich für das garstigste Wesen unserer Welten hält.“

Lajana spürte einen brennenden Schmerz in ihrer Brust. „Aber das tue ich doch gar nicht! Ich halte ihn doch nicht für … - Ich dachte, er wusste es; dass er mich an der Nase herumgeführt hat.“

Kyros schüttelte den Kopf. „Vidar mag viele Schwächen haben. Gewalt, Maßlosigkeit im Kampf, sein Drang sich von allem Leben fernzuhalten. Aber eine List, die ist wirklich unter seiner Würde.“

Lajana starrte hinaus in die wunderschönen Gärten und

spürte die Angst durch ihren Körper strömen. Verwirrt stellte sie fest, dass es nicht nur ihre eigene Angst war. Es war die Angst derer, die in den Kampf zogen und die jener, die auf ihre Lieben warteten und hofften, dass sie wiederkehrten.

„Ich spüre es auch", sagte Kyros. „Es ist die Verbindung. Die Verbindung, die uns und alles andere hier zusammenhält und verknüpft. Der Schmerz der anderen wird zu unserem Schmerz, ihre Angst zu unserer." Für einen Moment wurde sein Blick leer. „Unsere Gabe ist alles andere als leicht zu ertragen, insbesondere wenn sie ausgebildet und gestählt ist, wie bei deiner Mutter. Sie zerstört und heilt. Sie ist allmächtig." Plötzlich fuhr ein Beben durch die Erde.

Lajana zuckte zusammen. „Was war das?"

Kyros packte nach ihrer Hand, ließ dabei fast eine der Katzen fallen. „Komm mit mir! Wir gehen nach oben!"

KAPITEL 5

Kyros eilte steinerne Stufen hinauf in einen kleinen Raum, der an der Hinterseite des riesigen Palastes lag. Es gab nur winzige Fenster und zahllose Kerzen. In der Mitte stand ein Spiegel, kaum größer als der, den Lajana verwendete, wenn sie ihr Haar kämmte.

Kyros setzte seine Katzen ab, trat dann vor den Spiegel, murmelte ein Wort und die Oberfläche veränderte sich.

Völlig erstaunt beobachtete Lajana, wie aus dem matten Spiegelglas eine Landschaft wurde.

„Ist das …?"

„Ja. Es funktioniert genau wie der Spiegel, durch den du gelangt bist. – Nur dass dieser hier zu klein ist, um als Portal zu fungieren. Er ist ein Aussichtspunkt. – Zeig mir den Norden!" Sofort raste die Landschaft an ihnen vorbei; Wälder, Berge, weite Wiesen.

Jäh stockte das Bild und es dauerte Augenblicke, bis Lajana begriff, was sie sah. Zuerst hielt sie es für eine dunkle Steinebene, doch dann sah sie, dass es keine Steine waren. Es waren Rücken! Zahllose, tausende Rücken von massigen, unförmigen Bestien.

„Kyros", hauchte sie. „Was ...?"

„Sie haben viele Namen. Ich jedoch weigere mich, ihnen einen zu geben. Es sind wilde, geistlose Bestien, die einem Herrn folgen, der sie lenkt."

„Welchem Herrn?"

„Wir wissen es nicht. Wir ..." Er zuckte zusammen, als ein paar Dutzend der Bestien aus der Formation ausbrachen. Plötzlich erschienen Flügel auf ihren zerfurchten Rücken, die sie emporhoben.

„Greifen sie euch an?"

„Alle neunzehn Jahre bricht eine neue Welle über uns herein. Bisher konnten wir sie alle zurückschlagen, aber wir hatten deine Mutter." Er blinzelte. „Wir hatten meine Mutter. Wir hatten Macht und Kraft. Aber jetzt ..."

„Wo ist Vidar?"

Der Spiegel huschte hin und her, als würde er auf Lajanas Frage hin, das Schlachtfeld durchsuchen. Dann kam das Bild näher, und näher.

Lajana presste sich die Hände vor den Mund, als sie begriff, was sie sah.

Leblose Körper, Blutlachen. Pferde, die strampelnd auf die Beine kamen und vor dem davonliefen, was keinen Namen trug.

Die Bestien, sie fielen mit riesigen Klauen und Zähnen so lang wie Schwertern über die Götter her und zermalmten sie zwischen ihren Kiefern.

Auf einen Gott, ganz gleich, wie gekonnt er sich verteidigte, kamen mindestens zehn von ihnen.

Und dann entdeckte sie ihn. – Vidar!

Eine der geflügelten Bestien stieß auf ihn herab und riss ihn vom Pferd.

Lajana schlug sich beide Hände vor den Mund, als er unter dem grauen Monster verschwand.

Doch im nächsten Moment durchbohrte ein Schwert den

massigen Körper und wurde regelrecht zur Seite geschleudert.

Vidar. - Sein Gesicht blutverschmiert, die Kleider zerrissen.

Schwert in der einen und Axt in der anderen Hand, stieß er einen Kampfschrei aus, der nichts Menschliches an sich hatte.

Sein Pferd war geflohen, also stellte er sich einem anderen, das im wilden Galopp davonpreschen wollte, in den Weg.

Lajana rechnete damit, dass er schlichtweg überrannt würde, doch das Pferd bremste aus vollem Lauf, stieg vor ihm wiehernd auf die Hinterbeine.

Vidar packte den Zügel und sprang auf den Rücken des Braunen, riss ihn herum und stürmte auf die vorderste Linie zu. Er brüllte ein Kommando und im nächsten Augenblick wogte eine Druckwelle über das Schlachtfeld hinweg. Dutzende der Bestien wurden davongeschleudert.

„Was war das?"

„Das waren die Geistkrieger!" Kyros zeigte auf eine Linie von zwanzig Männern und Frauen, die hinter den berittenen Kriegern aufrückten. „Männer wie du und ich, Lajana, ausgestattet mit derselben Kraft. Der Kraft der Gedanken, der Waffe des Geistes."

Die Bestien stürmten wieder vor. Lajana schüttelte mit weit aufgerissenen Augen den Kopf. „Aber, sie haben ja überhaupt keine Chance."

„Die Macht unserer Mütter fehlt."

„Kann ich, … kann ich irgendetwas tun?"

„Nicht, bevor deine Ausbildung erste Früchte trägt."

Sie blickte zu ihm hinab. „Und du? – Bist du nicht ausgebildet? Hast du nicht die Kraft?"

„Deine Mutter hat verfügt, dass ich hier im Palast bleibe, bis du meine Nachfolge antrittst."

„Aber ich bin doch hier, ich …“ Sie schluckte. „Könnte ich dir befehlen, ihnen zu helfen?“

Kyros lachte kurz. „Wohl kaum.“

Lajana blickte noch einmal auf den Spiegel. Die Götter fielen. Und die Bestien rückten auf. Sie sprengten die Reihe der Geistkrieger und stürmten vor.

Vidar? – Wo war er? War er überhaupt noch am Leben?

„Könnte ich dich bitten, Kyros?“ Sie fing seinen Blick auf. „Ich bitte dich, hilf ihnen.“

„Ich kann nicht, Lajana. Jedenfalls nicht, solange du nicht auf dem Thron sitzt.“

„Und wenn ich dir verspreche, dass ich alle Bedingungen erfülle?“

„Du heiratest Vidar?“

Sie schloss für einen Moment die Augen, nickte dann. „Wenn du jetzt gehst und dieses Hinschlachten beendest, dann verspreche ich dir, ich tue es. Wie ich auch alles andere tun werde, was meine Mutter verfügte.“

„Ich habe dein Wort?“

Sie nickte ernst. „Du hast mein Wort.“

Beinah fröhlich stieß er einen Schrei aus und feuerte die Krone, die er sich vom Kopf riss, in die Ecke.

Er murmelte einige Worte, die sie nicht verstand und ging zur gegenüberliegenden Seite des Raumes. Mit ausgestreckten Fingern betastete er die glatte, marmorne Oberfläche, bis sich plötzlich die Farbe veränderte.

Lajana stellte erstaunt fest, wie die Struktur hervortrat.

Es war ein Spiegel. Ein Spiegel, wie der, durch den sie gekommen war. Davon schien es in dieser Welt mehrere zu geben.

Er warf einen letzten Blick über die Schulter und stieg hindurch. Im selben Augenblick verschmolz der Spiegel wieder mit der Wand und wurde unsichtbar.

Lajana wirbelte herum. Der kleine Spiegel in der Mitte zeigte noch immer das brutale Kampfgeschehen.

Mittlerweile war keine Linie mehr zu erkennen. Körper und geflügelte Bestien, Blut und Klingen, alles vermischte sich zu einer grausamen Szenerie, deren Ausmaß Lajana die Tränen in die Augen trieb.

„Zeig mir Vidar!“, sagte sie. „Zeig mir …“ Wie hieß er doch gleich mit vollem Namen? – „Zeig mir Vidar von Asteria!“

Sie wusste nicht, ob der Spiegel sie nicht verstand, ihr schlichtweg nicht gehorchte oder ob genau dort, wohin sie sah, sein Körper unter Bestien begraben war, die sich nicht mehr rührten.

Und selbst wenn er noch lebte, erkannte sie ihn nicht.

Sie presste die Hände zusammen und betete, dass er noch am Leben war. Dann plötzlich eine Druckwelle von so immensem Ausmaß, dass die Hälfte der Bestien einfach zurückgeschleudert wurde. Ihre Körper drehten sich im Flug, die Krallen weit ausgefahren, die Mäuler aufgerissen. Und dann fielen sie. Manche hatten das Glück auf den Wiesen zu landen, andere zerschellten an den nahen Felsen.

Kyros! – Jetzt sah sie ihn. Er teilte die Reihen der Seinen, die zurückwichen. Manche Männer eilten zu Verletzten und halfen ihnen auf. Die wenigen Pferde, die noch nicht geflohen waren, wurden eingefangen.

Doch all das kümmerte den Jungen nicht. Seine Arme hingen an den Seiten herunter, die Finger waren gespreizt und selbst durch den Spiegel erkannte Lajana, dass er immerzu etwas murmelte, während er unbeirrt voranschritt.

Der Anblick war grotesk. Ein Kind auf einem Schlachtfeld, das es allein beherrschte. Eine Horde von Bestien, die es mit einem Fingerzeig in die Flucht schlug.

Konnte sie selbst tatsächlich auch diese Kraft haben?

War sie wirklich wie Kyros?

Sie sah hinab auf die Verwundeten und auf diejenigen, die sich nicht mehr rührten.

War es wirklich sie, die diesen Männern und Frauen Frieden bringen konnte?

Noch eine Druckwelle, die die Reihen der Bestien aufsprengte. Nun waren es kaum noch Hundert, die standen. Doch sie zögerten, sie streckten die Köpfe in die Luft, gleichzeitig, als würden sie auf etwas lauschen, das nur sie hören konnten. Und dann fuhren sie herum und preschten davon.

Erleichtert sackten Lajanas Schultern herab, doch das Gefühl verpuffte in dem Augenblick, da sich Kyros hinabbeugte zu einem Mann, dessen Gesicht so blutverschmiert war, dass sie ihn erst im zweiten Moment erkannte.

„Vidar", hauchte sie. „Nein!"

KAPITEL 6

Lajana stürmte die Treppenstufen des Palastes hinab und lief am Fußende beinah in eine Frau.

„Oh, Eure -"

Lajana schob sie wortlos beiseite und stürmte ins Freie. Ihr Blick glitt über die Weite des Gartens. Verdammt nochmal, sie hatte nicht den Hauch einer Ahnung, woher Kyros kommen würde.

Er hatte Vidar von zwei anderen Kriegern auf ein Pferd legen lassen. Es war absolut nicht absehbar, ob er noch lebte oder schon tot war.

„Lajana."

Die sanfte Frauenstimme hinter ihr, ließ sie herumwirbeln. „Ja?"

„Ich bin Kaspia."

Es fiel ihr schwer, sich auf die Frau zu konzentrieren. Aufgeregt schluckte sie, ballte die Fäuste, deutete ein Kopfschütteln an. „Es tut mir leid, ich -"

„Sie kommen aus Norden", unterbrach die Frau, die, wie Lajana nun feststellte, schon etwas älter wirkte. Ihr Lächeln war gütig.

„Wo ist denn Norden?"

Sie zeigte geradeaus auf die Berge. „Hinter diesem Kamm. Sie werden in wenigen Minuten da sein!"

„Woher …?"

„Ich spüre Vidar." Sie lächelte gütig, wenn auch besorgt. „Er ist mein Sohn."

Lajana starrte sie an. *„Was?"*

„Ich bin Vidars Mutter, Kaspia von Asteria."

„Aber -"

„Ich war bei der Zeremonie vorhin anwesend."

Lajana starrte sie an, irgendwo zwischen Fassungslosigkeit, Scham und Unglaube.

„Ich habe es nicht so gemeint", erklärte sie tonlos. „Ich wollte mich bei ihm entschuldigen, sobald er zurückkehrt."

Kaspia antwortete nicht, stattdessen trat sie neben Lajana und blickte hinaus in die Richtung, aus der Kyros und Vidar mit den anderen zurückkehren würden.

„Ich bin ohne Fähigkeiten", sagte Kaspia nach einer Weile. „Weder besitze ich die Kraft des Geistes, so wie du. Noch bin ich eine Kriegerin wie Vidar. Sein Vater erwählte mich einst, weil er die Güte in mir sah, die Sanftmut, die seinen Zorn und seine lodernde Wut auszugleichen vermochte."

Lajana schwieg. Das klang nicht nach einer glücklichen Verbindung.

„Alle waren sich sicher, dass sein Zorn mich erdrücken, seine Wut mich zerschmettern würde." Sie lächelte sanft. „Aber Güte und Weisheit, auch sie sind Gaben. Es dauerte nur eine Weile, bis ich selbst das begriff. Unsere Verbindung war glücklich; ein Geben und Nehmen, eine Waagschale, in die wir stets unser Herz legen konnten und die immer ausgeglichen blieb." Sie sah zu Lajana hinüber. „Nun ist Vidar jedoch alles, was ich noch habe."

„Das tut mir schrecklich leid." Lajana schluckte. „Mein Beileid zu ihrem Verlust."

Kaspia nickte. „Ich weiß, dass du den Bedingungen, die deine Mutter an dich gestellt hat, zugestimmt hast. Niemals sonst hätte Kyros den Thron verlassen."

„Ja, das habe ich."

„Du hast schon allein damit Leben gerettet. Auch Vidars. Zumindest hoffe ich das inständig. Ich fühle, dass sein Herz schlägt, aber es ist schwach und verletzt; auf so viele Arten." Sie sah Lajana an. „Ich weiß, dass er einschüchternd wirken kann, aber er würde dich nie zu etwas zwingen. Darauf mein Wort."

Sie nickte. „Wenn ich ihn vorhin nicht so von mir gestoßen hätte, wäre er vielleicht nicht so schwer verletzt."

Kaspia runzelte die Stirn. „Wie kommst du darauf?"

„Ich kenne ihn noch nicht lange, aber wäre es nicht möglich, dass er sich selbst opfern wollte? Wenn er nicht mehr am Leben wäre, würde diese Bedingung für mich nicht erfüllt werden müssen. Ich käme auf den Thron. Ohne ihn. Ich könnte vielleicht etwas für diese Welt bewirken; etwas, das seiner Ansicht nach seinen Tod zu einem billigen Opfer macht."

Seine Mutter wurde blass, sie sah wieder zu den Bergen hinüber. „Daran hatte ich nicht gedacht. – Es wäre möglich. Es wäre … ihm zuzutrauen."

„Beinah hätte ich ihn ermordet", sagte Lajana leise. „Wer weiß, vielleicht … habe ich es sogar getan."

Plötzlich ertönte Glockengeläut.

Lajana fuhr zusammen. „Was ist das? Gibt es noch einen Angriff?"

Kaspia lächelte mit Tränen in den Augen. „Sie sind zurück", sagte sie leise.

Lajana spürte Angst und Nervosität gleichermaßen, als sie Kaspia die Treppenstufen hinab in den Garten folgte. Sie sah nach links und rechts, doch nirgendwo waren die Scharen von Männern, Frauen und Pferden, die sie erwartete.

Kaspia blieb jäh stehen.

„Was -?“

Doch da waberte schon die Luft zwischen zwei riesigen Eichen. Noch ehe Lajana begriff, was geschah, öffnete sich ein Portal. Das erste, was hindurchdrang, war der blutverschmierte Kopf eines Pferdes. Es war bis auf eine Wunde am Hals unverletzt und wurde von Kyros geführt. Es folgten ihm noch fünf weitere Pferde, er hatte sie offenbar vom Schlachtfeld mitgenommen, sie von den Bestien gerettet.

„Wo ist Vidar, Kyros?“, fragte Kaspia.

Der Junge sah zu Lajana auf. Erst jetzt bemerkte sie, wie erschöpft, regelrecht erschlagen er aussah.

„Hinter mir! Er … - Ihr ruft besser die Heiler!“

Das letzte Pferd trug Vidar auf dem Rücken. Er lag darauf, den Oberkörper vornüber auf den kräftigen Hals des Rappen gelegt, die Hände hingen an beiden Seiten herunter.

Kaspia war die Erste, die zu ihm lief und in einer fremden Sprache auf ihn einredete. Noch ehe sie begriff, was sie tat, eilte sie auf die andere Seite des Pferdes, als Vidar drohte, herunterzurutschen. Sie stemmte sich gegen ihn und maß die Entfernung zum Palast ab. Dann glitt ihr Blick über Vidars Körper. Er hatte keine Zeit darauf verschwendet, das schlichte Hemd gegen einen Brustpanzer zu tauschen. Die blutigen Stofffetzen, die an seiner Haut hingen, zeigten klaffende Wunden darunter. Aus einer an der Seite schimmerte das beängstigende Weiß eines Knochens. Die Rippe.

„Wo ist euer Heiler?“, fragte Lajana.

„Ich weiß nicht, er muss bei den anderen sein. Er … - wir haben so viele Verletzte. So viele Verluste."

„Aber Vidar ist doch …" Kaspia sah hilfesuchend zu Lajana. „Er ist der Gottkönigin versprochen. Wir können einen Heiler von den anderen Kriegern abziehen, wenn sie es befiehlt."

Lajana schluckte trocken. „Heilen eure Heiler mit besonderen Kräften? Oder mit normalem Besteck und Medizin?"

Kyros sah sie über den Rücken an. „Unsere Kräfte können die Heilung unterstützen, aber die Heiler selbst arbeiten nicht damit."

„Dann brauchen wir sie nicht." Lajana blickte entschlossen zwischen den beiden hin und her. „Die Heilkunst gehörte zu meiner Ausbildung als Kyrische Jungfrau. Wenn ihr mir helft und einige Dinge besorgt, dann tue ich, was ich kann."

Als sie den Palast erreichten, erwarteten sie schon vier Männer, die Lajana nicht kannte. Sie waren in saubere, trockene Kleider gehüllt, so dass sie wohl nicht zu den Kriegern gehörten.

„Wir bringen ihn am besten in mein Zimmer", erklärte Kyros, während er die Männer heranwinkte.

„Wo ist das?", fragte Lajana.

„Oben im -"

„Nein!", unterbrach sie ihn schnell. „Wir transportieren ihn nicht weiter als nötig. Breitet ein großes Tuch aus und dann legt ihn direkt hier auf den Boden!"

Kyros und Kaspia wechselten einen ungläubigen Blick. „Hier auf die … Terrasse?", fragte Vidars Mutter.

„Ja. Das Licht ist am besten!" Sie nickte den vier Männern

zu. „Bewegt ihn vorsichtig. Nicht ruckartig. Dreht ihn auf den Rücken. Ganz langsam!"

Die Männer gehorchten wortlos und legten Vidar auf ein weißes Leintuch, das sie schnell von drinnen geholt hatten. Lajana ging neben ihm in die Knie und betrachtete ihn.

Er war bewusstlos, was einerseits besorgniserregend, andererseits für das, was sie zu tun hatte, von Vorteil war.

Sie zog den kurzen Dolch aus Kyros Gürtel und zerschnitt das Hemd über Vidars Brust.

Als sie es vorsichtig beiseitezog, zeigte sich ein halbes Dutzend tiefer Schnittwunden; die tiefste davon an der Seite.

„Wir müssen die Wunden ausbrennen", erklärte Kyros, der neben ihr stand.

„Nein!"

„Nein?"

„Hast du Brandwein da?"

Er blickte sie zweiflerisch an. „Wein?"

„Brandwein! Den stärksten Brand, den du hast!"

„Ich habe oben zwei Flaschen!" Kaspia sah sie an. „Brauchst du sie?"

„Hol sie mir bitte! Wir reinigen die Wunden damit, bevor wir sie nähen."

„Du willst seine Wunden nähen? Wie einen Rock?"

Lajana blickte ungläubig zwischen den beiden hin und her. „Was würden eure Heiler denn sonst mit ihm machen?"

„Die Wunden ausbrennen, vielleicht noch einen Aderlass -"

„Er hat ja auch noch nicht genug Blut verloren", gab Lajana kopfschüttelnd zurück und begriff, dass es wohl etwas gab, das ihre Welt dieser voraushatte. „Ich brauche ein paar Schweifhaare deiner Pferde, Kyros. Möglichst lange. Lass sie in kochendes Wasser tauchen und dann gib sie mir. – Kaspia hast du Nadeln?"

„Ja."

„Ich brauche zwei oder drei, möglichst spitz, aber groß genug, dass ich das Pferdehaar durchfädeln kann. Wenn die Spitze gebogen wäre …"

Kaspia sprang auf. „Ich bin sofort zurück."

Während Kyros einem seiner Pferde lange Schweifhaare abschnitt und sie einem Diener zum Auskochen gab, betrachtete Lajana Vidar, der vor ihr lag.

Sie legte ihre Hand auf seine Wange, die viel zu kalt war. „Es tut mir leid, hörst du? Es tut mir leid, Vidar."

Als ihr Blick verschwamm, wandte sie sich ab und zog die Nase hoch. Sie betrachtete seinen Oberkörper und wies dann Kyros an, die Hosenbeine abzuschneiden und seine Beine auf Wunden zu untersuchen. Glücklicherweise waren diese fast unversehrt.

Dann fing sie an, den Bauchraum abzuklopfen.

„Was tust du da?", fragte Kyros.

„Ich untersuche seinen Brustkorb und Unterleib auf innere Blutungen?"

„Und wie?"

„Ich klopfe ihn ab, sehe nach, ob dieser Bereich hier weich ist und nachgiebig, wie er sein muss. Wenn er hart ist, spricht das dafür, dass er sich mit Blut gefüllt hat."

„Und wenn es so wäre?"

Lajana sah ihn fest an. „Ich habe unsere Heiler schon Behandlungen durchführen sehen, aber die wenigsten davon waren erfolgreich, wenn die Organe verletzt waren."

„Und sind die Organe verletzt?"

„Ich spüre nichts dergleichen, nein." Sie lächelte ein wenig und Kyros tat es ihr gleich.

Dann kehrte Kaspia mit zwei Flaschen klarer Flüssigkeit zurück, außerdem mit einem Nadelkissen.

„Die Nadeln müssen abgekocht werden", erklärte Lajana schnell und nahm die beiden Flaschen mit Branntwein.

„Außerdem brauche ich weiche Tücher, ebenfalls abgekocht. Und eine Schere."

Während sie sich über Vidar beugte, pochte ihr Puls in der Kehle. Sie entkorkte die Flasche und roch daran. Der Inhalt war scharf, biss in ihre tränenden Augen.

„Sehr gut", murmelte sie und setzte sich an seine andere Seite. „Hebt ihn ein wenig an!", bat sie. Kyros und Vidars Mutter taten wie geheißen und Lajana spülte den breiten Riss mit Branntwein aus. Zu ihrer Überraschung blutete er kaum.

Sie nahm die heiße, frisch abgekochte Nadel und fädelte ein Schweifhaar hindurch. Dann begann sie den Riss von unten nach oben zu nähen.

Erst als sie bei der Mitte war, bemerkte sie die Totenstille. Sie sah kurz hinter sich. „Er hat viel Blut verloren; viel zu viel. Wenn er aufwacht, kann er Krämpfe bekommen. Der Körper wird versuchen, die verlorene Flüssigkeit zu ersetzen und sie in Blut zu verwandeln. Also muss er trinken, in kleinen Schlucken, aber so viel wie möglich; ganz gleich, ob er will oder nicht."

„Ich werde die Diener anweisen", erklärte Kaspia und nahm Vidars Hand in ihre. „Denkst du, er …"

Sie schaffte es offenbar nicht, den Satz zu Ende zu führen.

Lajana lächelte aufmunternd, auch wenn es ihr schwerfiel.

„Alle Wunden, die ich sehen kann, scheinen behandelbar", gab sie zurück. „Auch wenn ich natürlich nicht abschätzen kann, welche Knochen gebrochen sind."

„Natürlich", gab seine Mutter zurück und sah auf das reglose Gesicht ihres Sohnes.

Lajana vervollständigte die Naht und verknotete das Schweifhaar so gut es ging. Dann übergoss sie die Naht noch einmal mit Brandwein und legte eines der abgekochten Tücher darüber.

Dann sah sie wieder auf Vidars Brustkorb, wo sie sich für die nächste Wunde entschied.

Sie arbeitete sich der Gefährlichkeit nach absteigend durch seine Verletzungen. Als sie an der letzten Naht ankam, fing er bereits an, zu zucken, wenn sie den Faden strammzog. Er war zwar noch nicht bei Bewusstsein, aber es konnte nicht mehr lange dauern.

Sie durchschnitt den letzten Faden und setzte sich zurück auf die Knie, strich sich das Haar mit dem blutverschmierten Handrücken aus der Stirn.

„Wir setzen ihn auf und schlingen die Tücher um ihn, damit die Nähte sauber bleiben", sagte sie dann. Sie beugte sich vor und zerrte ihn in die Höhe. Wie ein nasser Sack fiel er gegen sie. Sein Kopf rollte leblos zur Seite und kam an ihrer Kehle zu liegen.

Sein Atem ging ruhig und regelmäßig. Sie stemmte sich gegen ihn, versuchte das eigenartige Gefühl, das seine Berührung selbst in dieser grotesken Situation hervorrief, zu ignorieren und nickte Kyros zu, der mit dem aufgewickelten, abgekochten Leintuch wartete.

Er ging in die Hocke und wickelte das Tuch so gut es ging um Vidars Körper, steckte das Ende fest und stand wieder auf.

„Gut so?"

„Ja, perfekt. – Ruf die Diener! Sie sollen ihn in ein Bett legen, aus dem er nicht fallen kann, wenn er sich dreht. Er muss bewacht werden, er …"

„Bleibst du nicht bei ihm?"

Die Frage kam von seiner Mutter. Und selbst wenn nichts

Vorwurfsvolles in ihrer Stimme lag, hatte sie das Gefühl, sich rechtfertigen zu müssen.

„Ich komme so schnell zurück, wie ich kann."

„Wo willst du denn hin?", fragte Kyros.

Lajana sah zu ihm auf. „Ich dachte mir, dass du mich zu den anderen Verwundeten bringen kannst."

„Wozu?"

Sie sah über Vidars Schulter hinweg zu dem Jungen auf, in dessen Augen das erste Mal sein hohes Alter zu lesen stand.

„Vielleicht kann ich helfen", erklärte sie dabei.

Kyros betrachtete sie für einen langen Augenblick, dann nickte er. „Ich begleite dich."

KAPITEL 7

Als Lajana mit Kyros zum Palast zurückkehrte, war die dritte der Sonnen untergegangen. Zum ersten Mal lagen die Gärten und der steinerne Bau in der Dämmerung.

Das Halbdunkel war still und friedlich; sie hatte nichts mit dem zu tun, was Lajana in den letzten Stunden erlebt und gesehen hatte.

Die erste Hürde war es gewesen, die Verwundeten von den schlecht ausgebildeten Heilern in Sicherheit zu bringen. Erst als Kyros erklärt hatte, dass die Tochter der Finja vor ihnen stünde, die ihren zukünftigen Gemahl Vidar dem sicheren Tod entrissen hatte, wurden die kritischen Stimmen leiser.

Nach zwei Stunden hatte sie einen der Heiler in den wichtigsten Dingen unterwiesen und schickte ihn zu einer anderen Gruppe Verwundeter.

Insgesamt waren 122 Männer gefallen, weitere würden ihren schweren Wunden erliegen, andere waren für immer gezeichnet.

Dennoch konnte Lajana helfen; und allein das gab ihr das

Gefühl in dieser Welt, in der sie sich so verloren fühlte, ein wenig Fuß zu fassen.

„Das Problem ist", sagte Kyros, nachdem er das Portal hinter ihnen geschlossen hatte, „dass unsere Körper robust und widerstandsfähig sind. Wir bekommen keine Krankheiten, wir bekommen keine Geschwüre, keine Gebrechen. Wir sind unsterblich. – Die Ärzte sind reine Wundärzte. Und wie es scheint haben sie ihre spärliche Kunst für Ewigkeiten nicht entwickelt."

Lajana hatte mittlerweile Schwierigkeiten, sich auf den Beinen zu halten. Sie packte dankbar nach dem Handlauf der Treppe, um sich darauf abzustützen.

„Vielleicht könnte ich einige von ihnen unterweisen."

„Du bist die Königin, Lajana, du kannst tun, was auch immer dir beliebt. – Und davon abgesehen …" Er blieb stehen und drehte sich zu ihr um. „Danke."

Sie lächelte matt. „Ich habe nur getan, was ich konnte."

„Und nichts davon hättest du tun müssen. – Du bist eine gute, reine Seele mit der Kraft einer Kriegerin."

Bevor Lajana zu einer Antwort kam, erschien Kaspia auf der Terrasse.

„Und?", wollte Lajana wissen.

„Er atmet. Er … lebt. Er war kurz wach."

„Hast du kontrolliert, ob er alle Gliedmaßen bewegen kann?"

„Ja, Alles. Arme, Beine."

Sie lächelte. „Sehr gut. – Hat er etwas getrunken?"

„Nein, er hat das Bewusstsein sofort wieder verloren."

„Ich werde ihm etwas einflößen, wenn er aufwacht."

Kyros runzelte die Stirn. „Du willst jetzt zu ihm?"

„Wohin sollte ich sonst?"

„Du könntest ein Bad nehmen, dich ausruhen …"

Lajana schüttelte den Kopf. „Auf keinen Fall. – Wo ist er?"

Kaspia blickte sie lange an, dann nickte sie. „Ich bringe dich zu ihm."

Der Raum, in dem er lag, war von zwei Feuern erhellt und gleichzeitig gewärmt. Eine Kerze stand auf dem kleinen Tisch neben seinem breiten Bett und beschien sein regungsloses Gesicht. Es war sauber, kein Blutstropfen war mehr zu sehen.

Lajana vermutete, dass seine Mutter ihn gewaschen hatte, schwieg jedoch, als sie leise eintrat.

Sie setzte sich auf den Stuhl neben seinem Bett und betrachtete ihn, bis Kaspia neben sie trat. In einer Geste, die mütterlich war und Lajana auf seltsame Weise berührte, legte sie eine Hand auf ihre Schulter.

„Du hast ihm das Leben gerettet", sagte sie leise.

„Er hätte es sicher auch so überlebt." Lajana griff nach Vidars Hand. Sie tat so, als wollte sie nur überprüfen, ob sie zu kalt oder zu warm war, aber in Wahrheit, hatte sie schlichtweg das Bedürfnis, seine Hand zu halten.

„Gestern noch war ich im Tempel", sagte sie leise. „Noch gestern führte ich ein Leben in der Fremde. Ich meine, ich wusste es nicht, und doch fühlte es sich stets so an." Sie sah zu Kaspia auf. „Vidar hat mich gefunden; er hat mich dorthin zurückgebracht, wo ich herstamme. Er hat mir meine Mutter gezeigt und all diese Schönheit. Er setzt sein Vertrauen in mich und beugt sich selbst der Heirat ohne Protest." Sie deutete ein Kopfschütteln an. „Und was tue ich? – Springe ihm an die Kehle wie ein räudiger Köter!"

„Mach dir keinen Vorwurf! – Wenn Vidar irgendetwas versteht, dann überschäumendes Temperament."

„Ich hätte es nicht an ihm auslassen dürfen. Er war so …"

„Was?"

„Als er fortging, war er so gekränkt. Er sagte mir, vielleicht würde sich dieses Eheproblem noch während der Schlacht lösen. – Er meinte seinen Tod, Kaspia. Er …"

„Das waren doch nur Worte, die im Sturm der Wut gewechselt wurden. Sie hatten kein Gesicht, keine Seele. – Das hier!" Sie zeigte auf Lajanas Hand, die noch immer Vidars Finger bedeckte. „Das hier ist es, worauf es ankommt: Fürsorge, Vertrauen. – Vidar wird dir nichts abverlangen."

„Und das soll seine Ehe sein? Mit einer Fremden, die ihn beinah in den Selbstmord getrieben hat?"

„Weder bist du fremd für ihn noch hast du ihn zu irgendetwas angetrieben. – Du hast ihn gerettet. Du hast heute viele Menschen gerettet; und du hast ihnen Mut gemacht." Sie trat zurück. „Ruh dich ein wenig aus, Lajana. Du bist all diese Anstrengung nach der Zeit im Tempel doch sicher nicht gewohnt."

Da hatte sie allerdings recht. Dennoch …

„Ich bleibe noch ein wenig bei ihm."

Kaspia nickte. „Natürlich." Sie trat zurück. „Ich werde mich ein wenig ausruhen. Ruf mich, wenn du etwas brauchst oder sich etwas bei ihm verändert, ja?"

„Natürlich."

Vidars Mutter verließ fast lautlos das Zimmer und ließ die beiden mit den Flammen, die auf den marmornen Wänden tanzten, allein.

Obwohl ihre Beine schmerzten und die Fußsohlen brannten, erhob sich Lajana und beugte sich über Vidar. Vorsichtig schob sie die Decke nach unten und hob seinen Verband ein wenig an. Die Nähte, die sie aus diesem Winkel sehen konnte, sahen gut aus. Nicht rot, nicht nässend. Keine Schwellungen, die nicht zu erwarten gewesen wären.

Er hatte kein Fieber. Sein Atem ging ruhig und gleichmäßig.

Sie setzte sich wieder und unterdrückte ein Gähnen. Ihr Nacken schmerzte, ihr ganzer Körper klebte vor Schweiß.

„Du musst dich ausruhen."

Lajana sprang regelrecht auf die Beine. „Vidar?"

Seine Lider waren halb geöffnet, als sie auf ihn hinabblickte.

„Leg dich schlafen, Lajana. Du musst hier nicht -"

„Nicht bewegen!"

Er hatte versucht, sich aufzusetzen, und verharrte nun erstaunt aufgrund ihres Befehlstons.

„Nicht bewegen", sagte sie noch einmal, sanfter diesmal und drückte ihn an den Schultern zurück in die Kissen.

„Warum nicht?"

„Damit die Nähte nicht aufgehen."

Nun öffneten sich seine Augen ganz. „Welche Nähte?"

„Du hast einige Wunden davongetragen. Ich habe sie genäht. Sie …" Auf seinen fragenden Blick hin schüttelte sie den Kopf. „Es ist alles in Ordnung. Du brauchst nur ein wenig Ruhe."

Er schwieg für einen langen Augenblick. „Darf ich wenigstens den Kopf ein wenig anheben?"

„Natürlich. Warte, ich hole ein zweites Kissen."

Sie drehte sich um und ging zu der Liege, die für sie oder Vidars Mutter vorbereitet worden war. Dann kam sie zu ihm zurück und blickte ihn kurz ein wenig ratlos an.

„Ich helfe dir, in Ordnung?"

„Danke."

Sie fasste vorsichtig um seinen Nacken und zog ihn dann ein wenig empor, um ihm das zweite Kissen unter den Kopf zu schieben. Sie ließ ihn vorsichtig wieder herunter.

„Danke."

„Dank mir nicht!" Sie sagte es vielleicht eine Spur zu laut. „Sag mir lieber, ob du in dieser Schlacht sterben wolltest! Meinetwegen!"

Er blickte sie lange an. „Ist das deine Sorge?"

„Es ist eine von plötzlich ziemlich vielen Sorgen."

Als er nicht sofort antwortete, drehte sie sich zum Tisch und nahm das Schälchen Suppe, das bereitgestellt worden war. Es war zwar nur noch handwarm, würde aber seinen Zweck erfüllen. Sie setzte sich auf die Bettkante und hielt Vidar einen Löffel vors Gesicht. „Du musst den Blutverlust ausgleichen und möglichst viel Flüssigkeit zu dir nehmen", erklärte sie, woraufhin er den Mund öffnete und sich den Löffel zwischen die Lippen schieben ließ. Er schluckte leise.

Es fühlte sich seltsam intim an und machte Lajana nervös.

„Ich wollte mich entschuldigen", sagte sie, während sie wieder einen Löffel füllte. „Für meinen Ausbruch vorhin, meine ich."

„Ich kann es dir nicht verdenken", gab er zurück. „Du bist eine Kyrische Jungfrau. Und ich bin ein Fremder, der mit Schwert und Axt besser umgehen kann, als die meisten mit Messer und Gabel."

„Darum geht es nicht. Es …, ich war einfach nicht darauf gefasst. Das Letzte, was ich wollte, war, dich zu beleidigen, Vidar. Und insbesondere wollte ich, dass du lebend zurückkehrst aus diesem blutrünstigen Wahnsinn."

Sie füllte den nächsten Löffel, ließ ihn aber dann doch mitsamt der Schüssel sinken.

„Ich habe Kyros gesagt, dass ich in die Forderungen meiner Mutter einwillige", erklärte sie und zwang sich, ihm in die Augen zu sehen. „Und ich bedaure, dass sie auch dich dazu zwingt."

Er sah sie lange an, so lange, dass Lajanas Nervosität überhandnahm. Sie lachte nervös. „Wenn du vielleicht irgendetwas sagen könntest?"

„Du musst nicht bei mir liegen, Lajana. Das weißt du?"

Sie senkte den Blick und verdammte ihre feuerroten Ohrspitzen.

„Ich weiß, ich …" Sie räusperte sich. „Und du hast vielleicht auch jemanden, mit dem du …, eine andere Frau, meine ich. Du sollst wissen, dass ich euch nicht im Wege -"

„Ich habe niemanden." Es klang schroff. Aber die Härte in seiner Stimme galt nicht Lajana.

Sie wusste nicht, wie sie das Thema fortführen sollte, also lächelte sie und schob Vidar den nächsten Löffel Suppe in den Mund. Dann befühlte sie noch einmal seine Stirn.

„Ich wusste nicht, dass du eine Heilerin bist."

„Das bin ich eigentlich nicht."

„Du hast mich zusammengeflickt wie einen alten Kittel."

Nun musste sie sogar lachen. Kopfschüttelnd stellte sie die Schale beiseite und legte die Finger auf seine Hand.

„Du musst das Kleid ausziehen."

Sie stockte. „Was?"

„Du bist voller Blut. Es ist einfach überall an dir."

„Achso …" Sie sah an sich hinab. „Ja, ich werde mir nachher etwas anderes anziehen. Ich habe mich von Kyros durch das Portal schicken lassen, um den anderen Männern zu helfen."

„Tatsächlich?"

„Ja, wir waren bis Sonnenuntergang unterwegs. Einige Leben konnte ich vielleicht retten." Sie gab ein Achselzucken von sich.

Er runzelte die Stirn. „Es ist gefährlich außerhalb des Palastes. Man weiß nie -"

„Kyros war bei mir."

„Ich hätte bei dir sein sollen!"

Sie lächelte. „Wir kamen ganz gut zurecht. – Und die Männer und Frauen haben sich gefreut, mich zu sehen. Es tat gut, dass sie mich mit einem Lächeln empfangen haben. Es macht mir ein wenig Mut. Also, bis auf die Heiler …"

„Was war mit ihnen?"

„Sie sind rückständig. Sie verstehen nicht, was man mit

verletzten Körpern tun, worauf man achten muss. – Ihr seid zu robust, zu unsterblich."

„Das bist du auch."

„So oder so: Die Heiler haben ihre Kunst nicht entwickelt."

„Das haben sie sicher nicht gerne gehört."

„Nein." Sie deutete ein Kopfschütteln an. Eigentlich hätte sie Vidar sagen sollen, dass er weiterschlafen sollte, doch einige Fragen beschäftigten sie. „Darf ich dich etwas fragen?"

„Alles."

„Die Bestien, woher kommen sie?"

„Wir wissen es nicht. Sie erscheinen ganz plötzlich. Strömen mal von Norden, mal von Süden, Westen oder Osten auf uns ein."

„Aber es sind so viele, wie ist das möglich, dass sie … einfach so auftauchen?"

„Das konnten wir noch nicht herausfinden."

„Könnten sie ein Portal benutzen?"

„Nein. Kein Portal kann so viele Wesen transportieren. Nicht in so kurzer Zeit."

Lajana zog die Unterlippe zwischen die Zähne. „Was fressen sie?"

Vidar blinzelte. „Was?"

„Was sie fressen! Sie sind riesig und stark. Sie müssen unvorstellbare Mengen an Futter brauchen. Und sie …" Lajana schluckte. „Ich meine, sie töten die Krieger. Aber sie fressen sie nicht. Es ist kein Beutezug."

„Nein, da hast du recht." Er wollte den Kopf schütteln, verzog dann aber schmerzhaft das Gesicht. „Es ist nicht so, dass sie irgendwo auf uns lauern könnten. Wir haben einen Palast in den Bergen, von dort ertönt das Signal, wenn sie angreifen. Aber sie erscheinen plötzlich, meist kommen sie mit dem Nebel. Sie sind einfach … da."

„Hm."

„Was heißt *hm?*"

„Nun, ich finde das eigenartig. Ich meine, könnte man diesen Feind nicht viel besser schlagen, wenn man mehr über ihn wüsste?"

Vidar sah sie fest an. „Ja, das ist wahrscheinlich. Ziemlich sicher sogar."

Er holte tief Atem und gab einen Schmerzenslaut von sich. Sofort sprang Lajana auf, Vidar machte eine beschwichtigende Handbewegung. „Alles in Ordnung."

„Ich habe dich überbeansprucht", erklärte Lajana. „Es tut mir leid."

„Mir geht es gut. Ich muss nur vielleicht … ein bisschen schlafen."

„Natürlich."

„Versprichst du mir etwas?"

„Kommt darauf an."

Sein Mundwinkel zuckte. „Schlaf auch ein wenig. Zieh die blutigen Sachen aus, trag nicht länger die Spuren dieser Schlacht auf deinem Körper."

Lajana sah ihm in die Augen, die allmählich zufielen.

„Ich verspreche es dir", sagte sie leise.

Im selben Augenblick war er eingeschlafen.

~

Als Lajana leise das Zimmer verließ, lief sie einem Diener in die Arme. Sie nutzte die Gelegenheit, um nach frischen Kleidern und einer Möglichkeit, sich zu waschen, zu fragen.

Der Diener brachte sie in das Zimmer, das direkt nebenan lag. Es war riesig, ein Feuer loderte im steinernen Kamin.

„Die Wanne ist im Nebenraum", sagte er dann. „Ihr müsst

nur den Hahn aufdrehen, dann füllt sie sich mit heißem Wasser."

Lajana runzelte die Stirn. „Den … Hahn?"

„Wenn ich es Euch zeigen darf?"

„Bitte."

Sie folgte dem Diener in ein riesiges Badezimmer. In der Mitte gab es eine Wanne, die in den Boden eingelassen war. Goldene Stäbe ragten hinein und als der Diener an einem Hebel drehte, strömte dampfendes Wasser daraus und begann die Wanne zu füllen.

„Hier stehen Badeöle. Und wenn Ihr mir sagt, welche Art von Kleidern Ihr bevorzugt, so werde ich sofort eine Auswahl bringen lassen."

„Danke", sagte Lajana, die noch immer auf die Wanne starrte, die sich allmählich füllte. „Bitte etwas ganz Schlichtes, wenn möglich."

„Natürlich, Hoheit." Mit einer tiefen Verbeugung zog er sich zurück.

Lajana drehte sich wieder zu der sich füllenden Badewanne um. Das Frösteln, das sich in ihrem Körper festgesetzt hatte, hing nicht mit der kühlen Luft zusammen. Es war etwas, das ihr in den Knochen saß, seit sie all die verletzten Menschen gesehen hatte. Sie wusste, nicht alle von ihnen würden den Morgen erleben.

Sie zog die Bänder ihrer Korsage auf und gab ein erlöstes Geräusch von sich, als die Atemluft endlich wieder ungehindert in ihre Lungen strömte. Sie weitete ihr Kleid und stieg heraus, streckte ihre schmerzenden Glieder aus und wandte sich den Badeölen zu.

Sie war viel zu müde, um sich damit zu beschäftigen. Deswegen nahm sie die erstbeste Phiole, goss einige Tropfen ihres roten Inhalts ins Wasser und stieg hinein.

Die Wärme, die sie seidig umströmte, war eine ungeahnte

Wohltat. Sie ließ sich bis zum Kinn ins Wasser gleiten und schloss die Augen.

Als sie aus der Wanne gestiegen und sich mit den Tüchern, die bereitlagen, abgetrocknet hatte, wartete in ihrem Schlafraum schon ein Stapel Kleider. Wie sie es gewünscht hatte, waren sie schlicht, helle, weiche Stoffe, die sanft um ihren Körper fielen und nichts mit der einzwängenden Korsage zu tun hatten, die sie im Tempel stets hatte tragen müssen. Sie zog die Laken zurück, legte sich auf ihr herrlich festes Bett und seufzte.

Sie war todmüde, jeder Muskel im Körper tat ihr weh. Ein hartnäckiges Pochen hatte sich hinter ihrer Stirn festgesetzt und verschlimmerte sich bei jeder Kopfbewegung. Und dennoch fand sie keinen Schlaf.

Ihre Gedanken kreiste und kreisten.

Diese Bestien …, sie hatte sie nur von Weitem gesehen, aber sie waren so andersartig gewesen, dass sie fast sicher war, dass es an ihnen irgendeinen Hinweis auf ihre Herkunft gab.

Sie überlegte sich, Vidar zu fragen, wie genau sie ausgesehen hatten; was ihm an ihnen Besonderes aufgefallen war.

Dann jedoch erschien es ihr plötzlich sehr unwahrscheinlich, dass man im Kampf um sein Leben anatomische Studien an seinem Gegner durchführte.

Sie öffnete die Augen und starrte an die mit blauer Seide abgehangene Decke.

Wenn sie selbst eines dieser Monster hätte aus der Nähe sehen können, dann wäre ihr vielleicht etwas aufgefallen. Schon einmal hatte sich ihr Wissen aus der anderen Welt als nützlich erwiesen.

Vielleicht würde es nochmals der Fall sein …

Sie schwang die Beine aus dem Bett und starrte aus dem Fenster hinaus in die Dunkelheit.

Vielleicht dämmerte es schon.

Vielleicht war es schon Morgen.

So oder so: Sie hielt es keine Sekunde länger mehr in diesem Bett aus.

Sie verließ das Zimmer und stellte fest, dass vor ihrer Tür ein Diener bereitstand. Etwas überrascht blickte er sie an.

„Hoheit."

„Könntest du mich zu Kyros bringen?"

„Natürlich, Hoheit." Er ging voraus und Lajana folgte ihm, die Treppe hinauf und dann einen weiteren Korridor entlang.

„Wollt Ihr Euch selbst ankündigen, Hoheit?"

Offenbar war es doch noch sehr früh. Lajana nickte. „Natürlich, vielen Dank."

Sie wartete, bis der Diener sich ein wenig entfernt hatte, und klopfte dann vorsichtig an die Tür.

Zur Antwort erhielt sie ein Knurren.

„Sig! Aus!", kam es von drinnen. *„Wer ist da?"*

„Ich bin es. Lajana. – Es tut mir leid, dass ich dich so früh störe, aber -"

Schon ging die Tür auf. Der Junge blickte sie aus großen Augen besorgt an. „Ist etwas mit Vidar?"

„Nein, nein. Ihm geht es gut. Er war wach. Wir haben uns unterhalten, er hat ein wenig getrunken. Alles in Ordnung." Sie rieb die Hände ineinander. „Es geht um die Bestien. Ich hatte einen Gedanken und ich -"

Er schob die Tür auf. „Komm doch herein."

„Danke."

Lajana betrat den Raum und war erstaunt, wie viele Tiere in Kyros' Schlafzimmer waren. Vier Hunde, ein Dutzend Katzen und eine unüberschaubare Anzahl an Singvögeln, die sich – sicher vor den Katzen – in Ästen aufhielten, die unter der Decke hingen.

„Möchtest du etwas trinken?"

„Nein."

Er runzelte die Stirn und ging zu einem Beistelltisch, an dem eine Glaskaraffe mit Rotwein stand. Es sah eigenartig aus, als er sich ein Glas einschenkte und in der Gestalt des zehnjährigen Jungen einen großen Schluck davon nahm.

Er bedeutete Lajana, sich zu setzen.

„Du hast noch nichts gegessen."

Es war keine Frage.

„Ich bekomme keinen Bissen hinunter."

Wortlos füllte er ein zweites Glas Wein und schob es ihr nicht ohne Nachdruck hin.

Lajana nahm einen Schluck und setzte sich zurück.

„Wegen der Bestien", sagte sie dann. „Vidar meinte, ihr wüsstet nicht, woher sie kommen."

„Das stimmt. Sie tauchen ganz plötzlich aus. Meistens brechen sie aus den Nebelschwaden hervor, die hinter den Bergen im Tal liegen. Wir vermuten, es soll das Überraschungsmoment ausnutzen, weil wir auch von den Gipfeln aus nicht durch den Nebel hindurchsehen können."

Sie nickte und nahm noch einen Schluck. „Er sagte auch, dass ihr nicht wisst, wovon sie sich ernähren."

Kyros zögerte kurz. „Das ist richtig. Wir …" Er lachte kurz. „Darüber hatte ich noch gar nicht nachgedacht."

„Müssten diese Unmengen riesiger Bestien nicht ebensolche Unmengen an Futter vertilgen?"

„Das müssten sie. Zumindest, wenn sie aus Fleisch und Blut sind."

„Du meinst, sie erhalten ihre Energie durch einen Zauber?"

„Wir wissen es nicht. – Sie gehorchen jemandem. Irgendjemand leitet sie an, befiehlt ihnen."

„Ja, ich habe es gesehen. – Als sie die Köpfe in die Luft gestreckt haben und dann geflohen sind."

„Genau."

Lajana zögerte, dann sprach sie ihren Gedanken aus. „Ich würde mir gerne eine der Bestien genauer ansehen."

Kyros runzelte die Stirn. „Wie genau?"

„Sehr genau. Ich will sie von außen und innen sehen."

„Du willst sie aufschneiden?"

Sie nickte. „Ich will sehen, ob sie mit unseren Tieren vergleichbar ist. Oder ob es etwas ganz anderes ist, mit dem wir es zu tun haben. – Ich bin überzeugt, dass uns das vielleicht weiterhelfen kann."

Er holte tief Atem und blies die Backen auf. „Du willst einen der Kadaver untersuchen?"

„Ja."

Er strich sich das dichte, hellbraune Haar zurück. „Vidar wird mich umbringen, wenn ich dich auf das Schlachtfeld bringe; dich einer so großen Gefahr aussetze."

„Dann bring mir den Kadaver hierher! Geht das?"

Er starrte durch das Fenster. Tatsächlich dämmerte es allmählich. „Ja, das geht. Mit einer der Bestien kommen wir durch das Portal unten."

„Wie lange dauert das?"

„Wenn ich den Männern jetzt Bescheid gebe, ist das Biest hier, bevor die Sonne aufgegangen ist."

„Großartig." Sie lächelte. „Und gibt es einen Waffenschmied?"

„Das Vieh ist schon tot!"

„Nein, ich meine … - ich brauche Besteck! Kleine, möglichst scharfe Messer und vielleicht etwas, womit ich Knochen spreizen kann."

Kyros stand auf. „Ich lasse dir so etwas besorgen. – Sonst noch etwas?"

„Der Heiler von gestern, der mir nicht am liebsten die Augen rausgerissen hätte …“

„Sirkus?“

„Ja. Könntest du ihn herbringen lassen? Ich möchte, dass er mir assistiert. Ich habe in seiner Mappe Zeichnungen gesehen; anatomische, meine ich. Er denkt weiter als die anderen, interessiert sich für den Körper und begreift ihn. Er wäre mir eine Hilfe.“

„Ich leite alles in die Wege.“

Lajana erhob sich ebenfalls. „Vielen Dank, Kyros.“

„Nein, ich danke dir. Wir alle. – Und weißt du auch schon, wann ich die Krönung ansetzen kann?“

Lajana lächelte. „Sobald mein Bräutigam wieder auf den Beinen ist.“

KAPITEL 8

„Hoheit?“

Ein Diener streckte den Kopf zur Tür herein.

Lajana drehte sich um. „Ja?“

„Ich sollte Euch Bescheid geben, sobald die Männer mit der toten Bestie eingetroffen sind.“

Sie legte ihre Haarbürste weg. „Sie sind da?“

„Sie haben es direkt unterhalb des Palastes ins Gras gelegt, Hoheit.“

„Und der Heiler Sirkus?“

„Auch er ist eingetroffen. – Ebenso der Waffenschmied mit einer Auswahl Messer, die er für Eure Zwecke für geeignet hält.“

„Vielen Dank.“

„Natürlich.“

„Ach!“

Der junge Diener drehte sich noch einmal um. „Ja, Hoheit?“

„Verrätst du mir deinen Namen?“

Er lächelte beinah beschämt, während er nickte. „Ich bin Paruk, Hoheit.“

„Danke, Paruk."

Als Lajana aus dem Palast kam, stieg ihr zu allererst der modrige Geruch in die Nase. Sie sah zu Paruk hinüber, der sie begleitete.

„Die Bestie, Hoheit", sagte er nur und zeigte hinab.

Lajana betrachtete den gigantischen, gewölbten Kadaver, um den sich einige Männer versammelt hatten.

Ein wuchtiger Mann mit ledernen Manschetten um die Handgelenke und einem ebenfalls ledernen Schurz fiel ihr ins Auge.

Dann Kyros, der sie zuerst bemerkte. Er drehte sich zu ihr um, so dass alle aufsahen.

„Guten Morgen", sagte Lajana.

Alle antworteten ihr im Chor. Es war beängstigend. Sie erkannte Sirkus, den jungen Heiler, der hinter dem Kadaver stand und sie scheu anlächelte. Doch zuerst ging sie zu dem Schmied. Er hatte eine enorme Auswahl Klingen vor sich ausgebreitet und verbeugte sich nun, da Lajana vor ihn trat, tief.

„Das hier ist Oris, Lajana. Unser bester Waffenschmied."

Lajana lächelte. „Guten Morgen, Oris."

„Es ist mir eine Ehre, Herrin."

„Ihr habt eine beachtliche Anzahl schöner Klingen, wie mir scheint."

„Vielen Dank."

„Ich brauche etwas, das scharf ist, leicht in der Hand liegt und klein."

„Diese Klingen habe ich, die vielleicht Euren Wünschen entsprechen könnten." Er rollte ein kleines Mäppchen auf, in dem einige kleine Messer waren. „Normalerweise sind sie dazu gedacht, als Reserve in Brustpanzern und an Hosenbeinen zu stecken."

Lajana nickte, winkte dann Sirkus zu sich. „Sirkus, wir sezieren die Bestie."

Er blickte sie kurz fragend an.

„Wir schneiden sie auf", erklärte sie dann, „erforschen ihre Anatomie; ihren Körperbau, versuchen festzuhalten, was uns im Nachgang vielleicht weiterbringt. Hast du deine Zeichenmappe dabei?"

„Ja, Herrin."

„Würdest du Zeichnungen anfertigen?"

„Natürlich. Sehr wohl."

Lajana holte tief Atem, auch wenn es der modrige Geruch, den die Bestie verströmte, schwer machte. Sie kannte all das, was sie zu tun gedachte. Aber sie kannte es nur aus Büchern und Lehrstunden.

„Darf ich mir dieses Messer nehmen, Oris?"

„Es gehört Euch, Herrin."

Lajana nahm die schmalste Klinge und zog sie aus dem Mäppchen, dann stellte sie sich neben Sirkus, der seinen Zeichenblock bereithielt.

„Wo wollt Ihr anfangen?", fragte er.

Lajana ließ ihren Blick über die gigantische Abscheulichkeit streifen. Das Maul stand weit offen, die messerscharfen, unfassbar langen Zähne waren blutbeschmiert. Die Augen starrten trüb und tot ins Nichts.

„Lass uns am Kopf anfangen", erklärte sie dann. „Und dann arbeiten wir uns nach hinten durch."

Die Arbeit war mühselig und kräftezehrend; die Haut der Bestie dick und zäh. Ständig brachen die Klingen ab, so dass sie nach einiger Zeit tatsächlich auf ein Kurzschwert umstieg, um den Bauchraum der Bestie zu öffnen.

Als sich der Inhalt des Körpers mit allen Organen und Gedärmen über den Rasen ergoss, traten die Anwesenden mit einem angewiderten Laut zurück.

Lajana war jenseits des Ekels. Zuerst war es ihr noch schwergefallen, durch den Kadaver zu schneiden und ihn systematisch zu zerlegen. Aber nun war ihr Wissensdurst so sehr geweckt, dass nicht einmal diese Masse glitschiger, blutiger Innereien ihr etwas ausmachen konnte. Mit gerunzelter Stirn ließ sie ihren Blick darüber gleiten und sah zu Sirkus auf, der mit flinker Hand zeichnete.

„Magen, Darm, Herz, Lungen, alles da."

„Ja, Hoheit."

„Also ernährt es sich. Der Darm ist gefüllt." Sie sah auf und blickte in die Runde. „Wie können sich diese Massen an Bestien in dieser Welt ernähren, ohne dass es irgendjemand bemerkt. Sie müssen täglich ganze Herden reißen, um zu solcher Kraft zu kommen."

Die Männer um sie herum, manche Diener, andere Götter, die sie nicht kannte, wirkten ratlos.

Lajana schüttelte den Kopf. „Wie ist das möglich. *Wie …* ist das nur möglich?" Sie beugte sich etwas hinab, um in den ausgehöhlten Kadaver zu blicken. „Kann mir jemand den oberen Teil etwas anheben?"

Als sie den Blick hob, gab es keine Freiwilligen.

Ihr Blick glitt zu dem einzigen Diener, dessen Namen sie kannte.

„Paruk, könntest du …?"

Er schluckte, war kalkweiß. „Natürlich, Hoheit." Er ließ sich vom Schmied eine schwere Streitaxt geben, die er unter den aufgeschnittenen Kadaver schob und den Spalt damit für Lajana öffnete. Sie beugte sich hinein. Es hätten in den

Bauchraum mindestens sechs oder sieben ausgewachsene Männer gepasst.

„Ich glaube, hier ist etwas“, sagte sie und zog den Kopf zurück. „Ich brauche Licht!“

„Was, um alles in der Welt, tust du da?“

Alle drehten sich herum, als die tiefe Männerstimme auf sie niederdonnerte. Lajana fuhr zusammen.

Als sie hinter sich sah, traute sie ihren Augen nicht.

„Vidar! – Du solltest dich ausruhen!“

Er stand neben seiner Mutter. Die Verbände hatte er unter einem weiten Leinenhemd versteckt und seine Beine steckten in einem frischen Paar Kampfhosen. Für all jene, die nicht wussten, wie schwer er verletzt war, wirkte er wie eh und je.

„Damit du diese unheilige Abscheulichkeit hier zerschneiden kannst?“

„Ich seziere sie.“

„Wozu soll das gut sein?“, rief er aus.

Lajana schluckte trocken und versuchte, sich von seiner Wut nicht einschüchtern zu lassen. „Ich finde mehr über sie heraus. Wer seinen Feind kennt, besiegt ihn leichter. Ist es nicht so?“

Er kam die Stufen herunter, ignorierte die gemurmelten Worte seiner Mutter. „Ich kenne meine Feinde, Lajana. Ich muss ihre Gedärme nicht vor dem königlichen Palast verteilen! Du entweihst diesen Ort!“

Als er nun vor ihr stand, musste sie den Kopf weit in den Nacken legen, um ihn anzusehen. Sie ballte die Fäuste. „Dieser Ort ist ein Nichts, wenn er von diesen Ungetümen überrannt wird!“

„Das wird er nicht. Weil wir ihn verteidigen!“

„Du bist dumm!“ Es war, als würde seine Wut direkt auf sie überschwappen. „Und überheblich! – Sieh es dir an!“ Sie zeigte mit dem Messer, das sie noch immer in der blutverschmierten Hand hielt auf die Eingeweide. „Es hat Gedärme. Sie sind gefüllt. Der Magen ebenso. Es hat gefressen, kurz bevor es euch angegriffen hat!“

„Was soll das für eine Rolle spielen?“, rief er.

„Wenn wir ihre Nahrungsquelle kennen würden, könnten wir sie abschneiden. Hast du daran schon einmal gedacht? – Auch dieser Gegner kann vielleicht ausgehungert werden.“

Vidar zögerte kurz, doch seine Wut war ungebremst. „Und wenn sie von einem mächtigen Geist angetrieben werden? Wenn er sie versorgt?“

Lajana drehte sich herum und ließ die Klinge durch die Magenwand der Bestie gleiten. Der Inhalt ergoss sich über das Gedärm. Fasern, Knochenstücke. Wieder fuhr sie zu Vidar herum. „Fleisch!“, rief sie dabei aus. „Das ist die Magie, das ist der Geist, der sie antreibt. Aber woher bekommen sie all dieses Fleisch? Wer kann eine solche Masse an Wesen füttern, ohne dass ihr es bemerkt? Sie müssen täglich ganze Rinderherden fressen!“

Vidar starrte auf die Eingeweide. „Schaff den Kadaver weg!“

„Nicht, bevor ich fertig bin!“

Wie automatisch glitt seine Schwerthand an den Knauf seiner Waffe, als er den Blick hob. „Schafft die Bestie fort!“, brüllte er.

„Nichts wird hier fortgeschafft, bevor ich nicht fertig bin!“, rief sie aus, obwohl sie mittlerweile vor Angst bebte. Der Diener, der ihr das Licht hatte bringen sollen, war verschwunden, die Laterne hatte er auf den Boden gestellt. Überhaupt waren alle, die sie umgeben hatten, plötzlich deutlich abgerückt. „Ich sehe noch in den Bauchraum, Sirkus vervollständigt seine Zeichnungen, und dann kannst du mit diesem Brocken Bösartigkeit tun und lassen, was auch immer du willst! – Paruk!“ Der Diener schob noch einmal die Streitaxt unter den Kadaver und spreizte ihn auf.

Lajana hielt die Lampe hinein, beugte sich tief vor und ignorierte ihre Abscheu. Zuerst sah sie nur den Rippenbogen, dann hob sie die Laterne weiter und endlich … ergab alles einen Sinn.

„Gib mir dein Schwert, Vidar", verlangte sie.

Sein abfälliges Lachen drang zu ihr herein. „Eher fresse ich es."

„Oris! - Eine große, scharfe Klinge!"

Sie dachte schon, der Schmied hätte ebenfalls die Flucht ergriffen, doch plötzlich wurde ihr ein Kurzschwert hineingestreckt. Sie löste ihre Entdeckung aus und kam dann wieder heraus.

Vidars angewiderter Blick wollte sie erschlagen. „Du siehst aus wie eine Schlachterin", spie er regelrecht. „Mit diesem Verhalten bist du einer Gottkönigin unwürdig!"

Plötzlich war es still; so still, dass Lajana nur noch ihre eigenen, angestrengten Atemzüge hören konnte. Sie trat aus dem Kadaver und warf ihre beiden Klingen auf den Boden. Dann trat sie vor Vidar, maß sich mit seinem zornigen Blick.

„Ich weiß es", sagte sie dann.

„Was willst du wissen?"

„Ich weiß, was sie fressen. Ich weiß, wo sie es fressen. Und ich weiß, woher sie kommen."

Hinter ihr wurde gemurmelt und Vidar presste so fest die Lippen aufeinander, dass der Muskel in seinem Kiefer zuckte.

„Du weißt es?", knurrte er.

„Ganz genau."

„Weil du in einen ausgehöhlten Kadaver gekrochen bist wie eine Made?"

Sie nickte. „Eben deswegen."

„Und willst du uns an deiner angeblichen Erleuchtung teilhaben lassen?"

Lajana drehte sich um und löste den letzten Gewebestrang, der ihre Entdeckung hielt. Dann zog sie es heraus und drehte sich damit um.

Sirkus war der erste, der nähertrat. „Beim gütigen Schicksal", hauchte er. „Ist das etwa …?"

Lajana sah zu Vidar auf, dessen Miene fassungslos war.

Sie nickte. „Eine Schwimmblase", sagte sie. „Es braucht sie, damit es dort, wo es lebt nicht wie ein Stein auf den Grund sinkt."

Vidar starrte auf die noch immer mit Luft gefüllte, milchige Haut, die so groß war, wie ein Kalb.

„Im Wasser", sagte er und sah zu Lajana auf, die sich ein triumphierendes Lächeln nicht verkneifen konnte. „Und das erklärt auch, was es wo frisst."

„Und warum sie so plötzlich auftauchen", sagte Sirkus, der die Schwimmblase abzeichnete.

„Und warum sie mit dem Nebel kommen." Vidar schüttelte den Kopf. „Der Nebel liegt über dem Wasser, kriecht aufs Land und bis wir bemerken, dass der Angriff uns überrollt, haben sie schon ein beachtliches Stück Weges hinter sich gebracht."

Lajana strahlte. „Nicht schlecht für eine Ma-"

Der Schmerz fuhr mit einem so heftigen Ruck durch ihren Körper, dass er sie vornüber auf die Knie fallen ließ.

„Lajana!"

Sie blinzelte hektisch, versuchte, sich aufzurichten, aber schaffte es nicht. „Was …?"

Sirkus war der erste, der bei ihr war. Er stützte ihren Oberkörper. Doch als er ihn nur ein wenig bewegte, schrie sie auf vor Schmerz.

Vidar brüllte nach den Wachen, dann war auch er plötzlich bei ihr. Sein Arm legte sich um ihre Schulter. Lajanas Kopf rollte herum. Plötzlich fehlte ihr die Kraft, plötzlich …

„Was ist denn passiert?", hauchte sie.

„Ein Pfeil!"

„Was?" Sie blinzelte angestrengt, sah an sich hinab und dann sah sie ihn. Die blutige Spitze war zu sehen. Der Pfeil hatte sie von hinten getroffen, sie etwa zwei Handbreit links des Bauchnabels glatt durchschlagen.

Sie schluckte. Ihr wurde übel. Jemand hielt ihre Hand; Vidar.

„Lajana, wir müssen den Pfeil herausziehen."

„Nein!", kam es von Sirkus und Lajana wie im Chor.

„Noch nicht", sagte sie dann. Sie fühlte die Bewusstlosigkeit, die mit verlockender Schmerzlosigkeit an ihr zerrte. „Zuerst drin lassen, dann ... Sirkus ..."

„Ich koche Nadel und Faden ab, hole Brandwein."

Lajana nickte schwach, während der Heiler davoneilte.

Sie sank gegen Vidars Brust. „Wenn ich sterbe ..."

„Du stirbst nicht!"

„Aber wenn doch, such die Gewässer ab. Lass sie -"

„Du stirbst nicht, hast du das verstanden, du stures, blutbesudeltes Weib?"

Sie hob den Blick. „Das mit den Komplimenten, das ... musst du nochmal üben." Ein Lächeln, das sie versuchte, misslang. „Ruf Oris her, bitte!"

Vidar rief den Schmied zu ihnen, der sich umständlich auf ein Knie niederließ. „Herrin ..."

„Erhitze einen Stab. Er soll sauber sein, glatt, vielleicht fingerdick. Vorne etwas schmaler, aber nicht geschärft."

Ihr entging der Blick, den Vidar und Oris austauschten nicht.

„Tu es!", forderte Lajana. „Bitte."

„Natürlich, Herrin."

Er lief zu seinen Waffen und fing an, darin herumzusuchen.

„Wenn die Wunde zu stark blutet", hauchte sie. „Vidar, du musst sie ausbrennen, die Gefäße ... verschließen. Hörst du?"

Sie zwang sich, nicht die Augen zu schließen. „Vidar!"

„Ja, ich höre. Ich brenne sie aus."

„Wenn ich vorher das Bewusstsein ... verliere, verlass dich ..., verlass dich auf Sirkus' Urteil. Er ist ein guter ..."

Sie musste husten, was einen grässlichen Schmerz durch ihren Körper jagte. Hilflos stöhnte sie auf, während Vidar sie an sich presste.

„Du stirbst nicht!", sagte er noch einmal. Es klang eher wie ein Befehl. Seine freie Hand hielt ihre umschlossen.

„Ich habe ... auch überhaupt keine Lust." Sie schluckte. „Zu sterben, meine ich."

„Ich bin wieder da!" Sirkus ließ sich atemlos neben ihnen nieder. „Schneide den Pfeil hinten und vorne ab und dann ... rausziehen. – Wo ... ist Oris?"

„An einem unserer Feuer. Er ist hier."

„Ist das Eisen heiß genug?"

Vidar rief dem Schmied etwas zu, dann sah er wieder Lajana an. „Alles bereit."

„Gut. – Sirkus?"

„Ja, Hoheit. - Es tut mir leid."

„Schon gut." Sie krallte sich in Vidars Hand, während der junge Heiler den Pfeil hinten abschnitt und dann das vordere Ende vorsichtig umfasste.

„Langsam oder schnell?"

„Langsam, aber ... gerade."

„Gut."

Lajana schrie auf, als der Holzstab durch ihren Körper gezogen wurde.

„Ist raus", sagte Sirkus schnell und beugte sich über sie.

Beinah wunderte sie sich, dass sie noch nicht ohnmächtig geworden war. „Das Blut, läuft es oder spritzt es?"

„Läuft."

„Wie viel?"

„Viel." Sie fand seinen Blick, als er hinzufügte: „Zu viel."

„In Ordnung. – Ruf ..."

„Oris!“ Vidars Stimme vibrierte in ihrem Körper. Er kam mit dem Stab zurück.

Lajana befiel ein Beben, das sie nicht kontrollieren konnte.

„Soll ich, Hoheit?“, fragte Sirkus.

„Nein, Vidar soll es machen. Er … hat Erfahrung.“ Sie sah zu ihm empor, blickte in seine leuchtend grünen Augen. „Leg mich auf die Seite. Und dann brenn das Loch aus. Zuerst vorne, dann hinten.“

Sirkus ließ sie herab.

Vidar beugte sich über sie. „Halt sie fest“, wies er den Heiler an, der Lajanas Hände und ihren Oberkörper fixierte.

Vidar blickte sie an. „Du wirst ohnmächtig werden.“

„Ich weiß.“

Sie sah ihn durch einen Tränenschleier, als er sich tief über sie beugte, seine Lippen an ihr Ohr brachte.

„Versprich mir, dass du wieder aufwachst.“

Ein leises Schluchzen drang aus ihrer Kehle. „Ich … verspreche es“, hauchte sie.

Dann fuhr der grässlichste Schmerz in ihren Körper, den sie sich vorstellen konnte, und die Welt war dunkel.

KAPITEL 9

Lajanas Pupillen bewegten sich hinter den geschlossenen Lidern. Sie war wach, aber wie so oft, blieb sie einfach regungslos liegen und kostete den Nachgeschmack des Schlafes. Irgendetwas war anders.

Erst war es nur eine wage Gefühlsregung, doch als sie versuchte, die Zehen zu strecken, fuhr ein grässlicher Schmerz in ihren Körper.

Die Erinnerung kehrte mit einem Paukenschlag zurück. Stöhnend bewegte sie die Finger, schob sie an ihrem Körper hinab und befühlte vorsichtig ihre Seite.

Die Haut war warm und spannte, aber keine Hitze, es nässte kaum durch die dünne Bandage, die Sirkus ihr angelegt haben musste. Sie hatte kein Fieber. So weit, so gut.

„Soll ich den Heiler rufen?"

Ihr Kopf drehte sich ruckartig nach rechts.

Vidar. Er lag neben ihr. Erst jetzt bemerkte sie, dass er ihre Hand hielt.

„Nein, es geht mir gut."

„Bist du sicher?"

„Sicher." Sie schloss für einen Moment die Augen.

„Ich wollte eigentlich auf dem Stuhl sitzenbleiben. Aber meine eigenen Wunden forderten Ruhe und ich dachte, es würde dich nicht stören, wenn ich -"

„Es stört mich nicht." Sie drückte schwach seine Hand. „Es stört mich ganz und gar nicht."

„Wer hätte das gedacht?"

„Dass es mich nicht stört?"

„Dass wir nun doch beieinanderliegen."

Sie lachte leise, was ihre Mitte mit kochendem Schmerz quittierte. „Und noch vor der Hochzeit", fügte sie dennoch an.

Sie spürte Vidars Lächeln mehr, als sie es sah; und auch, wie er wieder ernst wurde. „Ich habe dir Unrecht getan. Ich habe dich …"

„Es ist schon in Ordnung."

„Nein, das ist es nicht. Du bist die Gottkönigin."

„Das bin ich nicht. Noch nicht."

„So oder so, es stand mir nicht zu; insbesondere, da du rechthattest." Er hob den Blick zur Decke. „Wir waren so tief in den wiederkehrenden Kampf versunken und wie wir ihn jedes Mal aufs Neue überstehen konnten, dass wir die Gedanken, die tiefergingen, längst aufgegeben hatten. Wenn ich daran denke, wie viele Männer und Frauen dieser Frevel das Leben gekostet hat …" Er drehte ihr den Kopf zu. Als sie in seine Augen blickte, wurde ihr erst bewusst, wie nah er ihr war; in ihrer Magengrube breitete sich ein Pochen aus, das nichts mit ihrer Verletzung zu tun hatte. „Als ich dich das erste Mal sah, dachte ich, du wärst deiner Mutter ähnlich."

„Bin ich das nicht?"

„Nein, oder …, nicht nur. Mittlerweile glaube ich, dass sie wusste, du würdest etwas ändern. – Sie war eine starke, bedingungslose Geistkriegerin, eine würdige Königin. Aber ich glaube, sie wusste, erst du würdest uns Erlösung bringen können. – Du bist mehr, Lajana. Du bist die Quintessenz zweier Welten und vieler Leben. Du hast Wissen, das uns fehlt. Dein Denken überquert Schranken und Grenzen. Ich glaube, deine Mutter wusste, dass du all das sein würdest und hat dich wohlweißlich in Sicherheit gebracht."

„Vor dem, der die Bestien führt?"

„Ja, vielleicht."

„Du denkst, sie wusste, wer das war?"

„Ich bin mir nicht sicher."

Sie räusperte sich. „Apropos, wer das war …"

„Der Schütze war schon über alle Berge, aber der Pfeil liefert einige Hinweise."

„Welcher Art?"

„Er ist nicht aus Holz."

„Sondern?"

„Fischbein."

„Interessant." Sie überlegte kurz. „Ich wundere mich, dass eure Fischer niemals etwas von den Bestien bemerkt haben."

„Hier gibt es keine Fischer."

Lajana runzelte die Stirn. „Nicht?"

„Nein. Wir essen kein Lebewesen. Keinen Fisch, kein Fleisch, kein gar nichts."

„Und die Wasserversorgung? Wie funktioniert die? Müssen dort nicht Leitungen zu den Seen gelegt werden?"

„Die komplette Stadt inklusive des Palastes wird von einer Quelle gespeist, die dem Berg entspringt."

„Eine einzige Quelle versorgt alles?"

Er nickte. „Wir müssen die Seen nie aufsuchen. Sie sind …"

„Was?"

„Ihnen fehlt die Reinheit, die in der Luft pulsiert. Sie sind bar der Kraft, die uns umfängt."

„Also ein perfektes Versteck."

„Mehr als das."

„Ich habe auch eine Theorie, warum diese Macht nur alle 19 Jahre zuschlägt."

„Und die wäre?"

„Ich glaube, dass die Brut so lange braucht, um reif zu werden. Und auch die Ressourcen, um sie am Leben zu erhalten, die Fische, die sie fressen, brauchen sicherlich enorme Zeit, um sich zu erholen."

„Ja, das wäre gut möglich."

„Wir müssen einen der Seen trockenlegen lassen. Den kleinsten von ihnen, damit wir sehen, was am Grund liegt."

„Eine gute Idee, allerdings hat Kyros sich zu Wort gemeldet."

„Womit?"

„Einer Nachricht, die ich dir überbringen soll, sobald du aufgewacht bist."

Lajana blickte ihn abwartend an.

„Er sagt, du musst gekrönt werden."

„Wir müssen vorher heiraten."

Vidar nickte. „Ich habe ihn gefragt, ob wir dafür aufstehen können müssen."

Sie lächelte. „Und?"

„Wäre ganz gut, meint er."

„Dann sag ihm, das könnte noch bis morgen dauern."

„Damit das funktioniert, musst du noch ein bisschen Kraft bekommen. Ich habe eine Suppe für dich bringen lassen." Er hob den Kopf, um aufzustehen, ließ ihn aber sofort wieder sinken. „Ähm, Lajana?"

„Was ist?"

„Du hältst mich fest."

Sie ließ seine Hand los.

„Nein, ich meine …" Er hob noch einmal den Kopf, ruckartiger diesmal, doch er konnte nicht aufstehen. „Es sieht so aus, als würden sich deine Kräfte allmählich entwickeln; vielleicht weil die, die dir sonst zur Verfügung stehen, gerade arg eingeschränkt sind."

„Wie meinst du das?"

„Kann es sein, dass du nicht möchtest, dass ich aufstehe?"

Sie hob eine Braue. „Natürlich möchte ich, dass du aufstehst."

„Und warum lässt du mich dann nicht?"

„Bist du sicher, dass ich das -"

„Ganz sicher."

Sie schnaufte und schloss die Augen. Keine Ahnung, wie das funktionierte, aber diese Kraft war eher ein Verräter als eine Hilfe.

„Möglicherweise ...", räumte sie ein. „Ist es im Augenblick ganz angenehm hier mit dir; so wie es ist."

„Dann hast du keine Angst vor mir?"

Sie sah ihn an. Wenn man außer Acht gelassen hätte, dass sie beide von Pfeilen durchbohrt und von Reißzähnen aufgeschlitzt worden waren, hätte man denken können, sie wären Liebende, die nebeneinanderlagen.

„Nein."

Es klopfte leise gegen die Tür.

Sofort schnellte Vidars Oberkörper empor.

Besuch wirkte sich offenbar negativ auf Lajanas aufwallende Kräfte aus. Er warf ihr einen langen Blick zu.

„Das ist meine Mutter."

„Lass sie ein, bitte."

Vidar rief Kaspia etwas zu, die daraufhin vorsichtig die Tür öffnete und eintrat.

Für einen Moment zögerte sie, als sie Vidar neben Lajana erblickte, dann trat sie näher.

„Du bist wach", sagte sie leise. „Welch ein Glück. – Ich bringe Suppe und ein wenig Brot."

„Vielen Dank."

„Vidar, Kyros will dich sprechen. Er fragt wegen der Feierlichkeiten -"

„Keine Feierlichkeiten!" Vidar und Lajana sagten es praktisch gleichzeitig, woraufhin sie ein Lächeln austauschten.

„Wir haben möglicherweise einen Spion im Palast", erklärte er an seine verdutzte Mutter gewandt. „Welcher Augenblick könnte sich jemals besser für einen Angriff eignen, als der, da sich alle in Aufmerksamkeit und Geselligkeit um die neue Königin scharen."

Lajana nickte. „Er hat völlig recht. – Wir müssen sogar eher noch das Gegenteil tun! Wir müssen Wachen einsetzen!"

„Habe ich schon veranlasst", erklärte Vidar.

„Gut. – Hast du Späher zu den Seen geschickt?"

„Natürlich."

Sie nickte. „Und das Auspumpen?"

„Lass ich vorbereiten."

„Ich will dabei sein."

Er sah sie streng an, während er sich erhob. „Du kannst dich nicht bewegen."

„Meine Mutter war eine Göttin, vielleicht heile ich so schnell wie du."

„Dein Vater war ein Mensch."

Sie schloss für einen Augenblick die Augen. „Morgen stehe ich wieder auf meinen eigenen Beinen, Vidar. – Du wirst schon sehen."

Und tatsächlich!

Zwar schmerzte ihr Körper, wie eine einzige, klaffende Wunde. Ihre Mitte pulsierte bei jeder Bewegung und alles, was sie dazu veranlasste, tief einzuatmen, wollte ihr das

Bewusstsein rauben vor Schmerz. Dennoch sie stand! – Sogar mehr oder weniger aufrecht!

„Ihr solltet Euch setzen, Hoheit."

Ihr war eine junge Dienerin zur Seite gestellt worden, die kaum dem Kindesalter entwachsen schien; allerdings wusste Lajana mittlerweile, dass das in dieser Welt rein gar nichts zu bedeuten hatte.

„Es geht mir gut", erklärte sie nachdrücklich. Tatsächlich hatte sie eher Angst vor den Schmerzen, die sie überfielen, sobald sie versuchte, sich auf einen Stuhl zu setzen.

Ihre Dienerin holte einen großen Spiegel, der auf Rollen befestigt war, und stellte ihn vor Lajana.

Beinah war sie selbst überrascht, wie verändert sie aussah. Ihr Körper steckte in einem blutroten Seidenkleid, das mit unzähligen Edelsteinen bestickt war. Lajana kannte es. König Uriel hatte es beim letzten Austausch mit den Göttern an Kessara weitergegeben. Es fiel in langen, sanften Wogen um ihren Körper und war so lang, dass man nur ihre Zehenspitzen sah, wenn sie ging. Ihre Füße steckten in weichen Sandalen, die ebenfalls mit seidenen Bändern geflochten waren. Und ihr Haar war zu einer jener komplizierten Hochsteckfrisuren aufgetürmt, die sie bei den Frauen hier so sehr bewunderte.

„Ihr seid wunderschön, Hoheit, wenn ich das sagen darf."

Lajana lächelte. Plötzlich fühlte sie sich doch arg nervös. „Sieht man den Verband?"

„Nein, Hoheit. – Ihr seid makellos."

Als es an der Tür klopfte, hob Lajana den Blick. „Ja?"

Der Diener Paruk streckte den Kopf herein. „Darf ich eintreten?"

„Natürlich."

Er machte einen Schritt nach vorne und erstarrte völlig, mit weit aufgerissenen Augen und offenstehendem Mund starrte er sie an; vermutlich die ehrlichste Form eines Kompliments, das man bekommen konnte.

„Hoheit …"

Sie lächelte. „Gefällt es dir?"

Sofort sank sein Blick. „Es steht mir nicht zu. Ich entschuldige mich."

„Das ist nicht nötig. – Was hast du da?"

„Ein Tee von Sirkus. Er bat mich, ihn euch zu geben. Er soll die Schmerzen lindern."

Lajana machte ein paar wenige, vorsichtige Schritte auf Paruk zu und nahm ihm den Becher ab. „Genau, was ich jetzt brauche. Vielen Dank."

Er verbeugte sich tief und verließ den Raum. Lajana trank den Tee, der genauso ekelhaft roch, wie er dann am Ende schmeckte. Sie drehte sich zu ihrer Dienerin um.

„Daria war dein Name?"

„Ja, Herrin."

„Könntest du Kyros ausrichten lassen, dass ich bereit bin?"

„Natürlich, Herrin."

Die junge Dienerin eilte zur Tür und ging hinaus. Lajana lehnte sich gegen einen Tisch und trank den Tee in kleinen Schlucken.

Sie hatte keine Ahnung, wie es möglich war, aber sie fühlte sich fast augenblicklich besser, der Schmerz verlor an Schärfe, wurde dumpf. Sie würde Sirkus unbedingt fragen müssen, was genau die Zutaten waren.

Als sie sich wieder aufrichtete, fühlte sie sich beinah gut. Sie ging zur Tür und streckte den Kopf hinaus.

Eine der Wachen, die Vidar überall im Palast hatte platzieren lassen, richtete sich auf.

„Herrin."

„Könntest du mich zu Kyros bringen? Ich …" Sie sah nach links und rechts. „Oder zu Vidar? Je nachdem, was näher ist."

„Natürlich, Herrin. – Hier geht es zum Gottkönig. Er bereitet die Krönung vor.“ Er zeigte nach rechts.

Lajana nickte und folgte ihm.

Sie gingen den Korridor entlang und dann eine Treppe hinauf, die sie nicht kannte. Sie war etwas schmaler, als die anderen im Palast, doch üppig mit Gold verziert und mit kunstvollen Ornamenten regelrecht überladen. Am Treppenabsatz wartete jemand auf sie, doch es war nicht Kyros.

„Verschwinde!“

Kessaras Stimme war grell in der Stille der steinernen Umgebung. Sie spie es dem Wachmann regelrecht entgegen.

Seine Hand glitt an den Knauf seiner Waffe.

„Du sollst verschwinden, habe ich gesagt! – Oder hat die zukünftige Gottkönigin Angst vor ihrer ergebenen Dienerin.“

Hohn und Spott standen in ihren Worten, aber Lajana wollte sich dennoch nicht die Blöße geben. Sie erklomm die letzten Treppenstufen und blieb direkt vor Kessara stehen.

„Du kannst gehen“, sagte sie dann an den Wachmann gewandt.

„Aber, Herrin.“

„Ich danke dir“, erklärte sie zum Nachdruck und sah ihm nach, als er widerwillig die Treppenstufen hinabging.

Als sie Kessara wieder anblickte, war das Gesicht der Göttin verzerrt vor Wut.

„Du jämmerliche, kleine …“

„Deine Beleidigungen langweilen mich, Kessara.“ Lajana hoffte, dass man ihr den trommelnden Herzschlag nicht ansah. „Was willst du?“

„Du hast es nicht verdient, hier zu sein! Du hast es nicht verdient!“

„Aber du?“

„Tausend Mal mehr als ein dahergelaufenes Mädchen, auf

deren Abstammung man nur spucken kann." Und tatsächlich spuckte sie Lajana vor die Füße.

Diese ballte die Fäuste, zwang sich zur Ruhe. „Ich bedaure deine Wut, Kessara. Ich bedaure dein sinnloses Streben nach einem Maß an Macht, das dir nicht zusteht. Du bist es nicht würdig, ein Amt zu tragen. Vidar hat -"

Lajana wurde von Kessara mit solcher Wucht und beiden Händen um die Kehle gepackt, dass ihr ein Schrei entfuhr.

„Du kleines Miststück weißt nichts! – Und jetzt willst du den Thron besteigen?", knurrte sie. „Und Vidar besteigst du auch noch, wo du gerade dabei bist, was? – Ich sage dir mal etwas über den schönen Vidar: Er ist ein Tier! Er ist ein maßloser, wütender Liebhaber, der eine Jungfrau wie dich mit seiner -"

Plötzlich ein Schatten.

Lajana bekam wieder Luft und sah aus dem Augenwinkel, wie Kessaras Schädel hart gegen die Wand schlug.

Vidar hatte seine große Hand um ihre Kehle gelegt, hielt sie hart gepackt und schlug sie zornig noch einmal gegen den hellen Marmor. Ein gewöhnlicher Mensch hätte es vermutlich nicht überlebt.

„Dafür wirst du bezahlen, Kessara", zischte er. „Dafür wirst du so teuer bezahlen, wie du es dir nicht vorstellen kannst."

Sie ruderte hilflos mit den Armen, packte nach seinen Handgelenken, um sich aus seinem eisernen Griff zu befreien. Doch vergeblich. Sie schnappte nach Luft; ergebnislos.

Lajana richtete sich auf und strich ihr Kleid glatt. Obwohl ihr das Blut in den Ohren rauschte, trat sie vor.

„Sag ihm, … dass er mich loslassen soll", keuchte Kessara. „Befiel es ihm!"

Lajana hob den Kopf. „*Wachen*!", rief sie, bevor sie wieder Kessara ansah, die in Vidars Griff langsam blau anlief. „Ich habe Vidar nichts zu befehlen", erklärte sie nachdrücklich. „Ich bin seine Königin. Aber er ist mein König. – Und ich bin mir sicher, er wird dir zeigen, was man mit jenen tut, die möglicherweise Verrat begangen und einen Anschlag auf die Königin in die Wege geleitet haben."

Kessara riss die Augen auf. „Ich … ich habe nicht …"

Die Wachen kamen angestürmt, vier an der Zahl. Vidar ließ Kessara los, die augenblicklich hustend und würgend auf dem Boden zusammenbrach. Er machte einen Schritt zurück.

„Schafft sie der Königin aus den Augen!"

„Ja, Herr."

Nachdem die Wachen samt Kessara verschwunden waren, sanken Lajanas Schultern herab und sie schloss für einen Moment die Augen. „Danke", sagte sie an Vidar gewandt.

Als sie die Lider wieder hob, betrachtete er sie ernst. „Warum hast du den Wachmann fortgeschickt?"

„Ich wollte vor ihr mein Gesicht wahren."

Er nickte. Auch wenn es ihm nicht zu passen schien, war es wohl eine Begründung, die er nachvollziehen konnte. Als er für einen langen Moment schwieg, sah Lajana zu ihm empor.

„Du hast gehört, was sie zu mir gesagt hat?"

„Nachdem sie es wie eine Furie herausgebrüllt hat, war es schwer zu überhören! Ich nehme an, alle Menschen, die sich in den zwei Stockwerken unter und über uns befinden, wissen nun, dass sie mich für ein *Tier* hält."

Lajana lächelte. „Vielleicht meinte sie ein flauschiges Kätzchen."

Sein Mundwinkel zuckte. „An mir ist nichts flauschig, fürchte ich."

„Da muss ich wiedersprechen."

„Tatsächlich?"

„Immerhin habe ich dich verarztet. Ich kenne also große Teile deiner Anatomie."

Nun lächelte er.

Lajana wollte nicht über Kessara reden, sie wollte nicht über das nachdenken, was sie gesagt hatte und insbesondere nicht darüber, woher sie es zu wissen glaubte. Sie wollte sich von all dieser Bösartigkeit lösen.

Also hakte sie sich bei Vidar unter. „Wenn mich mein Bräutigam wohl führen könnte", sagte sie. „Ich habe ein Loch im Bauch und irgendwie wird mir von Sirkus' Tee jetzt auch schwindelig.

„Ein Tee?"

„Ja. Er ist großartig. Die Schmerzen waren fast augenblicklich wie weggeblasen."

Vidar runzelte die Stirn. „Schmeckte er gut?"

„Nein, ganz scheußlich."

„Ein wenig nach schwitzenden Füßen und gleichzeitig modrig?"

Lajana stockte, sah verwundert in seine grünen Augen. „Ja, genau. Woher weißt du das?"

Und dann geschah etwas, mit dem sie am heutigen Tag nicht mehr gerechnet hatte: Vidar lachte. Er lachte so schallend und so laut, dass es genauso wundersam wie ansteckend war.

„Was … was ist denn so lustig daran?", fragte Lajana, während er sich mit ihr in Bewegung setzte und noch immer grinste.

„Dieser Tee", sagte er dabei. „Er war etwas ganz Besonderes. Etwas, das normalerweise nur zu Zeremonien eingesetzt wird."

„Also ist er heilig, oder so etwas?"

„Nicht ganz."

„Aber was -“

„Sirkus, er hat dir Stechapfeltee gemacht.“ Vidar grinste und musste noch einmal lachen. „Er scheint offenbar ein ziemlich klares Bild davon zu haben, was du vor unserer Trauung brauchst.“

„Was ich brauche?“

„Ja.“ Er lachte noch einmal und schüttelte den Kopf. „Der Heiler hat meine Braut tatsächlich unter Drogen gesetzt.“

KAPITEL 10

Als Vidar und Lajana lachend den Raum betraten, in dem die Trauungszeremonie stattfinden sollte, waren die Anwesenden gelinde gesagt als überrascht zu bezeichnen. Allen voran Kyros, der die beiden trauen würde.

Lajana räusperte sich. Sie hatte schon Frauen gesehen, die sich im Tempel den Kräutern hingegeben hatten, und sie waren alles andere als Herr über ihre Sinne geblieben.

„Du sagst mir doch, wenn ich … naja, wenn ich irgendetwas wirklich Eigenartiges tue?"

Er richtete sie ein wenig auf, weil sie sich gegen ihn lehnte. „Du bist im Begriff, mich zu heiraten."

„Ja, und sonst?"

„Sonst ist mir nichts Ungewöhnliches aufgefallen. Außer …"

Sie blieben vor der Tür stehen, weit genug von den Anwesenden entfernt, dass niemand ihre Worte verstehen konnte. „Du bist einer Gottkönigin würdig, Lajana. In Geist, Mut und Tapferkeit."

„War ich nicht vorhin noch eine Made, die in Kadaver kriecht?"

Er nahm ihre Hand. „Ich entschuldige mich dafür. Du sollst wissen, dass du schön wie das Sonnenlicht bist, das die Welt mit ihrer Wärme zum Leben erweckt."

Lajana blinzelte.

„Danke", sagte sie dann, ziemlich geistlos, wenn man bedachte, dass sie soeben das schönste Kompliment bekommen hatte, dass sie sich vorstellen konnte.

Vidar nickte. „Komm", sagte er dann. „Die Meute lauert und wir wollen sie nicht warten lassen."

Die einzige Person, die Lajana unter den Anwesenden kannte, war Kaspia. Sie stand vorne neben Kyros und erwartete die Beiden mit gerührtem Gesichtsausdruck.

Vidar führte Lajana, stützte sie unauffällig, bis sie vor Kyros getreten waren.

Als alles ruhig war, breitete er die Arme aus.

„Zwei Seelen, die im Wirrnis der Welt ihr Band geknüpft haben, sind heute vor mich getreten, um das zu festigen, was das Schicksal gesegnet hat. – Vidar von Asteria, die ehrenwerte Lajana, Tochter der Finja und des Kastiel ist heute vor dich getreten, um dir ihren Leib und ihr Leben anzuvertrauen, auf dass du sie beschützen wirst, bis ihr Atem in die Ewigkeit übergeht. Bist du dazu bereit?"

Er nahm Lajanas zweite Hand, hielt sie beide fest in den seinen und erdete sie in diesem Augenblick, da ihre Knie am liebsten nachgegeben hätten.

„Das bin ich", sagte er.

„Wie sehr bist du bereit?"

Lajana runzelte die Stirn, denn die Frage kam für sie gänzlich unerwartet. Für Vidar scheinbar nicht.

Er blickte sie aus seinen tiefgrünen, pulsierenden Augen an. „Ich bin bereit wie der Wind, der die Segel derer füllt, die ihren Hafen suchen. Ich bin bereit wie der Krieger, der sein Heiligstes verteidigt. Ich bin bereit wie der Vater, der seine Kinder schützt, wie der Gemahl der seiner Gattin Friede und

Freuden schenken will. Ich gebe mein Fleisch und meine Seele dar, Lajana, um dein Leben zur Vollendung zu bringen."

Kyros nickte zufrieden, während Lajana noch mit ihrer Ungläubigkeit kämpfte.

„Lajana, der Sohn der Kaspia und des Odin steht vor dir, um dir seinen Leib und seine Seele zu schenken, auf dass er dein Leben beschütze und segne. Er opfert dir sein Fleisch, seine Seele und seinen Geist. Er gibt sich hin für dich. Bist du dazu bereit?"

Lajana konnte sich vor Nervosität kaum noch auf den Beinen halten. „Ich bin bereit", hauchte sie.

„Wie sehr bist du bereit?"

Sie räusperte sich, überlegte fieberhaft. „Ich …"

„Sie kennt diese Floskeln nicht", sagte Vidar leise zu Kyros. „Sie muss sie nicht -"

„Nein, warte", unterbrach ihn Lajana. „Ich möchte trotzdem etwas sagen, auch wenn es vielleicht nicht den Floskeln und dem Protokoll entspricht."

Kyros und Vidar wechselten einen kurzen Blick, nickten dann beide.

Sie holte tief Luft und sah zu Vidar auf. „Ich bin bereit", hob sie leise an, „wie ein Traum, der dem Träumenden Frieden schenkt. Ich will sein wie die Hoffnung, rein und gut. Doch wach und bereit wie eine frischgeschliffene Klinge. Ich vertraue mich dir an und reiche dir meine Hände. Ich schenke dir Vertrauen und Zuneigung, ich gebe dir Ehrlichkeit und bedingungslose Treue. Auf dass dein Leben erfüllt sein soll und ohne Traurigkeit."

Nervös sah sie zu Kyros hinüber, bevor sie wieder zu Vidar aufsah. Er drückte ihre Hände, presste ihre Finger so sehr zusammen, dass es schmerzte.

„Ich danke dir", sagte er leise und Kaspia zog hinter Lajana hörbar die Nase hoch.

Selbst Kyros schien gerührt.

„Eure Bänder", sagte er.

Er streckte Vidar ein Kissen entgegen, auf dem goldene Armreifen lagen. Eine kunstvolle Schmiedearbeit, die den Reif aussehen ließ, als wäre er ein geflochtenes Band.

Vidar nahm das kleinere der Bänder und legte es Lajana ums Handgelenk, schloss die Schließe vorsichtig und drehte ihre Hand, als wollte er sein Werk betrachten.

„Jetzt du", wies Kyros leise an.

Lajana griff mit zitternden Fingern nach dem Goldreif und öffnete die Schließe. Vidar streckte seine Hand vor und ließ sich von Lajana, die mehrere Anläufe brauchte, um mit ihren bebenden Händen den Reif zu verschließen, das goldene Band anlegen.

„Vor unseren Ahnen und dem Schicksal seid ihr nun Mann und Frau." Er lächelte und nickte auffordernd. „Ich will ja keine Anweisungen geben, aber falls euch irgendetwas einfällt, was ihr tun könntet …"

Vidar zog Lajana ein wenig enger zu sich heran. Ihr Herzschlag vertausendfachte sich, als er sich über sie beugte. Seine Lippen näherten sich ihrem Gesicht, doch hauchte er nur einen sanften Kuss auf ihre Stirn. Das Gefühl seiner vollen Lippen auf ihrer erhitzten Haut war wie ein Blitzschlag, der sie heftig durchdrang. Beinah hätte sie aufgekeucht, konnte es sich aber im letzten Moment noch verkneifen.

Kyros strahlte die beiden an.

„Das lief ja überraschend komplikationslos", erklärte er und spielte vermutlich auf die Temperamentsausbrüche der beiden an.

Kaspia trat vor und zog Lajana in eine herzliche Umarmung, bevor sie auch ihren Sohn umarmte.

Die Anwesenden blickten sie still aber wohlwollend an.

Lajana hatte noch immer keine Vorstellung davon, wer das alles überhaupt war.

„Ich will auch nicht drängen", befand Kyros. „Aber da die Eheleute in so unerwartet guter Stimmung sind: Für die Krönung wäre alles vorbereitet."

Die Krönung verlief für Lajanas Dafürhalten außergewöhnlich flink. Die Floskeln waren im Prinzip dieselben, wie vor der Trauung, nur dass Lajana nun anstelle eines Ehemanns eine wenig tragbare, weil viel zu große Krone bekam.

Als sie sich damit umdrehte, verneigten sich alle Anwesenden, inklusive Vidar. Schnell packte sie nach seiner Hand und zog ihn auf die Beine.

„Was soll denn das?", zischte sie.

„Ich verneige mich vor der Königin."

„Lass den Blödsinn!" Sie blickte Kyros an, der seine kleine Krone blitzartig an einen Diener losgeworden war.

„Sind wir fertig?", fragte sie.

„Falls du damit meinst, ob du jetzt verheiratet und Gottkönigin bist, dann ja."

„Sehr gut." Sie sah wieder zu Vidar auf. „Wir dürfen keine Zeit verlieren."

Während die wenigen Gäste aus dem Raum strömten, nickte Vidar und führte Lajana vorsichtig von der kleinen Empore. „Ich habe schon Männer hingeschickt. Sie werden das kleinste Gewässer entleeren, so schnell es geht."

„Und haben sie Wachen? - Nicht, dass sie einfach so von den Bestien überrannt werden."

„Die Geistkrieger beschützen sie."

Lajana nickte. Sobald sich die Tür hinter ihnen geschlossen hatte, zog sie sich die Krone vom Kopf. „Wir müssen hin", erklärte sie nachdrücklich. „Den Männern entgehen vielleicht Hinweise, die uns sofort auffallen würden."

Vidar lächelte. Erst jetzt bemerkte Lajana, dass er sie durch die Gänge dirigierte. „Du musst dich vor allem ausruhen!“

„Dazu haben wir keine Zeit! Wir -“

„Der Tee des Heilers wird dich gleich in eine Art ohnmächtigen Schlaf befördern.“

Sie riss die Augen auf. *„Was?“*

„Zuerst nimmt er dir den Schmerz und einige Hemmungen, danach sorgt er für bleiernen Schlaf.“ Vidar nickte. „Mir gefällt der Kerl allmählich.“

„Aber, ich bin nicht müde.“

Vidar öffnete eine Tür, hinter der ihr Schlafzimmer lag. Er schob sie zum Bett, drückte sie an den Schultern vorsichtig hinab und nahm ihre Füße, um sie hinzulegen.

„Morgen früh bist du wie neu geboren.“

„Morgen früh? Das dauert ja noch -“

„Schlaf gut, Lajana. Du hast es dir mehr als verdient.“ Er blickte auf sie hinab und ihr fiel auf, dass ihre Augen allmählich zufielen. „Du bist eine erstaunliche Frau.“

Sie war sich nicht sicher, ob er es sagte oder sie es sich nur dachte. Denn plötzlich hatte sie ein seltsam hypnotisches Surren in den Ohren und überhaupt fühlte sich alles herrlich leicht an. Verbissen versuchte sie, sich zu erinnern, was sie gerade noch so beschäftigt hatte, dass sie es für wahnsinnig dringend gehalten hatte.

Vermutlich war es gar nicht dringend gewesen. Der Schlaf lockte mit Frieden und Schmerzlosigkeit. Und nur zu gerne gab sie sich der Verlockung hin.

Ein leises Klopfen an der Tür weckte Lajana auf. Sie hob die Lider, starrte gegen das Samttuch, mit dem die steinerne Decke abgehängt war und überlegte, wo sie war.

„Hoheit?" Es war ihre Dienerin, deren Name ihr gerade nicht einfiel. Sie räusperte sich.

„Ja?"

„Einige der Krieger mit ihren Familien bitten um Audienz."

Lajana runzelte die Stirn und setzte sich etwas umständlich im Bett auf. Einige halbgeöffnete, kleine Zöpfe fielen ihr ins Gesicht; die Reste ihrer Hochsteckfrisur.

„Warum?"

Kurzes Schweigen hinter der Tür. „Ich … ich weiß es nicht. Soll ich fragen, Hoheit?"

„Nein, ich … komme sofort. – Ach, ähm …" Wie hieß sie doch gleich? „Daria?"

„Ja, Hoheit."

„Wo ist Vidar?"

„Er ist beim zweiten Sonnenaufgang heute Morgen mit einigen Männern zu den Seen geritten."

Sie riss die Augen auf. „Ohne mich?"

„Nun …"

„Schon gut. Ich komme gleich raus!"

Plötzlich war sie hellwach. Die Hochzeit, die Krönung, der bleierne Schlaf, den sie Sirkus Trank zu verdanken hatte, und Vidar, der sie ins Bett geschafft hatte, um dann alleine zu den Seen zu reiten.

„Verdammter Mistkerl!", murmelte sie. Er hatte gewusst, dass sie mitkommen wollte.

Lajana stand auf und streckte sich. Als es plötzlich an ihrer Seite ziepte, stockte sie.

Die Verletzung! Sie schob die Träger ihres roten Hochzeitskleides hinab, das sie noch immer trug und starrte auf ihre Seite. Die Wunde war kaum noch zu sehen. Wie es aussah, heilte ihr Körper so schnell wie die, der anderen Götter. Umso besser.

Sie streifte das edle Kleid ab und legte es aufs Bett, ging

zu dem Stapel mit schlichten Leinenkleidern und nahm sich eines davon.

Sie zog es über und blickte an sich hinab. Anstelle einer Korsage gab es eine Art lederne Weste, die ihren Oberkörper stützte. Sie band sie fest und drehte sich herum. Vier Paar Sandalen standen neben ihren Kleidern. Sie wählte das erstbeste und zog es über. Als sie auf den Korridor trat, blickte sie direkt in das Gesicht eines Wachmannes.

„Hoheit!", grüßte er mit einer tiefen Verbeugung.

„Guten Morgen. – Wo ist Paruk?"

„Ich bin hier, Hoheit!" Er eilte gerade den Korridor entlang auf sie zu. „Die Gäste, sie …"

„Was wollen sie?"

„Sie wollen Euch danken, Hoheit." Er lächelte, strahlte fast. „Für Eure Hilfe."

„Welche Hilfe?"

„Für Eure Heilkunst. Sie hat mehr als zwanzig Männern und Frauen das Leben gerettet."

Lajana stockte. „So vielen?"

Er nickte. „Mit Eurer Erlaubnis begleite ich Euch hinaus."

„Gern."

Paruk nickte dem Wachmann zu, der ihnen in einigem Abstand folgte.

Als Lajana auf die Terrasse trat und in den üppigen Garten hinabblickte, standen mindestens fünfzig Menschen auf dem Rasen. Männer, Frauen, einige Kinder. Sogar das Pferd, das sie auf Kyros Bitte hin an der Flanke genäht hatte.

Sie alle schienen wohlauf und als sie Lajana erblickten, sanken sie in eine tiefe Verbeugung.

Es war nicht leicht, das Gefühl zu beschreiben, das sie in diesem Augenblick durchflutete. Pure, reine Freude traf es vermutlich am ehesten.

Sie eilte die Stufen hinab und lief direkt Sirkus in die Arme.

„Hoheit!“ Er verbeugte sich ein zweites Mal.

„Ihr seht erholt aus.“

„Das bin ich, Sirkus. – Auch dank deines Stechapfeltranks.“

Er wurde schlagartig blass. „Ihr habt bemerkt, dass -“

„Vidar hat es bemerkt.“

Er fuhr regelrecht zusammen. „Oh, gütiges Schicksal.“

„Keine Sorge, er fand es doch recht amüsant.“

„Tatsächlich?“

„Mhm.“ Sie nickte an ihm vorbei. „Wollen wir?“

Sie steuerte auf eine Frau zu, deren Gesicht ihr sofort bekannt vorkam. Sie war die erste gewesen, die Lajana versorgt hatte. Ihre beiden Arme waren der Länge nach aufgeschlitzt gewesen. Beinah von der Schulter bis zum Handgelenk. Schreckliche, klaffende Wunden, von denen nun bis auf einen schmalen, rötlichen Strich nichts mehr zu sehen war.

„Hoheit“, sagte sie. „Wir sind hier, um Euch zu danken.“

Ein Mann trat neben sie. Er hielt einen kleinen Jungen an der Hand. „Ihr habt meine Frau gerettet. Ihr habt meinem Sohn seine Mutter wiedergeschenkt.“

Lajana schüttelte gerührt den Kopf. „Ich … habe doch gar nicht viel getan.“

„Doch, Hoheit.“ Es war einer der Heiler, auf den sie getroffen war, der nun sprach. „Ihr habt uns die Augen geöffnet. Unsere Heilkunst kann den Kriegern in den Schlachten nicht würdig dienen. Wir müssen lernen.“

„Wir wollten Euch bitten“, fuhr nun die Frau fort, „ob Ihr den Heilern Eure Kunst vermitteln könntet. Hunderte Leben könnten gerettet werden in jeder Kampfperiode. Vielleicht tausende.“

„Das will ich gerne tun. – Verrate mir deinen Namen, bitte.“

„Ich bin Isari, Hoheit. Eine der Geistkriegerinnen.“

Lajana nickte. „Isari, vielleicht finden wir ja einen Weg, diese schrecklichen Kämpfe ein für alle Mal zu beenden."

Die Menge murmelte unverständlich vor sich hin, während Isari der Königin in die Augen blickte. Sie deutete ein Kopfschütteln an. „Das wäre natürlich … eine Erlösung für uns alle, jedoch …"

„Was?"

„Diese Bestien kommen schon seit hunderten von Jahren über uns. Nach der Ragnarök waren wir erlöst, aber dieser Ort ist offenbar nicht dazu bestimmt, den Frieden zu leben, der in ihm wohnt."

Lajana sah zu Sirkus hinüber. „Ragnarök?", fragte sie.

„Die letzte Götterschlacht. – Vidar ist der einzige der Kriegergötter, der noch am Leben ist."

Lajana starrte ihn an. „Vidar?"

Sirkus nickte.

„Wie lange ist das her?"

„Etwa sechshundert Jahre."

Lajana verschluckte sich beinah an ihrem eigenen Atem. „Vidar ist sechshundert Jahre alt?"

„Etwas älter."

„Gibt es noch Ältere hier als ihn?"

„Nur mich." Kaspia war zu ihnen getreten und lächelte gütig. „Nachdem sein Vater sich geopfert hatte, trafen sich die letzten der alten Götter, um diesen Ort hier neu aufzubauen."

„Und wo sind sie alle?"

Kaspia senkte den Blick. „Sie sind alle gefallen. Keiner der alten Götter ist noch am Leben."

Lajana schüttelte den Kopf, versuchte zu begreifen, was sie da hörte.

„Aber dieser Kampf, der so viele Opfer forderte, liegt hinter uns. – Oder denkt Ihr etwa", fragte Sirkus an Lajana gewandt, „dass diese Bestien irgendwie damit zu tun haben?"

„Wie lange dauerte es denn, bis sie auftauchten. Ich meine, wie viel Zeit liegt zwischen der Götterschlacht und dem ersten Mal, da die Bestien angriffen?“

„Vielleicht ein- oder zweihundert Jahre.“

„Zeit genug, um Wunden zu lecken und einen Schlachtplan zu entwerfen.“

Ungläubiges Gemurmel wurde unter den Anwesenden laut.

Lajana hob den Blick, die Verbindung zwischen den beiden Ereignissen war für sie plötzlich unstrittig. „Wer hat denn eine gute Begründung für das Auftauchen der Bestien? Wer kann mir sagen, wer sie schickt; wer sie führt. Denn dass sie geführt werden, ist so klar wie das Sonnenlicht, jeder, der in diesen Schlachten kämpft, hat es gesehen.“

Ihr Blick schweifte umher. Und plötzlich war es sehr still geworden.

Lajana nickte.

„Was denkt Ihr, Hoheit?“, fragte Sirkus.

Sie sah kurz Kaspia an, bevor sie sagte: „Dass ich sofort zu Vidar muss!“

KAPITEL 11

Da Kyros nicht auffindbar war, bot sich Sirkus als Lajanas Begleitung an, um zu den Seen zu reiten. Paruk und vier Wachmänner begleiteten sie ebenfalls.

„Wie geht es Eurer Wunde, Hoheit?“, fragte Sirkus, nachdem Lajana auf einen Rappen aufgestiegen war und dabei schmerzhaft das Gesicht verzog.

„Sehr gut“, brachte sie zwischen zusammengebissenen Zähnen hervor.

Sirkus lachte und trieb seinen Braunen an. „Wir reiten durch eines der Portale“, sagte er. „Es führt uns an den Rand dieses Ortes.“

„Welches Ortes?“

„Na, der Stadt, die den Palast umgibt. Wir alle sind begünstigt durch die Energie, die hier pulsiert. Aber außerhalb ist es dunkel und kalt.“

„Vidar sagte, die Seen wären verlassen und ihnen würde der Zauber fehlen, der hier herrscht. Ich meine, was ihr beide da beschreibt, würde doch ein gutes Versteck für einen Gegner abgeben.“

„In der Tat.“

Sirkus zügelte sein Pferd und sprach einige Worte, die Lajana nicht verstand. Vor ihnen verschwamm die Luft und ein Portal öffnete sich; ganz ohne Rahmen, einfach … in der Luft.

„Kann jeder die Portale öffnen?", fragte sie.

„Jeder, der göttlichen Blutes ist, dem gehorchen die Portale. – Nur das Portal in die andere Welt ist anders."

„Du meinst das, das ich öffnen kann?"

„Genau. Es gehorcht nur jenen Frauen, die berührt wurden."

„Berührt wovon?"

Doch ihre Nachfrage ging unter, als sie das Portal durchritten. Sirkus ritt voran, zwei Wachen folgten ihm, danach kam Lajana mit Paruk und die anderen beiden Wachen bildeten die Nachhut.

Kaum hatte sie das Portal durchquert, spürte Lajana, wie die Kraft aus ihrem Körper gesaugt wurde. Vor ihnen erstreckte sich eine sumpfige Einöde. Blattlose Baumskelette standen herum und wo auch immer sie hinblickte, sah sie Trostlosigkeit und lebensfeindliches Moor.

Unweigerlich fröstelte sie.

Nebelschwaden zogen über den feuchten Boden; Nebelschwaden wie jene, die die Bestien mit sich brachten.

„Wo ist Vidar?"

„Hinter dem Sumpf kommt der erste der Seen. Er ist der Kleinste."

Sie folgte den Wachmännern und hoffte, dass ihr Pferd den Weg gut einschätzen konnte und nicht irgendwo versank.

Bald waren Stimmen zu hören und hinter einer kleinen Baumgruppe erstreckte sich tatsächlich ein See. Mindestens fünfzig Mann waren dabei mit groben Pumpen das Wasser heraus zu befördern, während Vidar sich mit einem Mann besprach, der dann Anweisungen an die anderen weitergab.

Lajana starrte ihn an. Vidar. Ihr Gemahl. Der letzte Sohn Odins. Der letzte, der alten Götter.

Wobei man ihm das Alter gewiss nicht ansah; insbesondere nicht in dem Augenblick, wo er sich herumdrehte und Lajana erblickte. Der Ausdruck in seinem Gesicht war wohl am Ehesten mit purem Entsetzen zu beschreiben.

Mit großen Schritten kam er auf sie zu. Für einen Moment dachte sie, er würde sie am Bein packen und vom Pferd zerren, dann tat er genau das Gegenteil. Er verbeugte sich. „Gottkönigin!"

Lajana starrte ihn an. „Hör doch mit dem Blödsinn auf!"

Sirkus Grinsen sah sie aus dem Augenwinkel.

Vidar hob den Blick. „Lajana, du darfst nicht hier sein!"

„Warum nicht?"

„Es ist viel zu gefährlich!"

„Du bist doch auch hier!"

Er schnaufte und ballte die Fäuste. Lajana nutzte die Gelegenheit, um abzusteigen. Sie sah zu Vidar auf und nickte. „Es scheint gut voranzugehen", sagte sie.

„Im Gegenteil." Er schien den Versuch, sie zurück zum Palast schicken zu wollen, vorerst aufzugeben. „Die Männer pumpen seit Stunden. Sie haben schon mindestens die doppelte Menge dessen, was in diesem verfluchten Tümpel sein sollte, herausgepumpt, aber er scheint sich immer wieder zu füllen."

Lajana zog die Stirn kraus und ging zum ehemaligen Ufer. „Habt ihr Fische gesehen?"

„Nein. Nichts, das lebt. Wir haben ein halbes Dutzend Geistkrieger hier, zur Sicherheit."

„Und der See füllt sich von Neuem?"

„Ja."

„Er wäre viel zu klein, um auch nur ein Dutzend der Bestien zu verbergen."

„Absolut."

„Wie viele Seen gibt es?“

„Etwa fünfzig. Sie verteilen sich zwischen den Sümpfen.“

„Hm.“ Lajana trat noch etwas weiter vor. Ihr Fuß samt neuer Sandale versank im schlammigen Grund. Vidar packte ihren Arm, als würde er damit rechnen, dass sie gleich für immer im Morast verschwand.

„Muss ich wirklich gleich eine schlammbeschmierte Gottkönigin aus dem Morast ziehen?“, knurrte er ungeduldig und zerrte sie rückwärts. Lajana ließ es sich gefallen, nicht zuletzt, weil es sie auf eine Idee brachte.

Als sie wieder vor Vidar stand, blinzelte sie nachdenklich.

„Auch nach wenigen Tagen kenne ich diesen Gesichtsausdruck bereits. Du hast wieder eine Überlegung?“

„Sozusagen.“

„Musst du dafür in ausgehöhlte Kadaver kriechen?“

„Vorerst nicht.“

„Gut, also …“

Sie wandte sich wieder dem See zu, wo sich die Männer weiter und weiter abmühten. „Deine Männer werden diesen See niemals auspumpen können.“

„Und du weißt, warum?“

„Ich glaube es zu wissen.“

Vidar machte eine auffordernde Geste.

„Ich glaube, die Seen sind alle verbunden.“

Vidar sah zu Sirkus hinüber, dann wieder zu Lajana. „Unterwassergänge?“

„Ja. Auf diese Weise könnten sich die Bestien auf alle Gewässer verteilen und sie verbinden. Sie könnten die Richtung, aus der sie angreifen ständig frei wählen und bereits unter Wasser aufrücken. – Und es würde erklären, warum der Wasserspiegel immer wieder steigt.“

„Weil das Wasser aus den anderen Seen nachläuft“, befand Vidar nickend. „Die Bestien müssen bemerkt haben, dass wir hier sind.“ Nachdenklich schweifte sein Blick über das Wasser. „Warum greifen sie also nicht an?“

„Weil sie auf den Befehl zum Angriff warten.“

Er nickte. „Wenn ich nur wüsste, wer sie befiehlt.“

„Zufällig habe ich auch hierzu eine -“

Vidar sah sie mit gerunzelter Stirn an. „Eine Theorie?“

„Zufällig ja.“

„Wie kommt es, dass du erst fünf Tage hier bist, und bereits all unsere Fragen beantworten und Rätsel entschlüsseln willst?“

„Ich bin eben die Tochter meiner Mutter.“

Er lächelte. „Das bist du allerdings.“ Er warf seinen Männern einige Befehle zu, woraufhin sie ihre Arbeit einstellten. Dann sah er wieder Lajana an. „Lässt du mich an deiner Theorie teilhaben?“

„Gerne. Ich muss etwas ausholen.“

„Dann lass es uns besprechen, wenn wir wieder im Palast sind, ja?“

Lajana, die es nicht erwarten konnte, dieser lebensfeindlichen Umgebung zu entkommen, nickte schnell.

„Willst du vorausreiten?“

Sie schüttelte den Kopf. „Ich warte auf dich.“

Vidar wandte sich an seine Männer und instruierte sie. Vermutlich teilte er ihnen mit, dass sie die Pumpen einpacken und ihre Bemühungen einstellen sollten.

Sirkus saß auf. „Wenn ihr mich nicht mehr braucht, Hoheit …“

Lajana hob den Blick. „Natürlich, ich will dich nicht aufhalten.“

„Meine Frau, sie erwartet ein Kind. Wenn Ihr mich entbehren könnt, würde ich nach Hause reiten und -“

„Oh, meinen Glückwunsch!“ Lajana strahlte. „Ich wusste das nicht, Sirkus. Ich hätte dich doch überhaupt nicht mitgenommen. Du bist unabkömmlich bei deiner Frau. Geh zu ihr und steh ihr bei."

Er nickte schnell. „Ich danke Euch!"

„Und nimm eine der Wachen mit! Nur zur Sicherheit!" Lajana nickte dem vordersten der Wachmänner zu, der daraufhin sein Pferd wendete und mit Sirkus zum Portal ritt. Lajana drehte sich wieder um.

Es war erstaunlich, wie schnell sich der See wieder mit Wasser füllte, nun, wo die Pumpen ihre Tätigkeit eingestellt hatten. Es war beinah, als hätten die Wogen einen eigenen Willen, als wollten sie sich so schnell wie möglich wieder ihres Territoriums bemächtigen und verhüllen, was unter ihnen verborgen lag.

Sie trat einen kleinen Schritt vor und blickte ins Wasser. Die dunkle Oberfläche zeigte nichts weiter als ihr verschwommenes Spiegelbild. Lajana runzelte die Stirn. Das Wasser wirkte eigenartig, ungewöhnlich … lebendig. Es war beinah als würde Energie von ihm ausgehen; aber nicht die Reinheit und Klarheit, die am Palast in der Luft lag, hier war es etwas anderes, etwas dunkleres. Ein Sog.

Sie beugte sich hinab und ließ die Finger durch das Wasser gleiten. Es fühlte sich beinah dickflüssig an, samtig.

Ein weiterer Schritt vorwärts.

„Hoheit!"

Lajana hob die Hand, um den besorgten Wachmann zu beruhigen. Sie blickte wieder hinab auf das Wasser. Wenn sie sich nur wirklich konzentrierte, dann sah sie mehr als ihr Spiegelbild; seltsame Formen und wabernde Schatten, die darunter pulsierten und das Wasser füllten.

Wieder wurde sie gerufen, aber es fühlte sich dumpf an, weit weg und völlig bedeutungslos.

Dieses Wasser war faszinierend, es war verlockend. Die Energie, die darin pulsierte, sie war einzigartig.

Sie bemerkte kaum, wie sie den Boden unter den Füßen

verlor und ganz ins Wasser tauchte. Durch die Oberfläche drang dumpf das Gebrüll der Männer und Vidars Rufen, der zur ihr gelaufen kam.

Lajana sah hinab in die Dunkelheit. Eisige Kälte raubte ihren Gliedern fast augenblicklich jegliches Gefühl. Der Sog, er veränderte sich, wurde zu etwas Schmerzhaftem, Quälendem.

„Du …!"

Die Stimme war in ihrem Kopf.

Sie bohrte sich in ihre Gedanken wie ein glühendes Eisen, während ihre Lungen bersten wollten. Sie strebte nach oben, doch sie schaffte es nicht, sank immer tiefer.

„Du …, lächerliche Kreatur. Ein Kind! Ein dummes Kind!"

Lajana sah hin und her, doch überall nur Schwärze, schreckliche Schwärze, in der Schatten pulsierten, die mit eisigen Krallen nach ihr packten.

„Du hältst dich für … Erlösung." Die Stimme drang in ihren Geist, wühlte sich hindurch und verteilte sich wie Gift darin. Sie spürte, wie ihr Körper die Kraft verlor. Die Kälte fraß sich in ihre Glieder und machte sie mehr und mehr taub. *„Ich zeige dir, was du wirklich bist. Ich zeige dir, was euch alle bevorsteht …"*

Etwas packte nach ihr. Ihr fehlte die Kraft, sich zu wehren, ihr fehlte die Kraft, noch einen Moment länger den Atem anzuhalten.

Erst einen Sekundenbruchteil, bevor sie das eisige, dunkle Wasser einatmete, begriff sie, dass sie nach oben und nicht nach unten gezerrt wurde.

Ihr Kopf durchbrach die Oberfläche, starke Hände hielten sie um die Mitte gepackt und hoben sie so weit aus dem Wasser, dass sie hustend und keuchend nach Atem rang.

„Lajana …" Vidars Stimme an ihrem Ohr, war wie Balsam. Es war wie Erlösung.

„Vidar." Sie hustete. „Dort unten …"

„Jetzt nicht!“

„Es war schrecklich.“ Ihre Stimme brach. „Dort unten ist -“ Wieder versagten ihr die Worte. Vidar trug sie aus dem Wasser und sie brachte nichts weiter mehr zustande, als sich an ihn zu klammern und zu versuchen, irgendwie ihre Fassung wiederzufinden.

„Du bist eiskalt.“ Er trug sie zu einem Pferd.

Lajana bemerkte erst jetzt, dass ihr Körper taub war. Sie bemerkte Vidars Zittern, und dass sie selbst jenseits davon war.

„Du … auch.“

„Meine Haut ist aber nicht so blau wie deine.“

Er hob sie auf sein Pferd und stieg hinter ihr auf. „Du musst die nassen Sachen ausziehen.“

Sie deutete ein Nicken an. „Ich darf … nicht einschlafen“, brachte sie hervor. „Ich muss in ein heißes Bad.“

„In Ordnung.“ Er warf seinen Männern ein Kommando zu, packte Lajana wieder um die Mitte, damit sie nicht vom Pferd fiel und sprengte los.

„Lajana! – Lajana!“ Sie zuckte zusammen.

„Hm?“ Immer wieder fielen ihr die Augen zu.

„Du bleibst wach, hörst du? Ich befehle es dir!“

„Du kannst mir nichts befehlen“, nuschelte sie. „Ich bin doch die Königin.“

„Du bist vor allem ein stures, dummes Weib, das nicht weiß, was gut für sie ist!“

Nun hob sie doch ein Augenlid. „Du könntest mich auch mit Schmeicheleien wachhalten!“

„Das wirkt doch nicht!“

„Du könntest es ja versuchen.“ Immer wieder drohte sie

wegzudämmern. Jedes Mal packte Vidar sie fester um die Mitte und beschimpfte sie äußerst kreativ.

Als sie durch das Portal ritten, strömte warme Luft auf sie ein.

Vidar brüllte ein Kommando zum Palast, als er noch nicht einmal in der Nähe war.

Lajanas Ohren klingelten. Doch sie war jenseits des Drangs, sich über irgendetwas zu beschweren. Ihr Körper lehnte an Vidars Brustkorb. Ihr Kopf rollte hin und her und es kostete sie alle Willenskraft, dem süßen Schlaf nicht nachzugeben.

Plötzlich hielt das Pferd an, Lajana bekam Schräglage. Sie krallte sich in Vidars Arm.

„Ich hab dich", sagte er nur und lief mit ihr auf den Armen zum Palast.

„Ruf den Heiler!", warf er einem der Diener zu und lief die Stufen zu Lajanas Räumen hinauf. „Soll ich deine Dienerin rufen lassen?"

Sie krallte sich in sein nasses Hemd und presste die Lider zusammen. Was sie dort unten gesehen hatte; was ihr diese finstere Stimme in den Kopf gepflanzt hatte, es war zu schrecklich.

„Bitte bleib", sagte sie leise. „Bitte, Vidar."

„Du brauchst nicht zu bitten, Lajana. Darum nicht."

Er stieß die Tür auf und trat sie hinter sich wieder zu, eilte zum Badezimmer, wo ein Diener neben der halbvollen Wanne stand.

„Raus!", wies Vidar ihn schroff an und als er das Badezimmer verlassen hatte, stieg er einfach mit Lajana ins Wasser.

Vorsichtig tauchte er ihren Körper in das dampfende Nass.

Sie verzog schmerzhaft das Gesicht, als sich die Hitze in ihre steifgefrorenen Glieder fraß.

„Geht es?“

Sie nickte knapp. Noch immer krallte sie sich an ihn, noch immer presste sie die Lider zusammen.

Vidars Zittern ebbte allmählich ab, während ihr eigener Körper endlich damit anfing.

„Ist das gut?“

„Sehr … gut.“ Ihre Zähne klapperten, schlugen regelrecht aufeinander. Und als sie endlich die Augen öffnete, blickte sie Vidar mit so viel Sorge an, dass es ihr die Tränen in die Augen trieb. „Dort unten …“, fing sie wieder an. Doch er schüttelte den Kopf.

„Du musst jetzt nicht davon sprechen.“ Seine Stimme war plötzlich zu einem leisen Raunen geworden. „Nicht jetzt, Lajana.“ Er tauchte sie bis zum Hals ins Wasser und hielt sie gleichzeitig an sich gepresst. Dann schloss er die Augen. Die Wärme strömte in ihren Körper, genauso wie sie auch in seinen strömte. Er seufzte leise und Lajana betrachtete ihn dabei.

Als er die Augen wieder öffnete, floss das Grün seiner Iris direkt in ihre Seele. Sie schlang die Arme um seinen Nacken und vergrub das Gesicht an seiner Kehle, bibbernd vor Kälte.

„Könntest du mich vorerst nicht loslassen?“, murmelte sie gegen seine gebräunte Haut.

Sie spürte den Schauer, der ihn trotz der Kälte überlief. Das Wasser stand schon so hoch, dass es anfing, über den Rand der Wanne zu schwappen. Mit einer Hand fasste Vidar nach dem Hahn und drehte das Wasser ab, um Lajana dann noch fester an sich zu pressen. Sein Atem strich über ihre Schulter und eine Gänsehaut kroch ihren Rücken empor.

Die Kälte wurde allmählich aus ihrem Körper gespült und machte etwas Platz, das ihr genauso fremd wie angenehm war.

Vidars Hände lagen auf ihrem Rücken. Er schwieg,

obwohl Lajana das Gefühl hatte, dass sich so viel in ihm abspielte, dass man ganze Bücher damit hätte füllen können.

Sie hielt sich einfach an ihm fest, bis ihr Zittern verebbte, auch wenn sie keine Ahnung hatte, wie lange es dauerte. Vidar löste sich langsam von ihr und strich das nasse Haar mit beiden Händen aus ihrem Gesicht.

„Lajana …"

Obwohl er nur ihren Namen sagte, fühlte es sich an, wie eine intime Berührung. Sie schloss die Augen, während sich seine Finger in ihr Haar gruben.

„Wenn es dir besser geht, lass uns aus dem Wasser -"

„Nein!" Sie sagte es vielleicht etwas zu nachdrücklich. „Ich meine …" Lajana schluckte gegen ihren donnernden Herzschlag an. „Können wir noch so bleiben?"

„Im Wasser, meinst du?"

„Ja, und …" Sie holte bebend Atem. „Ich weiß nicht, also … ich weiß nicht, ob du das möchtest, aber …" Sie blickte in seine pulsierend grünen Augen. „Ich würde gern, ich … - Würdest du mich vielleicht küss -"

Seine Lippen waren so schnell auf ihren, dass sie regelrecht zusammenfuhr. Schnell löste er sich wieder von ihr. „Tut mir leid. Ich -"

„Nein." Sie legte versuchsweise ihre Hand auf seine Wange. In ihre Fingerspitzen war das Leben zurückgekehrt und spürten den kantigen Zügen seines schönen Gesichtes nach. „Küss mich genau so, wie du es willst."

Eine seiner Hände glitt in ihren Nacken, umfasste ihn mit so viel Kraft, dass sie ein Schauer überlief. Ihr Herz hämmerte, ihr Blut kochte.

Was tat sie hier überhaupt?

Was …

Als sein Mund den ihren bedeckte, verpufften all ihre Gedanken und ließen ihren Körper zurück mit der innigen Empfindung, die durch sie hindurchpulsierte. Wie instinktiv schmiegte sie sich enger an ihn. Ihre Hände spreizten sich auf seinem Rücken, spürten die Muskeln, die darunter tanzten und die mühsam beherrschte Kraft, die seinem Körper innewohnte.

Für einen Augenblick ließ er von ihr ab, um ihr in die Augen zu sehen. Dann griff er sich mit beiden Händen in den Nacken und zog sein Hemd über den Kopf, ließ es mit einem lauten Klatschen auf den Wannenrand fallen.

Lajana starrte ihn an. Sie hatte ihn schon fast nackt gesehen. Doch da hatte sie nur auf die Wunden geachtet, hatte seine Heilung im Kopf gehabt. Jetzt, in diesem Augenblick, nahm sie Vidar ganz anders wahr.

Er war ihr Gemahl, ein mächtiger, alter Gott, der genauso schön wie stark war. Und er sah sie an mit einer solchen Intensität und innigem Hunger, dass sie ein Beben durchfuhr.

Sie zögerte einige Augenblicke, dann löste auch sie die Bänder an ihrem Kleid. Vorsichtig ließ sie es ins Wasser gleiten und strampelte es sich von den Beinen. Die Wanne war so tief, dass sie beide darin stehen konnten, und Lajana war in diesem Augenblick sehr froh, dass das Wasser sie bis zu den Schultern bedeckte.

All ihren Mut zusammennehmend fasste sie nach Vidars Hand und zog sich enger an ihn. Sie schlang die Arme um ihn und presste sich gegen ihn.

Es war unglaublich, wie stark der Wunsch war, ihn einfach nur zu umarmen.

Er strich ihr das Haar zurück und streichelte über ihren nackten Rücken.

„Lass uns schlafen, Lajana." Er küsste ihre Schulter, ihren Nacken. „Lass uns zu Kräften kommen und begreifen, was vor sich geht."

Sie löste sich, genug, um ihm ins Gesicht sehen zu können. „Ich habe Sirkus Tee nicht angerührt."

Er lachte leise. „Nein, aber du hast etwas Schmerzvolles erlebt und ich will nicht, dass du, aufgewühlt, wie du jetzt bist, etwas tust, das du womöglich später bereust."

Sie löste sich ein wenig von ihm. „Ich bin durchaus Herrin meiner Sinne."

Sein Blick glitt über ihr Gesicht, ihren nassen Oberkörper und wieder zu ihren Augen. „Auf jeden Fall bist du Herrin *meiner* Sinne. – Und nun komm, bevor das hier alles aus dem Ruder läuft." Er zögerte noch kurz, als müsste er zuerst einen ziemlich aufwändigen Kampf, den er mit sich ausfocht, gewinnen. Dann nahm er sie vorsichtig bei den Schultern und schob sie zum Rand. Er stieg hinaus und griff nach einem der Tücher, das er ihr hinstreckte; und zwar so, dass er sie nicht sehen konnte, während sie aus dem Wasser stieg.

Wortlos drehte Vidar sich herum, löste die Bänder seiner Hose und stieg heraus.

Seine nackte Kehrseite war ein beeindruckender Anblick, der Lajanas Mund staubtrocken machte. Sie hatte noch nie einen Mann aus solcher Nähe nackt gesehen; und insbesondere keinen, mit dem sie verheiratet war.

Vidar schlang sich ebenfalls eines der Tücher um und öffnete die Badezimmertür.

Lajana setzte sich in Bewegung, wenn auch etwas wackelig und ging zu ihrem Bett. Obwohl es kaum drei Stunden her sein konnte, seit sie aufgewacht war, fühlte sie sich, als hätte sie eine Woche nicht geschlafen. Sie schob das Laken beiseite und legte sich hin. Vidar kam zu ihr, legte sich neben sie und nahm ihre Hand.

Lajana drehte ihm den Kopf zu. „Du bist ein guter Mann, Vidar. Und – soweit ich das abschätzen kann – ein guter Ehemann."

Er lächelte ungläubig. „Du hast also doch den Tee getrunken!"

Sie lachte leise und er schloss die Augen. Auch ihr fielen

allmählich die Lider zu, auch wenn sie bei all den Gedanken und Gefühlen, die durch ihren Kopf und Körper tobten, nicht einschlafen konnte.

„Ich will es dir erzählen", sagte sie nach einer Weile und öffnete die Augen wieder. „Was am See geschehen ist, meine ich."

„In Ordnung."

Sie holte tief Atem und erinnerte sich widerwillig. „Das Wasser, es wirkte wie ein Sog. Es hat mich angezogen, vielleicht hat es mich sogar angelockt."

„Womit?"

„Mit Schatten, Formen, die ich darunter sah. Ich habe hinabgeblickt in die Schwärze und ..., ich kann es schwer beschreiben, aber es war, als würde darin etwas wabern und pulsieren. Das Wasser fühlte sich samtig an, weich, ich spürte die Kälte nicht, nicht zu Anfang. Und dann auf einmal ..."

„Hat es dich hinabgezogen?"

Lajana nickte. „Ganz plötzlich. Und ich hatte der Kraft absolut nichts entgegenzusetzen."

Vidar blickte sie nachdenklich an. „Und dann? Irgendetwas ist doch danach noch geschehen, oder?"

Lajana überlief ein Frösteln. „Ja. Ich ... - Da war eine Stimme."

„Eine Stimme?"

„Ja."

„Was für eine Stimme?"

„Eine tiefe, dunkle Stimme. Eine Männerstimme, aber sie hörte sich nicht an, als hätte sie eine Gestalt. Sie war wie pure Energie und sie drang in meinen Kopf wie ... ein glühendes Eisen." Sie musste schlucken.

„Was hat er gesagt?"

„Dass ich ein jämmerliches Kind wäre. Dass ich nichts retten könnte. Und dann ..."

„Was?"

„Er hat mir gezeigt, wie es endet."

Vidar blickte sie mit gerunzelter Stirn an. „Wie was endet?"

„Diese Schlacht. Er sagte: Ich zeige dir, was geschehen wird. Und dann war alles …" Ihr Kinn bebte. „Der Palast, die Gärten, die Häuser der Stadt. Alles war verwüstet, alles war … voller Blut. Überall waren Leichen und Schreie trieben durch die Luft, schrecklicher Schmerz und Dunkelheit lag über allem. Es war wie ein Alptraum. Nur es war kein Traum. Es war real. In diesem Augenblick, da ich es gesehen habe, war es so … real."

Eine Träne lief über ihre Wange. Vidar betrachtete sie sorgenvoll, stützte sich auf die Ellbogen.

„Wer auch immer das war, es muss derjenige sein, der die Bestien befiehlt."

Sie zog die Nase hoch, nickte hastig. „Das denke ich auch."

„Und er hat es auf dich abgesehen. Zuerst der Pfeil, nun das. Wer auch immer es ist, er scheint zu wissen, dass du der Schlüssel zu seinem Untergang sein könntest."

Lajana zog das Laken über sich. Am liebsten wäre sie zurück in die dampfend heiße Wanne, so kalt war ihr plötzlich wieder. „Was ist, wenn es die Wahrheit ist?"

„Wenn es so wäre, warum sollte sich jemand die Mühe machen, dir das zu zeigen? Ein Feind, der seinen Sieg schon in der Tasche hat, hat so etwas nicht nötig."

Das war genauso logisch wie auch ein wenig beruhigend. „Was ist mit Kessara?"

„Was soll mit ihr sein?"

„Denkst du, sie hat etwas mit dem Pfeil zu tun? – Ich habe zwar den Verdacht nur so hingeschleudert, aber … sie hasst mich."

„Sie ist nur missgünstig und giftig wie eine Viper. – Ich glaube nicht, dass sie etwas mit dem Angriff zu tun hat."

„Aber irgendjemand im Palast …, ein Mann oder eine Frau, hat auf mich geschossen."

Er nickte nachdenklich. „Es gibt einen Spion. Jemanden, der mit den Bestien in Kontakt steht. Ich habe Kyros gebeten, das zu überprüfen. Die Energie desjenigen müsste dunkel sein, sich deutlich von der unseren unterscheiden."

„Und hat er schon etwas gefunden?"

„Bis jetzt nicht."

Lajana legte sich wieder zurück. „Ich habe von all dem abgesehen ein Gefühl."

„Was für ein Gefühl?"

„Ich weiß nicht, ob es überhaupt einen Sinn ergibt, oder ob es völliger Blödsinn ist, aber für mich fühlte es sich an, als wäre das, was mich dort unten festhielt … ein alter Feind."

Vidar runzelte die Stirn. „Ein alter Feind?"

Sie nickte. „Irgendjemand, mit dem du seit langem nicht mehr gerechnet hast. Irgendjemand, der noch eine Rechnung zu begleichen hat."

„Mit mir?"

„Mit euch allen."

Vidar setzte sich auf. Das Laken rutschte über seinen Oberkörper hinunter bis auf seine Hüften. „Du sprichst von Ragnarök?"

„Deine Mutter und eine der Geistkriegerinnen haben mir davon erzählt. Du bist der letzte der alten Götter, fällt dir jemand ein, der das sein könnte?"

„Es fiele mir mindestens ein Dutzend Götter ein, die in der Lage wären, über eine entsprechende Zeit und mit der nötigen Energie solche Grässlichkeit zu gebären, aber … sie sind alle tot."

Lajana setzte sich ebenfalls auf. „Und das ist absolut sicher?"

„Ja."

„Du würdest mein Leben darauf verwetten?"

Er blickte sie fest an. „Es gibt absolut nichts, auf das ich dein Leben verwetten würde."

Sie lächelte, schüttelte dann aber den Kopf. „Dann bist du dir auch nicht wirklich sicher. – Ein tückischer Gott, dessen Rachewunsch über Jahrhunderte hinweg reift, was könnte er nicht alles bewirken?"

Vidar dachte eine Weile nach und nickte dann langsam. „In der Völuspá wurde uns der Neubeginn der Welt prophezeit. Er war erst nach Ragnarök und dem Untergang der Alten Götter möglich."

„Aber du bist doch auch einer der alten Götter."

„Weil ich überlebt habe, weil ich die neue Welt mit aufgebaut habe."

„Und was macht dich so sicher, dass nicht noch einer der Alten überlebt hat? Der diese Welt, die du mit aufgebaut hast, die durch die Opfer an Ragnarök erschaffen wurde, niederreißen will?"

Vidar strich sich das dunkle Haar zurück und nickte. „Vielleicht -"

Plötzlich klopfte es.

Lajana hob den Blick und Vidar verzog das Gesicht, als wollte er demjenigen, der es wagte, am liebsten direkt den Kopf abreißen.

„Wer ist da?"

„Ich bin es." – Kyros.

„Was ist?" Vidars Frage klang wie ein Rausschmiss.

„Der Heiler kann nicht kommen. Seine Frau liegt in den Wehen und -"

„Kein Problem, mir geht es gut!", unterbrach ihn Lajana. „Er soll bei seiner Frau bleiben."

„Gut. Und das bringt mich direkt zu meinem zweiten Anliegen."

„Kann das nicht warten?", wollte Vidar schroff wissen.

„Nun, würdest du es nicht für gut befinden, wenn sich die Königin gegen geistige Angriffe jeglicher Art wehren könnte?"

Vidar warf ihr einen kurzen Blick zu. Lajana ahnte, worauf er anspielte. Er wollte sie unterrichten.

„Jetzt?", fragte sie.

„Wir können uns natürlich auch Zeit lassen und erst einmal einige Zeit ins Land gehen lassen; abwarten, bis die Bestien wieder angreifen und dann mal überlegen -"

„Ja, verdammt!" Vidar schwang die Beine aus dem Bett und warf Lajana einen Blick zu. Sie nickte.

„Die Königin wird gleich zu dir kommen."

Nachdem sich Vidar widerwillig aus dem Bett gequält und sich angekleidet hatte, tat Lajana es ihm gleich. Sie sah zu ihm empor und schwieg.

„Was tust du?", fragte sie.

„Ich unterziehe Kessara einem Verhör."

Lajana nickte zögerlich. Wenn jemand wie Vidar das Wort *Verhör* aussprach, klang das äußerst schmerzhaft.

„Du folterst sie aber nicht."

„Nicht, wenn es nicht nötig ist." Er hauchte ihr schnell einen Kuss auf die Stirn und verschwand aus dem Raum.

Als Lajana in Kyros Räumlichkeiten kam, wurde sie von einer Katze begrüßt, die an ihrem Bein entlangstrich und sich dann auf dem Bett zusammenrollte.

„Stört er dich?", fragte Kyros.

„Was? – Oh, nein."

Er lächelte. „Wein?"

„Gerne."

Kyros goss sich selbst und Lajana ein Glas ein und setzte sich dann.

„Geht es dir wirklich gut?“, fragte er. „Du bist blass. Deine Energie ist mitgenommen.“

„Es geht mir gut genug.“

„In Ordnung.“

Kyros nahm einen großen Schluck Wein und stellte sein Glas ab. Er blickte sie schweigend an, woraufhin sie die Schultern hob.

„Muss ich … irgendetwas tun?“

„Vorerst nicht.“

„Aber -“

Doch da fiel ihr schon auf, dass sich die Luft um sie herum anders anfühlte. Sie konnte es schlecht beschreiben, es war, als würde ihre Haut kribbeln. Als sie die Finger bewegte, war es, als müssten sie einen Widerstand überwinden, um sich zur Faust ballen zu können.

„Das ist die geringste Kraft, die ich auf dich ausüben kann“, sagte Kyros. „Weniger als eine Berührung und doch ein bisschen mehr als ein Lufthauch.“

Lajana schluckte. „Fühlt sich eigenartig an.“

Er lächelte ein verschmitztes Kinderlächeln. „Die nächste Stufe wäre eine Art Berührung.“

Etwas fuhr in ihr Haar und hob eine der langen, blonden Strähnen an.

Als sie mit gerunzelter Stirn auswich, lachte Kyros. „Ich zeige es dir an meinem Kater.“

Lajana blickte zum Bett hinüber, wo sich der Kater plötzlich streckte, sich auf den Rücken rollte und laut schnurrte.

„Die nächste Stufe wäre es, jemanden oder etwas zu bewegen.“

Plötzlich hob der Kater wie von Geisterhand vom Bett ab, schwebte eine Armeslänge über den Laken. Der Anblick war zugegebenermaßen etwas verstörend, so dass Lajana sich die Arme rieb.

„Hast du deine Kraft schon einmal versehentlich eingesetzt?"

Sie dachte an Vidar. „Einmal", erklärte sie wahrheitsgemäß.

„Um dich zu schützen?"

Sie räusperte sich, erinnerte sich an ihren Gemahl, den sie nicht aus dem Bett hatte lassen wollen. „So ungefähr."

„Und erinnerst du dich, wie es sich angefühlt hat?"

„Nein, eigentlich hatte ich es zuerst gar nicht bemerkt."

Kyros nickte, als wäre die Antwort hilfreich. „Also eine rein instinktive Kraft."

„Sozusagen."

Er nahm noch einen Schluck Wein, während der Kater sanf zurück aufs Bett schwebte.

Ich habe ja meine Schüler, die ich in der Geistkraft unterrichte. Sie alle haben die Anlagen verborgen, sie alle müssen sie … ausgraben. Zum Leben erwecken. Aber bei dir liegen sie an der Oberfläche. Greifbar, wenn auch schlafend. Mit der flinken Behändigkeit des Jungen, in dessen Körper er steckte, sprang er auf und griff nach einer Vase.

Einen Moment lang fragte Lajana sich, was er damit wollte, doch dann flog das Teil schon quer durch die Luft, direkt auf ihr Gesicht zu.

Sie riss die Hände in die Höhe, stieß einen empörten Schrei aus und spürte das Spritzen von unzähligen Tonscherben an ihren Knöcheln.

„Was, um alles in der Welt, soll das denn? Willst du mich umbringen?"

„Ich wollte nur wissen -"

„Wie mein Gesicht aussieht, wenn es von einem Tonkrug zerschlagen wird?"

„Nein, wie deine Kräfte zur Selbstverteidigung sind." Er zeigte auf ihre Füße. „Hat doch gut geklappt!"

Sie blickte mit weit aufgerissenen Augen an sich hinab.

Der Tonkrug war zu ihren Füßen zerschellt, ohne ihr Gesicht oder die schützenden Hände zu berühren.

„Und wenn das nicht geklappt hätte?“

Er wackelte abwägend mit dem Kopf. „Ich war mir ziemlich sicher.“ Dann lächelte er kindlich. „Sei nicht böse. Bei gewöhnlichen Dingen, die von simplen Kräften bewegt werden, würde dich dein Instinkt jederzeit beschützen.“

Sie drängte ihren Ärger zurück und runzelte die Stirn. „Und wie setze ich das bewusst sein?“

„Jeder findet seinen eigenen Weg. – Manche konzentrieren sich auf ein Gefühl; wenn sie angegriffen werden, personifizieren sie vor ihrem inneren Auge die Angst, die sie gepackt hält und entlassen aus ihrem Geist den Gegner, der sie bezwingt. – Andere wiederum formen die Kraft aus schierer Wut oder Verzweiflung.“

Lajana blickte ihn fest an. „Wie machst du es?“

Kyros blies die Backen auf. „Gute Frage“, erklärte er nachdenklich. „Ich mache das unbewusst, glaube ich. – Die Kraft war meiner Mutter das Wichtigste. Um sie zu entwickeln, habe ich mich restlos und unablässig auf sie eingelassen. Sie ist mir in Fleisch und Blut übergegangen.“

„Sie war ihr das Wichtigste?“

Er gab ein Achselzucken von sich. „Sie war wohl nicht wie deine Mutter. Sie war nicht …“ Noch ein Achselzucken. „Lass uns von der Zukunft reden, nicht von der Vergangenheit. Lass uns an dem arbeiten, was hilft, uns zu retten.“

Sie nickte zustimmend. „Und wo fangen wir da an?“

Er lächelte und zeigte zum Bett. „Unser heutiges Tagesziel ist es, dass der Kater durchs Zimmer schwebt. Ohne Aufzuwachen.“

Lajana schob die Tür ihrer Räumlichkeiten auf und schloss sie hinter sich. Mit einem erschöpften Stöhnen und geschlossenen Augen sank sie gegen die Tür.

„Schweren Tag gehabt?"

Sie riss die Augen auf.

„Vidar?"

Er saß am Tisch und aß Reis mit einer dampfenden Gemüsesoße. „Höchstselbst." Dann schob er einen Stuhl zurück, nahm einen weiteren Teller und füllte ihn großzügig.

Sie setzte sich in Bewegung und ließ sich etwas unelegant auf den Stuhl fallen. Der Geruch des Essens stieg ihr in die Nase und ihr Magen antwortete mit einem nachdrücklichen Knurren.

„Hast du bis jetzt eben mit Kyros trainiert?"

„Allerdings."

„Und Fortschritte gemacht?"

„Wenn man Kyros Kater fragen würde, wohl nicht."

Vidar runzelte die Stirn, goss Lajana Wein ein. „Seinen … Kater?"

„Das Tagesziel war es, ihn durchs Zimmer schweben zu lassen."

„Und das hat nicht geklappt?"

„Teilweise." Sie gab ein abwägendes Geräusch von sich, nahm einen Schluck Wein. „Er ist mir acht Mal runtergefallen."

Beim Versuch, ein Lachen zu unterdrücken, verschluckte sich Vidar. Lajana klopfte ihm auf den Rücken. „Dann meinte Kyros, wir sollten den Kater lieber aus dem Spiel lassen und hat es mit einer Vase versucht. Nachdem alle zerbrechlichen Gegenstände im Raum dann durch meine erbärmlichen Versuche zerstört waren, sind wir zu Kissen übergegangen. Im Nachhinein betrachtet hätten wir wohl direkt mit Kissen anfangen sollen." Sie schnaufte. „Eine bedauernswerte Schar von Dienern räumt gerade die Schäden auf, die ich verursacht habe."

„Hat Kyros denn damit gerechnet, dass du gleich kontrollierbare Kräfte entwickelst?"

„Er sagt, nein. Aber etwas zerknirscht wirkte er schon."

„Hat es überhaupt nicht geklappt?"

„Als mir die letzte Vase runtergefallen ist, war ich so wütend, dass die Scherben wie tausend Pfeilspitzen durch die Luft geflogen und in der Tür steckengeblieben sind."

Er blickte sie erstaunt an. „Ernsthaft?"

„Mhm."

„Also eine Kraft, die sich am ehesten von Emotion leiten lässt?"

„Kraft würde ich das noch nicht nennen." Sie lehnte sich zurück, nahm noch einen Schluck Wein. „Und Kessara?"

Er gab ein widerwilliges Geräusch von sich und Lajana richtete sich auf. „Du hast sie doch nicht -"

„Nein!"

„Und auch nicht -"

„Auch das nicht!

„Aber -"

„Sie hat uns beide mit einer erstaunlichen Vielfalt an Schimpfwörtern bedacht und das so laut, dass der Wachmann sich in einem Augenblick, als er dachte, ich bemerke es nicht, Watte in die Ohren gesteckt hat. Alles in Allem halte ich sie für unschuldig; für giftig, linkisch und hysterisch. Aber für unschuldig."

„Wäre auch zu einfach gewesen."

Vidar nickte, nahm noch einen Löffel Reis und spülte mit einem Schluck Rotwein nach.

„Meine Mutter hat etwas vorbereitet." Er klang, als hätte er darüber nachgedacht, ob er das überhaupt erwähnen sollte.

Lajana sah auf. „Was?"

„Für uns."

„Für uns?"

„Ja, es …" Er nickte zum Tisch. „Ist da drüben!"

Sie erhob sich mit einem zweiflerischen Gesichtsausdruck und ging zu der Truhe auf dem neben einer Vase mit duftenden Blumen, die sie nicht kannte, eine Art Silberteller lag.

Als sie ihn aufhob, schimmerte die polierte Fläche in unzähligen Farben.

Sie kam zu Vidar zurück. „Was ist das?"

„Ein Spiegelherz."

„Was ist das?"

„Es ist Teil einer Zeremonie. Als sie das letzte Mal durchgeführt wurde, war das vermutlich vor sehr langer Zeit."

„Warum?"

„Angeblich ist es nur den Alten Göttern vorbehalten, sie zu vollziehen."

„Ich bin kein alter Gott", gab sie zurück.

Vidar lächelte. „Aber ich. – Ich kann die Zeremonie durchführen, mit wem auch immer es mir beliebt. Zumindest könnte ich es."

„Was genau ist denn die Zeremonie?"

Vidar legte das Besteck weg und wandte sich ihr zu, nahm ihr den Teller aus der Hand und bewegte ihn hin und her.

„Du kennst die Portale, die hier überall sind?"

Sie nickte. „Wie das, das ich aus der anderen Welt geöffnet habe?"

„Nein. Das Portal, das du geöffnet hast, ist ein anderes. Es entstammt einer anderen Welt; einer Welt, die mir den Zugang zu ihr verweigert, wenn nicht jemand wie du ihn mir gewährt."

„Wirklich?"

Er nickte. „Das Portal, durch das du zu mir gekommen bist, kannst nur du öffnen."

„Und meine Mutter?"

„Sie konnte es vermutlich nur, weil dein Vater ihr geholfen hat."

„Weil er ein Mensch war?"

„Ja. – Wie genau sie es gemacht haben, weiß ich nicht."

Lajana erinnerte sich mit Widerwillen an das, was Vidar ihr gezeigt hatte. „Tobte der Kampf vor dem Palast? In meiner Erinnerung, meine ich."

„Nein."

„Aber der Spiegel ist doch hier."

„Der Spiegel ist nicht …" Er schüttelte den Kopf. „Dieser Spiegel ist nur ein zeremonieller Gegenstand. Du brauchst ihn nicht."

„Nicht?"

„Nein. Er ist nur eine … Stütze, er hilft dir, dich in die Vorstellung einzulassen, das Portal zu öffnen."

„Ich könnte es also überall öffnen?"

„Ja. Überall. – Genau wie die Portale, die vom Palastgarten überallhin führen. Sie haben feste Plätze, aber nur weil die Energie sich schon damit angefüllt hat, weil die Männer und Frauen, die sie durchqueren, es leichter haben. Aber …" Er zeigte auf den silbernen Teller in seiner Hand. „Es gibt auch andere Arten von Portalen."

„Wie den kleinen Spiegel, durch den Kyros und ich dich in der Schlacht gesucht haben?"

„Genau. Und wie dieser hier. Er öffnet ebenfalls ein Portal, aber eines, das keinen Körper transportiert, sondern eine Seele."

Lajana starrte ihn an. „Eine Seele?"

„Zwei Seelen, um genau zu sein. Man hat es früher verwendet, wenn sich ein Paar binden wollte. Man gab ihren

Seelen die Chance sich zu finden, sich zu … erspüren, ohne die Sinne des Körpers."

„Taub und blind."

„Es ist ein alter Brauch. Meine Mutter war wohl die letzte, die ihn tatsächlich erlebt hat."

„Und nun wollte sie uns die Möglichkeit geben?"

Er nickte und Lajana starrte auf den Spiegel.

Sie verstand sehr genau, was das bedeutete. Und sie verstand, was es bedeutete, dass Vidar das Spiegelherz überhaupt in ihre Räumlichkeiten gebracht hatte; er hielt es für möglich, dass ihre Seelen sich fanden. Damit war diese Heirat – zumindest mittlerweile – mehr für ihn geworden, als eine Bedingung für die Krone.

Sie sah hinab auf den Spiegel, hob dann wieder den Blick und traf auf das schillernde, unwirkliche Grün von Vidars Augen. „Willst du das tun?"

„Es ist nur ein alter Brauch, den die meisten von uns schon vergessen haben."

Lajana hielt seinen Blick fest. „Du aber nicht."

Er deutete ein Kopfschütteln an. „Nein, ich nicht."

„Zwei Seelen, die sich im Nichts finden."

„Zwei Herzen, die sich spiegeln." Vidar legte den Teller auf den Tisch, schob ihn ein wenig von sich. „Ich wollte es dir nicht vorenthalten, dass meine Mutter ihn uns überlassen hat."

Lajanas Blick glitt auf seine Hand. Sie war zur Faust geballt, lag auf seinem Oberschenkel. Sie dachte zurück an vorhin, als sie sich in der Wanne geküsst hatten, als sie selbst sich in einem Zustand völligen Vergessens an ihn geklammert und das Gefühl aufgesaugt hatte, das sein Körper mit der leisesten Berührung in ihr auslöste.

„Ich will es", sagte sie und sah wieder auf. „Ich wünsche mir mehr als eine Pflicht zwischen uns. Ich glaube auch, dass es … jetzt schon mehr ist. Du nicht?"

„Ich hätte dir den Spiegel nicht gezeigt, wenn ich es anders sehen würde."

Lajana blickte auf die silberne, flache Schale. „Wie funktioniert es?"

„Es gibt ein Ritual. – Vermutlich funktioniert es aber auch ohne."

„Wenn, dann machen wir es so, wie es sein soll?" Sie stand auf und nahm den silbernen Teller. „Was müssen wir jetzt tun?"

Vidar blickte ernst zu ihr empor. „Wir ziehen uns aus."

KAPITEL 12

Nach anfänglicher – gelinde gesagt! – Skepsis, hatte Vidar ihr erklärt, dass das Ritual nichts duldete, was von anderen berührt worden war. Gewaschene Tücher, die man sich umlegte, um nicht splitterfasernackt zu sein, wären erlaubt.

Sie wusste nicht, ob er sich das ausdachte, um ihr Zögern etwas zu beruhigen, oder ob das wirklich so war. Immerhin waren gewaschene Tücher ja ebenfalls berührt worden. – Beide Gedanken behielt sie für sich.

Sie war ins Badezimmer gegangen, hatte ihr Kleid ausgezogen und sich ein schlichtes Leintuch umgehängt. Als sie die Tür öffnete, brannte eine große Kerze, sonst waren alle Lichter gelöscht worden. Es dauerte einige Augenblicke, bis sie Vidar entdeckte, der sich ein Tuch um die Hüften geschlungen hatte. Beinah leuchteten seine Augen in der Dämmerung, als sie ihn entdeckte.

„Bist du bereit?"

„Ich bin mir nicht sicher."

Er lächelte und streckte eine Hand aus. Eine Geste, der sie mehr als einmal gefolgt war, und sie tat es auch diesmal.

Er zog sie an sich und zu ihrer Überraschung küsste er sie unvermittelt.

Lajanas Hände wollten sich gegen seinen Brustkorb stemmen, überlegten es sich aber auf halbem Wege anders und zogen ihn plötzlich noch enger an sich.

Innerhalb eines Sekundenbruchteils kochte ihr Blut, ihr Puls raste und als Vidar sie losließ, war sie beinah perplex.

Er lächelte. „Ich glaube, wir sind jetzt weniger angespannt."

Sie schluckte. Vielleicht hatte er damit sogar recht.

Sie ließ sich von ihm zum Bett führen, wo der Teller lag.

Die Laken waren glatt und Vidar bedeutete Lajana, sich auf die eine Seite des Tellers zu setzen, während er gegenüber platznahm.

Sie verschränkte die Beine unter sich und strich sich das Haar zurück. „Und jetzt?"

Vidar starrte auf den Teller, die Stirn in Falten gelegt.

„Wenn du nicht willst -"

„Doch!" Er sagte es so laut, dass sie zusammenzuckte. „Tut mir leid."

„Schon gut."

„Wir legen unsere Hände auf den Teller", sagte er dann. „Wir beide. Wir berühren uns nicht."

Lajana tat, was Vidar beschrieben hatte, und breitete die Finger über ihre Hälfte des Tellers aus; sorgsam darauf bedacht, Vidars Fingerspitzen nicht zu berühren.

„Und jetzt?"

„Ich sage einige Worte, du verstehst sie nicht, aber im Kern sollen sie unsere Seelen von unseren Körpern lösen. Wir geben ihnen die Möglichkeit sich zu finden, sich zu spiegeln."

Sie schluckte gegen ihren pumpenden Herzschlag an. „Und die Seelen finden dann einfach zurück? – In den Körper, meine ich."

Vidar lächelte. „Vertrau mir einfach!"

Lajana gab ein unzufriedenes Geräusch von sich und nickte dann.

Vidar räusperte sich, überlegte einen Moment und rezitierte dann etwas, das wie ein fremdartiges Gedicht klang. Lajana starrte ihn an. Sie wusste nicht, ob sie die Augen zumachen sollte, aber als Vidar die Lider schloss, machte sie es ihm einfach nach.

Sie wollte gerade fragen, ob sie etwas tun müsste, da durchfuhr sie ein eigenartiges Gefühl; als wenn etwas an ihr zog und zerrte, aber nicht an ihrem Körper, sondern an ihrem Innersten. Ein Sog wirkte auf einen Teil ihres Geistes, dessen sie sich bis zu diesem Moment überhaupt nicht bewusst gewesen war.

Lajana erinnerte sich an Vidars Worte. *Vertrau mir* hatte er gesagt. Und genau das tat sie nun. Sie ließ geschehen, dass diese fremde Kraft etwas aus ihr herauslöste, dass vielleicht am ehesten mit der Quintessenz ihres Daseins beschrieben werden konnte.

Sie war um das Gewicht ihres Körpers befreit, um die Last ihrer Sorgen, den Drang zu atmen und sich aufrecht zu halten. Alles war einfach verschwunden. Nur ihr Herzschlag war noch zu hören, dumpf und ruhig. Lajana war allein, sie wollte die Augen öffnen, doch Augen hatte ihr körperloses Dasein nicht mehr. Sie wollte nach Vidar rufen, doch auch ihre Stimme hatte sie zurückgelassen.

Sie versuchte, sich umzudrehen, was ohne Körper unmöglich war, dennoch war es, als ob ihr Geist kreiselte, sich um sich selbst drehte und dabei ständig an Geschwindigkeit gewann.

Ihr wurde schwindelig. Sie streckte Finger aus, die sie nicht hatte, rief einen Namen, der stumm blieb.

Als ihre Versuche, sich in einer Umgebung zu orientieren, die sie ihres Körpers beraubt hatte, wieder und wieder scheiterten, begann sie dieses Ritual für eine besonders schlechte Idee zu halten. Oder vielleicht funktionierte es auch einfach nicht mit ihr; immerhin war sie ein halber Mensch, keine Göttin, schon gar keine der alten Göttinnen.

Sie bildete sich ein, dass sie ein Leuchten sehen musste, oder ein Kribbeln spüren, dass sie ihn vielleicht hören konnte. Doch sie lag falsch.

Das Gefühl für Zeit hatte sie lange verlassen, aber allmählich begann sie sich zu fragen, wie sie aus diesem grässlichen Zustand wieder zurück in ihren Körper finden konnte. Vielleicht war Vidar schon längst in seinen zurückgekehrt und versuchte nun verzweifelt, dem ihren wieder Leben einzuhauchen.

Panik schwappte über sie hinweg, setzte sich tief und dunkel in dem fest, das in dieser Welt von ihr übrig war und wollte ihr die Sinne rauben.

Doch dann spürte sie etwas. Und begriff.

Sie konnte Vidar nicht hören, nicht sehen, schmecken, riechen. Aber sie konnte ihn spüren. Nicht mit Lippen oder Fingerspitzen, sondern nur an der Stelle, die er entweder erreichte oder nicht.

Spiegelherz. – Was für ein weiser, guter Name für dieses Ritual. Denn jetzt, da etwas ihre Panik linderte und ihre Angst bezwang, das nicht aus ihr selbst herauskam; jetzt, wo etwas ihre Orientierungslosigkeit in Frieden verwandelte, ihre Sorge und Ruhe, begriff sie, dass er es war.

Er war bei ihr. Er spürte sie, wie sie ihn spürte.

Ruhe floss durch sie hindurch und wuchs an zu etwas, das sie bisher nicht hatte begreifen können: Dem Gefühl, die Unvollkommenheit des Daseins abzuschütteln und zu etwas zu werden, das schlicht und ergreifend *ganz* war.

. . .

Plötzlich schrillte ein ohrenbetäubendes Geräusch durch den Raum. Lajana fuhr zusammen, presste sich die Hände auf die Ohren, begriff erst im nächsten Augenblick, dass sie der Schreck zurück in ihren Körper katapultiert hatte.

Vidar saß vor ihr, blinzelte heftig, stützte sich für einen Moment auf der Matratze ab, um vollständig zu sich zu kommen.

„Was -?“, rief sie gegen den Lärm an.

„Die Sirenen“, sagte er, sprang vom Bett und lief zu seinen Kleidern. „Die Bestien sind zurück!“

„Was?“

Lajana fuhr auf, raffte das Laken um ihren Körper und lief zu Vidar, der in seine ledernen Hosen stieg.

„Ich muss los, Lajana. Ich muss die Truppen anführen.“

„Aber die Bestien werden euch überrennen!“

„Wir haben die Geistkrieger. Wir haben Kyros.“

Als er sich zum Gehen wandte, packte sie ihn bei den Schultern, verlor dabei das Tuch. „Bitte geh nicht!“

Er trat mit einem Kopfschütteln vor sie. „Ich muss. Es ist meine Pflicht.“

„Ich entbinde dich von deiner Pflicht!“

„Wenn ich die Männer nicht führe, opferst du unzählige Leben!“

Lajanas Blick verschwamm, sie dachte an das Gefühl der Vollständigkeit, das sie gerade noch empfunden hatte. „Schwör mir, dass du wieder zurückkehrst!“

Er trat vor sie und strich ihr das Haar aus dem Gesicht, das ihr in feuchten, wilden Strähnen in die Stirn hing. „Das kann ich nicht, Lajana. – Aber ich schwöre dir, dass ich alles tue, damit wir uns wiedersehen."

Mit einer beinah wilden Bewegung zog er sie an sich, küsste sie, schloss die Arme um ihren nackten Körper und ließ viel zu schnell wieder von ihr ab.

„Vergiss nicht, was uns das Ritual gezeigt hat. - Begleite mich in Gedanken", sagte er noch, während er zur Tür ging.

Lajana starrte ihm nach und flüsterte: „Das tue ich."

~

Als die Tür hinter ihm ins Schloss fiel, sank sie regelrecht in sich zusammen. Mit zitternden Fingern sammelte sie das Laken auf, hüllte sich darin ein und schaffte es gerade bis zum Bett, bis ihre Knie nachgaben. Der Teller lag vor ihr, sie starrte ihn an.

Die Sirenen dröhnten noch immer in ihren Ohren und ihre Gedanken überschlugen sich. Der, dass Vidar womöglich nicht zurückkam, war der quälendste von allen.

Als die Sirenen verstummten, hörte sie die aufgeregten Rufe der Krieger, die unterhalb des Palastes zu den Pferden und Waffen eilten und zum großen Portal davon sprengten.

Lajana zog die Nase hoch und fuhr herum. Sie lief zu dem Kleiderstapel, warf sich eines der schlichten Leinenkleider über und packte sich ein Paar Schuhe, bevor sie auf den Korridor lief.

Paruk nahm Haltung an. „Hoheit -"

„Bring mich bitte zu Kaspia!"

„Natürlich." Paruk ging den Korridor hinab und Lajana folgte ihm forschen Schrittes.

„Wenn die Kämpfe stattfinden, ist sie meist auf dem östlichen Balkon, Eure Hoheit." Er zeigte auf eine Tür, die auf einen der Balkone führte. „Danke Paruk. – Bitte warte hier!"

„Natürlich, Hoheit."

Lajana verfiel in Laufschritt und stieß die Tür auf. Sie fand Vidars Mutter am Geländer stehend mit ineinander gekrallten Fingern, als würde sie beten. Als die Tür aufflog, drehte sie sich schnell herum.

„Lajana …“

„Die Sirenen.“

„Ja, ich weiß.“ Sie kam auf die Königin zu und fasste nach ihrer Hand. Es genügte offenbar ein Blick, um Lajanas Miene zu deuten. „Mit dieser Angst lebe ich schon so lange. So unendliche, quälende Jahre.“

„Das muss aufhören! Es muss einfach enden!“ Sie zog die Nase hoch. „Kannst du das Portal öffnen, mit dem man das Schlachtfeld sehen kann?“

„Ich sehe mir niemals die Schlacht an.“ Sie schlang die Arme um sich selbst. „Ich ertrage es nicht.“

„Aber kannst du es öffnen? Für mich?“

„Natürlich.“

„Könntest du es tun?“

Sie zögerte kurz, nickte dann. „Komm!“

Zusammen mit Kaspia ging sie wieder in den Raum, in dem sie mit Kyros schon gewesen war. Der kleine Spiegel, der in der Mitte stand, war dunkel und leer. Doch Kaspia genügte ein Wort, um ihn aufflackern zu lassen.

„Zeig mir Vidar von Asteria“, forderte Lajana. Sofort flog das Bild der Landschaft im Spiegel vorbei und blieb dann abrupt stehen.

„Gütiges Schicksal“, hauchte Kaspia und wandte sich ab. Die Bestien stürmten auf die Reihen der Götter ein. Kyros sprengte die vordersten Reihen mit einer Geste auf, doch es kamen so unendlich viele nach. „Es sind mehr als beim letzten Mal“, murmelte Lajana. „Viel mehr.“

Sie suchte die Reihen der Krieger nach Vidar ab und als sie ihn fand, sprang er gerade von seinem Pferd auf den Rücken eines der Untiere. Er stieß sein Schwert tief in dessen Nacken und drehte es herum, bis der Feind leblos unter ihm zusammenbrach. Doch ihm folgten andere nach. Egal, wie viele Kyros davon schleuderte, es folgten mehr und mehr nach. Jedoch …

„Irgendetwas ist anders", sagte sie leise und kniff die Augen zusammen. „Zeig mir das ganze Schlachtfeld!"

Der Spiegel entfernte sich ein wenig, bis alle Krieger und alle Bestien nur noch als kleine Punkte zu sehen waren. „Kaspia, nur einen Augenblick, ich bitte dich!"

Vidars Mutter wandte sich ihr widerwillig zu. Ihr entglitt ein Stöhnen, als sie das Schlachtfeld sah.

„Sieh dir doch an, wie sie sich formieren", sagte Lajana. „Ist es nicht eigenartig. Es sind so viele, sie könnten die Krieger einkreisen, aber sie konzentrieren sich auf die vorderste Linie."

„Ich kenne mich nicht aus mit Strategie. Vielleicht gibt es einen Grund für diese Formation."

„Den gibt es mit Sicherheit." Lajana konzentrierte sich. Ihr Blick streifte hin und her und wieder zurück. Kyros und die anderen Geistkrieger schlugen die vordersten mit einer energischen Handbewegung wieder zurück, doch die Bestien rückten auf. Es waren so viele. So unendlich viele.

„Sie könnten die Krieger überrennen", flüsterte Lajana. „Warum tun sie es nicht? Warum …?" Sie stockte, kniff die Lider zusammen. „Vidar von Asteria", wies sie den Spiegel an. Sofort war nur noch er im Spiegel zu sehen. Eine der Bestien packte ihn. Doch sie tötete ihn nicht. Eine zweite entwaffnete ihn mit einem energischen Prankenhieb. Er riss den Mund zu einem wütenden Brüllen auf. Seine grünen Augen brannten vor Wut, doch er hatte keine Chance.

Lajana taumelte zurück.

„Sie wollen ihn mitnehmen."

Kaspia starrte sie völlig entgeistert an. „Was?"

„Sie nehmen ihn mit. Sie wollen ihn mitnehmen!"

„Aber -“

Lajana wirbelte herum. „Öffne das Portal für mich!“

„Was?“

„Ich muss zu ihm!“

„Du wirst sterben!“

„Ich werde ihn retten!“ Lajana rief es mit so viel Überzeugung aus, dass sie für einen Augenblick selbst erschrocken war. „Ich hole ihn zurück. Ich muss …, Kaspia!“

„Und wenn du fällst?“

Lajana straffte die Schultern. „Ich befehle es dir als deine Gottkönigin.“

Kaspia holte tief Atem, schloss für einen Augenblick die Augen und murmelte dann einen Satz, der sofort das Portal an der Wand öffnete.

„Bitte pass auf dich auf!“

Ohne zu antworten, stürmte Lajana durch das Portal und erstarrte für einen Augenblick. Der Geruch von Blut und Schweiß, von aufgewühlter Erde und Leder, raubte ihr den Atem. Und der Lärm, er war unbeschreiblich und dröhnte wie tausende Trommeln in ihrem Brustkorb. Pferde flohen, Männer und Frauen zerrten Verletzte fort.

„Kyros!“ Ihre Stimme wurde verschluckt vom Lärm der Schlacht. Also raffte sie ihr Kleid und stürmte nach vorn. Sie war viel zu langsam, kam im tiefen Boden nicht vorwärts. Sie brauchte ein Pferd! *„Kyros!“*

Doch der Geistkrieger war nirgendwo zu sehen.

Sie wirbelte herum und sah im letzten Augenblick, wie eine der Bestien auf sie niederstieß. Mit einem Aufschrei sprang sie zur Seite. Neben ihr strampelte ein Pferd, versuchte sich, von der Last eines der riesigen Bestienkadaver zu befreien. Lajana packte seinen Zügel und versuchte, ihm zu helfen. Als es sich endlich freigestrampelt hatte, sprang sie auf seinen Rücken und hielt sich fest, bis es sich aufgerappelt hatte. Es wollte fliehen, doch es gelang ihr, es herumzureißen und auf die vorderste Front zu zu reiten.

Vidar! – Wo war er? Hatten sie ihn bereits weggeschafft?

„Vidar!“ Sie brüllte seinen Namen über die tobende Schlacht hinweg, selbst, wenn es sinnlos war. „*Vidar*!“

„Dort!“ Eine Kriegerin, an der sie vorbeisprengte, rief es ihr zu, zeigte auf die westliche Front. Lajana folgte ihrem ausgestreckten Arm und erkannte sofort die Bestien, die sich zusammengerottet hatten. Drei an der Zahl hielten ihn gepackt. Drei zerrten ihn mit sich. Obwohl sie immer wieder von Geistkriegern zu Boden gerissen wurden, obwohl immer wieder Pfeile auf sie niederregneten, schaffte er es nicht, sich zu befreien. Andere der wilden Kreaturen warfen sich in die Schussbahn, als wollten sie ihre Mitstreiter beschützen. Es war also die oberste Priorität, Vidar mitzunehmen. Und, wie es aussah, sollte er lebendig sein.

Lajana stieß ihrem Pferd die Fersen in die Seite und stob auf ihn zu.

„Lasst ihn los!“, rief sie aus. Erst in diesem Augenblick durchzuckte sie der Gedanke, dass sie überhaupt keine Waffen hatte. Sie hatte nur ihre Überzeugung und den unbedingten Wunsch, Vidar zu retten. „Lasst ihn sofort los!“

Natürlich reagierten sie nicht; man konnte sogar sagen, sie bemerkten sie nicht einmal. Leider galt das nicht für die anderen, die sehr wohl Lajanas Ziel bemerkt hatten und nun auf sie zustrebten, um ihren Rettungsplan zu durchkreuzen. Doch als die Kreaturen auf sie zu liefen, stieß sie einen Schrei aus und hielt geradewegs auf sie zu.

Sie begriff nicht, warum sie so ein lebensmüdes Manöver ausführten, bis sie feststellte, dass die angreifenden Bestien sich ihr nicht nähern konnten. Ja mehr noch: Sie prallten regelrecht ab, sobald sie einen gewissen Abstand zu Lajana unterschritten. Es war als würde die Energie, die sie umgab, den Feind einfach von sich schleudern.

Wie in einem Wahn, einem Rausch sprengte sie auf die Bestien zu. Nichts spielte mehr eine Rolle: Der Lärm, der Gestank, der Tod. Nur die drei Bestien, die Vidar mit sich schleppten, und die sie nun fast erreicht hatte.

Sie stieß einen Schrei aus und riss die Arme in die Höhe, während ihr Pferd immer weiter galoppierte. Auch seine Angst war verflogen.

Hinter den Reihen der Bestien schimmerten die dunklen Seen. Es war klar, wohin Vidar gebracht werden sollte.

„Du wirst ihn nie bekommen!", rief Lajana aus und wusste, die dunkle Stimme, die sie am selben Tag beinah in den Tod gerissen hatte, würde sie hören. „*Niemals*!"

Und dann tat sie etwas, das sie sich in ihren kühnsten Träumen nicht ausgemalt hatte. Sie zügelte ihr Pferd, sprang herab und dann schlug sie mit beiden Händen auf den Boden. Sie wusste nicht, woher die Geste kam, woher die Gewissheit, dass es irgendetwas ausrichten würde.

Doch in dem Augenblick, wo ihre mit Wut und Sorge aufgeladenen Finger das aufgewühlte Erdreich berührten, fuhr etwas durch den Boden, das ihn wie ein gigantisches Erdbeben erschütterte.

Die Bestien, sie wurden emporgeschleudert, die Seen hinter ihnen zischten und spritzten.

Lajana erhob sich wieder. Vidar hatte sich befreien können, stach eine der Bestien nieder, wurde aber von zwei weiteren sofort wieder gepackt.

Lajana kam auf ihn zu. Er war nur noch zwanzig Meter entfernt. Der Gestank der Kreaturen und ihr rasselnder Atem lagen in der Luft, verpesteten sie.

Ihre toten Augen starrten sie an.

„Ihr elenden Biester", fauchte sie. „Ihr jämmerlichen Diener eines gefallenen Gottes!" Sie machte eine energische Handbewegung, als würde sie in der Wut das Geschirr vom Tisch wischen, aber in Wirklichkeit wischte sie die Bestien zur Seite, die Vidar gefangen hielten. Sie flogen einfach zur Seite, tonnenschwere, tödliche Kampfmaschinen, die durch Lajanas Fingerzeig starben.

Eine unbekannte, neue Kraft durchströmte sie, prickelte in ihren Fingerspitzen, pochte hinter ihren Schläfen, vermischte sich mit ihrem Herzschlag.

Ihr Blick fiel auf Vidar, der sich auf die Beine rappelte und atemlos versuchte, zu begreifen, was vor sich ging.

Lajana sah wieder die Bestien an, die auf ihn zukamen. „Geht zu eurem Meister", drohte sie. „Sagt ihm, dass er dem Untergang geweiht ist. Sagt ihm, er wird bezahlen für die Leben, die er genommen hat." Sie riss die Hände in die Höhe und mit derselben Plötzlichkeit flogen die Bestien wie aufspringende Frösche in die Luft. Sie landeten manche lebend, manche tot an den Ufern der finsteren Seen, die sie fast erreicht hatten. Die übrigen Bestien rissen die Köpfe in die Höhe, wie Lajana es schon einmal gesehen hatte, und dann folgten sie ihren finsteren Kampfgenossen in die eisige Tiefe.

In dem Augenblick, da die letzte Bestie von den Fluten verschluckt worden war, fiel Lajanas Anspannung von ihr ab. Sie lief zu Vidar, der noch immer auf den Knien hockte, blutverschmiert aber soweit fast unverletzt.

„Eine von … Gefühlen gesteuerte Kraft", brachte er schwach hervor. „Sag' ich doch!"

Sie packte ihn um die Mitte und hob den Blick. „Hilf mir!", sagte sie zu einem der Krieger. Dieser eilte sofort herbei und stemmte Vidar zusammen mit ihr auf die Beine. Sie streckte die Hand nach dem Pferd aus, das sie bei ihrem wahnwitzigen Ausbruch begleitet hatte, und als würde es sie verstehen, als würde es ab sofort zu ihr gehören, kam es zu ihr. „Wir setzen ihn auf das Pferd", sagte sie zu dem fremden Krieger.

Vidar blinzelte. „Ich kann selbst aufsteigen!"

Doch als er sich von seinen beiden Stützen freimachen wollte, kam er schier zu Fall. Dennoch packte er nach dem Sattel und zog sich hinauf. Lajana stellte sich in den Steigbügel und setzte sich vor ihn.

„Halt dich an mir fest", wies sie ihn an.

Vidars Arme schlossen sich um ihre Taille. „Was hast du nur getan?"

„Um ehrlich zu sein, weiß ich es selbst nicht genau." Sie sah die Krieger um sie herum an. „Zurück in die Stadt!", rief sie.

Eigentlich rechnete sie damit, dass sofort geschäftige Eile ausbrechen würde. Doch die Krieger und Kriegerinnen starrten nur zu ihr empor, als sie mit Vidar um die Kadaver der Bestien herumritt. Dann entdeckte sie Kyros neben einer der Geistkriegerinnen. Er sah sie lange an und dann sank er auf ein Knie hinab, senkte den Blick.

Die Frau neben ihm tat es ihm gleich. Dann die Krieger, davor und dahinter. Immer mehr, sogar die Verletzten, die kaum stehen konnten, verbeugten sich tief.

„Was … soll denn das?"

Vidar drehte den Kopf. „Sie ehren dich."

„Dieser Königinnen-Blödsinn ist doch-"

„Sie ehren dich nicht als ihre Königin, Lajana. Sie ehren dich als Kriegerin!"

Sie drehte den Kopf, um ihn anzusehen. Dieser Satz erfüllte sie. Er bedeutete ihr mehr, als sie es sich hätte vorstellen können.

Mit einer dankbaren Geste nickte sie den Männern und Frauen zu.

„Lasst uns zurückkehren", rief sie aus.

Einer der Geistkrieger öffnete zwei Portale. Lajana hatte nicht gewusst, dass es mehrere gab. Das sie scheinbar unbeobachtet in der Luft lagen. Alle Krieger strömten auf das rechte der Portale zu. Nur Kyros, der einige Pferde mit sich führte und ein paar der Geistkrieger, nahmen das linke Portal. Lajana nahm an, dass es zum Palast führte, also folgte sie ihnen.

Es war beinah unwirklich im nächsten Augenblick wieder in den wunderschönen Palastgärten angekommen zu sein. Kaspia stand auf der obersten Terrasse. Lajana nickte ihr lächelnd zu und Vidars Mutter schlug vor Erleichterung weinend die Hände vor den Mund.

Sofort eilte Paruk mit einigen Wachen zu ihnen. „Hoheit …“ Seine Besorgnis stand ihm ins Gesicht geschrieben. „Paruk, schick Sirkus zu den anderen. Wir brauchen ihn hier nicht. Er soll dort tun, was möglich ist.“ Sie zügelte ihr Pferd, schwang ein Bein über seinen Hals und sprang seitlich ab.

„Kannst du absteigen?“, fragte sie Vidar.

„Was für eine Frage“, gab er etwas empört zurück, schwankte allerdings schon im Sattel bedenklich.

Lajana warf Paruk einen Blick zu, der verstehend nickte und noch einen der Wachmänner heranwinkte; gerade rechtzeitig, wie sich herausstellte. Denn Vidar verlor die Spannung im Körper und fiel den Männern direkt in die Arme.

Sie stellten ihn auf seinen Wunsch hin wieder auf die Beine. Lajana schlang sich seinen Arm um die Schulter und stemmte sich gegen ihn. „Kannst du gehen?“

Ein abfälliges, angedeutetes Lachen sollte ihr wohl als Antwort genügen. Sie schleppte sich mit Vidar in den Palast, an Kaspia vorbei, die den beiden unter Tränen einen erleichterten Gruß zunickte, und zur Treppe.

Als sie oben angekommen waren, war Lajana völlig außer Atem. Vidar stützte sich mit seinem vollen Gewicht auf sie, obwohl er mehrmals betonte, dass er auch allein gehen konnte. Sie schob die Tür zu ihrem Zimmer auf und trat sie hinter sich zu.

Als sie Vidar endlich auf dem Bett sitzen hatte, beugte sie

sich vornüber, stemmte die Hände auf den Knien ab und versuchte, zu Atem zu kommen. Vidar sank nach hinten und schloss die Augen. Lajana packte seine schlammbeschmierten Stiefel, zerrte die Bänder auf und zog sie von seinen Füßen, um sie mit einem angewiderten Geräusch auf die Terrasse zu befördern. Nachdem sie sich die Hände gewaschen hatte, kam sie zurück.

Für einen Moment dachte sie, er wäre eingeschlafen, doch dann räusperte er sich.

„Du hast mir das Leben gerettet", sagte er leise, ohne die Augen zu öffnen.

Lajana setzte sich neben ihn auf die Kante des Bettes. Sie nahm ein Tuch vom Beistelltisch und versuchte, das Blut von seinen Wangen zu wischen.

Als er die Augen öffnete, stockte sie. Ihr Herz schlug wie wild und das Glück, dass er noch bei ihr war, überrollte sie so unvorbereitet, dass sie die Luft anhielt.

Er nahm ihr Handgelenk, hielt es fest, als hätte er etwas damit tun wollen und nun vergessen, was es eigentlich war.

„Könntest du mir das Hemd ausziehen?", fragte er. „Ich will das Blut der Bestien nicht auf mir haben."

Sie zögerte kurz, nickte dann.

Vidar setzte sich auf und Lajana zog ihm das zerrissene Hemd aus dem Hosenbund. Sie musste aufstehen, um es ihm über den Kopf und die erhobenen Arme zu ziehen. Das Hemd flog zu den Stiefeln auf die Terrasse und sie setzte sich wieder neben ihn.

Er betrachtete sie schweigend. Lange.

Lajana senkte lächelnd den Blick.

„Was ist?", fragte er leise.

Aus einem Impuls heraus küsste sie ihn, schnell, um ihre eigenen Ängste zu übertölpeln.

Vidar schien für einen Augenblick erstaunt, dann jedoch fuhr seine Hand in ihr Haar. Seine Lippen öffneten die ihren und die samtige Spitze seiner Zunge fuhr in ihren Mund; ein fremdartiges, berauschendes Gefühl, das Lajana aufkeuchen ließ.

Er legte sich wieder zurück, zog sie über sich. Sein Griff verstärkte sich, und unter ihr ging sein Atem stoßweise, als sie sich an ihn schmiegte und das Gefühl seines starken Körpers unter sich genoss.

„Lajana …" Seine Stimme war nur ein Raunen, nur ein leises Knurren und doch fuhr es wie ein Blitzschlag durch jede Nervenfaser ihres Körpers.

Als Vidar seinen Kuss unterbrach, loderte etwas in seinem Blick, das sie noch nie gesehen hatte.

„Meine Königin", sagte er leise und strich ihr mit beiden Händen das Haar aus dem Gesicht. „Meine wunderschöne, starke Frau."

Lajana schloss die Augen. Worte waren wie Berührungen, das begriff sie in diesem Augenblick. Und was diese Worte in ihr auslösten, war etwas, in das sie sich hineinfallen ließ.

Sie richtete sich über ihm auf und löste die Bänder ihres Kleides.

Vidar beobachtete sie, stützte sich auf die Ellbogen, als sie sich das Kleid über den Kopf zog und neben das Bett fallen ließ. Als er die Hand ausstreckte, schloss sie die Augen.

Seine rauen Fingerspitzen strichen über das goldene Mal unter ihrem Schlüsselbein. Er richtete sich auf, schloss seine Arme um sie und küsste genau diese Stelle.

Dann glitten seine Lippen tiefer.

Ihr Kopf rollte zurück, ihr Körper drängte sich ihm entgegen.

In ihr brüllte ein Hunger auf, ein Instinkt, dessen Kraft sie nichts entgegenzusetzen hatte.

Sie drängte ihn wieder zurück in die Kissen, küsste ihn, während seine Hände über ihren nackten Körper glitten.

Plötzlich wandte er atemlos den Kopf ab. „Du musst … aufhören", sagte er leise.

„Warum?"

„Weil mich dieser Hunger sonst zerreißt und ich ihm nachgebe."

Sie hob den Kopf. „Du kannst nicht einmal gehen."

„Für das, was ich mit dir tun will, muss ich das auch nicht."

Lajana lächelte, halb nervös, halb erregt. Sie beugte sich über ihn, brachte ihren Lippen an sein Ohr. „Ich spüre ihn auch, diesen Hunger." Dann sah sie ihn wieder an. „Er tobt in mir und plötzlich …"

„Was?"

„Ich kann an überhaupt nichts anderes mehr denken. Ich will überhaupt nichts anderes mehr spüren. – Nur dich."

Er schloss kurz die Augen, als würde er einen Kampf mit sich selbst ausfechten. „Du bist so zerbrechlich."

„Das kannst du ja mal den Bestien erzählen."

Vidar lachte leise und ehe sie reagieren konnte, hatte er sie herumgewirbelt und auf den Rücken gedreht. Sein Körper lag auf ihrem, sein Atem strömte in ihr zerzaustes Haar.

Er küsste ihre Lippen, dann ihre Kehle, schob sich hinab über ihren Körper, um seine hitzige Berührung über ihre Haut zu verteilen. Als er ihre Beine spreizte und seine Lippen über die Innenseite ihrer Schenkel gleiten ließ, befiel sie ein Zittern, das sie nicht kontrollieren konnte.

Vidar hob den Blick. „Soll ich aufhören?"

„Nein!" Sie rief es vielleicht ein wenig zu laut, ein wenig zu nachdrücklich aus.

Ein leises Lachen vibrierte in seiner Kehle, als sein Atem über die Stelle ihres Körpers strich, die vor Erregung pochte.

Dann ließ er von ihr ab, legte sich wieder auf den Rücken.

Lajana drehte den Kopf.

„Was -?“

„Mir ist schwindelig“, erklärte er.

„Na, und?“

Wieder lachte er. Er löste die Bänder an seiner Kampfhose und zog sie sich über die Schenkel hinab.

Lajana schluckte trocken. Sie hatte ja gewusst, wie ein nackter Mann aussah, aber aus solcher Nähe und in diesem … Zustand …

„Komm her“, sagte er leise. Er zog sie wieder über sich, küsste sie tief. „Wenn wir unseren Hunger stillen wollen, müssen wir uns an die Situation anpassen?“

Sie schmiegte sich an ihn, spürte, wie ihre Nervosität verflog, und die Lust zurückkehrte. „Was ist denn die Situation?“

„Die Situation ist: Wir wollen einander …“

Er wartete ihr zustimmendes Nicken ab.

„Aber ich muss mich eigentlich hinlegen, weil ich sonst ohnmächtig werde. Und du bist so unerfahren, dass ich nicht recht weiß, wie ich mit dir umzugehen habe.“

„Also …?“

„Also bleibe ich so liegen und du … nimmst dir von mir, was du möchtest.“ Er vergrub seine Hände in ihrem Haar. „Still unser beider Hunger, wenn du es willst, Lajana.“

Unweigerlich glitt ihr Blick hinter sich.

„Und wenn du währenddessen doch noch ohnmächtig wirst?“

Er lächelte. „Ich bin bereit, das Risiko einzugehen.“

Lajana küsste ihn und schmiegte sich an ihn. Ihr Körper bebte und war so zum Bersten mit Verlangen angefüllt, dass sie etwas zurückrutschte. Vidar keuchte auf, als sie seine Hitze berührte.

Es war beinah erstaunlich, wie sehr ihm ihre Berührung Lust bereitete.

Sie richtete sich auf, stützte sich auf seinem Oberkörper ab und blickte in sein Gesicht.

Die Augen waren geschlossen, die Lippen leicht geöffnet.

Lajana hatte nicht ahnen können, wie berauschend der Anblick eines Mannes war, der sich ihr so darbot, dem sie Lust schenken und der gleichzeitig ihren eigenen Hunger stillen konnte.

Sie fasste sich ein Herz und erhob sich, genug, um ihn unter sich zu spüren.

Seine Hände glitten an ihre Schenkel, die Fingerspitzen gruben sich in ihr Fleisch, als wollte er sie um jeden Preis davon abhalten, es sich anders zu überlegen.

Doch das tat sie ohnehin nicht.

Langsam ließ sie sich auf ihn herab, überwand den kurzen Schmerz und folgte dem hitzigen Pochen ihres Hungers, bis sie ganz vereint waren.

Das Gefühl war unbeschreiblich. Es war neu und schmerzhaft, aber gleichzeitig wild und berauschend.

Als sie die Augen öffnete, blickte Vidar sie an. Er richtete sich zum Sitzen auf, bis ihre Gesichter auf gleicher Höhe waren. Er presste sie an sich, glitt noch tiefer in sie hinein.

„Meine Königin", raunte er an ihren Lippen.

Lajana schlang die Arme um ihn und schloss die Augen, während sie sagte: „Mein König."

KAPITEL 13

Lajana lag auf dem Bauch, die Arme um ein Kissen geschlungen, in das sie das Gesicht vergraben hatte, während sie langsam aufwachte. Als sie den Kopf zur Seite drehte und blinzelnd die Lider hob, sah sie direkt in Vidars Augen. Sie strahlten Ruhe und Nachdenklichkeit aus.

Lajana lächelte.

„Du bist schon wach", sagte sie leise.

„Ich bin schon wach." Träge strich seine Hand über ihre Schulterblätter und hinterließ darauf eine Gänsehaut. Lajana schloss die Augen wieder. „Geht es dir gut?"

Sie drehte sich auf den Rücken, streckte die Arme nach hinten und seufzte. „Ich kann nicht klagen", erklärte sie lächelnd und hob ein Augenlid.

Vidar stützte sich auf einen Ellbogen und sah auf sie hinab. „Ich habe noch nie eine Frau wie dich gekannt", sagte er und strich über ihr goldenes Mal.

„Weil ich wie eine Made in Kadaver krieche?"

„Weil du stärker bist, als ich es erwartet habe. Weil du klüger bist. Dort, wo das Denken der meisten den Horizont erreicht, springst du einfach darüber hinweg und findest

Antworten, die uns bisher verborgen blieben. – Und du bist erfüllt von Mut. Du hast mich gerettet, obwohl du gar nicht wusstest, wie du es schaffen kannst. Du hast dich in die Schlacht gestürzt mit nicht mehr als einem Leinenkleidchen und einem fremden Pferd."

„Dieses fremde Pferd ist nun mein Pferd", warf sie schnell ein.

Vidar nickte. „Natürlich, Gottkönigin."

„Pfff!" Sie lächelte und richtete sich dann ebenfalls auf. „Ich wusste nicht, was ich tat, als ich auf die Schlacht gestürmt bin. Ich wusste nicht, wie ich dich retten kann. Aber da war dieser Drang in mir. Diese Gewissheit, die sich nicht greifen ließ, aber die mich zu dir trieb." Sie sah ihm in die Augen. „Der Gedanke, dich zu verlieren, war mir unerträglich. Auch wenn ich gar nicht begreife, warum."

„Na, schönen Dank auch."

Sie lachte. „Nein, ich meine … - Wir kennen uns kaum. Wir sind uns Fremde, oder müssten es sein."

„Du bist mir nicht fremd, Lajana. Du bist mir nah. In den letzten Tagen war mir dein Geist so nah, dass ich manchmal nicht wusste, wo der meine endete und deiner begann."

Sie griff nach seiner Hand, strich über die rauen Handflächen. „Ich glaube nicht, dass wir das erwarten konnten."

„Diese plötzliche Zuneigung, meinst du?"

„Nein." Sie sah ihn fest an. „Diese plötzliche Liebe, meine ich."

Vidar öffnete den Mund und schloss ihn wieder. Anstatt etwas zu sagen, umfasste er ihr Gesicht mit beiden Händen und küsste sie. „Nein", flüsterte er, als er wieder von ihr abließ. „Damit hatte auch ich nicht gerechnet."

Er zog sie wieder in seine Arme und legte sich mit ihr hin. Für einige Augenblicke genoss Lajana die ungewohnte, wohlige Nähe, die Vidar ihr schenkte. Doch dann holten sie ihre Sorgen wieder ein.

„Lässt du mich teilhaben an deinen Gedanken?", fragte Vidar wenig später und sorgte für einen erstaunten Gesichtsausdruck bei Lajana.

Dann nickte sie. „Diese Schlacht", sagte sie leise, „dieser Versuch, dich mitzunehmen, ich glaube er diente nur dem Zweck, mich auf die Probe zu stellen."

„Auf die Probe?"

„Wozu ich in der Lage bin. Auch wenn ich das bisher selbst nicht wusste, aber dieser Feind konnte sich nicht sicher sein. – Natürlich wäre es im Nachhinein von Vorteil gewesen, genau das zu verbergen, aber durch seine Tat hat er mich praktisch gezwungen, all das zu zeigen."

„Eine gute Überlegung, die aber nur unter einer einzigen Voraussetzung Sinn macht."

„Und welche?"

„Dieser Feind müsste wissen, dass du diese Gefahr für mich auf dich nimmst. Er müsste wissen, dass wir uns nahestehen; nahe genug, dass du diese verrückte Rettung tatsächlich in die Tat umsetzt."

Lajana nickte langsam. „Was wieder für einen Spion sprechen würde."

„Ja. – Kessara halte ich für unwahrscheinlich. Sie hat seit ihrem Angriff auf dich mit niemandem mehr Kontakt gehabt."

„Und Kyros hat auch nichts spüren können?"

„Nein, leider." Er löste sich von ihr und setzte sich auf. „Heute morgen meintest du, es wäre ein alter Feind."

Lajana nickte. „Ja, ein sehr alter Feind."

„Aber all unsere Feinde aus der Ragnarök sind tot. Sie sind gefallen."

„Mein Leben wolltest du heute morgen aber nicht darauf verwetten."

„Nein, das stimmt." Er blickte nachdenklich hinaus. Die zweite Sonne ging gerade unter. „Viele unserer Feinde hatten erstaunliche Kräfte entwickelt. Es gab Riesen, Wölfe, Schlangen."

„Was ich gehört habe, war weder ein Riese noch ein Tier. Es war …"

„Was?"

Sie setzte sich ebenfalls auf. „Es war ein Mann. Ich bin mir fast sicher. Ein Gott, der über all diese Jahrhunderte hinweg seine Rache und seine Rückkehr geplant hat; dessen Groll ungebrochen ist und der zu neuer Kraft gefunden hat." Lajana sah ebenfalls hinaus auf die Hügel. „Er glaubt, seine Zeit ist gekommen."

Vidar fragte sie nicht, woher diese Gewissheit kam. Aber sie sagte es ihm dennoch: „Ich habe es gespürt, dort unten. Sein dunkler Geist hat mich berührt. Seine Worte, die so schmerzhaft in mich drangen, sie waren mehr als purer Sinn und Ton. Die Bilder, die ich sah, waren mehr als die Vision eines hasserfüllten Feindes. Sie waren Gewissheit, Überzeugung. Sie waren etwas, worauf er sich in diesem Moment vorbereitet." Sie sah zu Vidar auf. „Ich glaube, dass unsere Zeit knapp ist."

„Es gibt die Völuspá."

„Was ist das?"

„Die Chronik, in der alles verzeichnet ist, was während der Ragnarök, davor und danach geschah. Vielleicht finden wir darin einen Hinweis darauf, wer dieser Feind sein könnte. – Und wenn wir diesen Hinweis haben, findet sich vielleicht auch etwas, das unseren Spion entlarvt."

„Das wäre zumindest der einzige Ansatz, der mir im Augenblick einfallen würde."

Vidar nickte. „Dann lass uns aufstehen."

Als er sich erheben wollte, hielt Lajana ihn am Arm fest. „Du meinst, … sofort?"

Sein Mundwinkel zuckte, während er sich ihr zuwandte. Er schlang den Arm um sie und zog sie näher an sich, um an ihren Lippen zu raunen: „Wir nehmen uns noch ein paar Augenblicke."

~

Vidar schob die schwere Tür zur Bibliothek auf, und ließ Lajana eintreten. Es war der Raum, den sie kurz nach ihrer Ankunft betreten; in dem sie die Nachricht ihrer Mutter gesehen hatte. Es war erst eine Woche her und doch fühlte sich hier schon alles so vertraut an.

In so kurzer Zeit war dieser Ort zu ihrer Heimat geworden.

„Kyros verwahrt die Völuspá", erklärte Vidar, der von ihren Gedanken nichts ahnte. Er schob eine Leiter an eines der Regale und stieg hinauf, um ein riesiges in prachtvolles Leder gebundenes Buch herauszuholen, das mit goldenen Schnallen verschlossen war.

„Und wo ist Kyros?"

„Oben. – Komm!"

Lajana war nicht klar, warum Kyros nicht einfach herunter in die Bibliothek kam, aber Vidar trug das schwere Buch wortlos die geschwungene Treppe hinauf und Lajana öffnete ihm die Tür zu Kyros Bereich des Palastes. Sie fand ihn auf dem Boden sitzend, umgeben von einem halben Dutzend Katzen und einigen Hunden; zwei von ihnen hatten stechend blaue Augen, mit denen sie Lajana skeptisch musterten.

Das Erstaunlichste war jedoch, dass es auf der langen Tafel, die bis zum Übergang auf die Terrasse reichte, einen Brunnen gab, in dem mindestens ein Dutzend Singvögel badeten und spielten, und dass sich die Katzen rein gar nicht dafür interessierten.

Als Kyros den Blick hob, fiel Lajana auf, wie erschöpft er

wirkte. „Die Tiere geben mir wieder Kraft", sagte er, als er ihre Miene bemerkte.

„Kyros ist nicht für die Schlacht geschaffen", bestätigte Vidar und ließ das schwere Buch auf den Tisch donnern. Die kleinen Vögelchen stoben mit einem wilden Aufkreischen davon und kamen dann aber schnell wieder zu ihrem Brunnen zurück.

Der Junge trat näher und zog eine Kette aus seinem Ausschnitt, an dem ein großer Schlüssel hing. Er zog ihn über den Kopf und gab ihn Lajana. „Du bist die Gottkönigin, dir steht es jetzt zu, die Völuspá zu verwalten und einzusehen."

Lajana gab ihn an Vidar weiter und stellte sich neben ihn. Kyros sah zwischen den beiden hin und her. „Eigentlich …"

„Was?"

„Vidar darf die Völuspá nicht öffnen."

„Warum nicht? Er ist der König."

Kyros lächelte, schüttelte dabei aber den Kopf. „Es gibt keinen König. Es gibt nur eine Königin und ihren Gemahl. Oder eben anders herum."

Sie blickte zu Vidar hinüber, der ein Achselzucken von sich gab. „Dann ändere ich das. Ab sofort gibt es einen König und eine Königin. Vidar hat andere Stärken als ich. Es wäre dumm, auf nur eine einzige davon zu verzichten."

„Aber deine Mutter …"

„Ich bin nicht meine Mutter. Ich bin ich." Sie sah zu Vidar hinüber und nickte auffordernd. „Bitte."

Er nahm den Schlüssel und steckte ihn in das große Schloss auf der Mitte der Vorderseite.

Lajana wusste nicht genau, womit sie gerechnet hatte. Aber die bunten Zeichnungen von kämpfenden Göttern und Frauen in wehenden Gewändern, deren Augen leuchteten, von undefinierbaren Bestien, Riesen, die Keulen schwangen, war faszinierend.

„Der Anfang beschreibt den ersten Krieg der Götter“, erklärte Vidar und blätterte vorsichtig weiter. „Der zweite Teil der Völuspá beschreibt die Ragnarök.“

„Wer hat das Buch verfasst?“, fragte sie.

„Eine Seherin. – Es wurde uns vor dem ersten Götterkrieg übergeben.“

Lajana riss die Augen auf. „Eine Seherin? Und sie hat das alles vorhergesehen?“

Vidar und Kyros nickten.

„Und genauso ist es auch gekommen?“

„Ja.“ Über Vidars Gesicht zog eine schmerzvolle Erinnerung. „Und glaub mir, wir haben alles versucht, um die Verluste abzuwenden.“

„Was ist mit der Seherin? Wo ist sie? Ist sie tot?“

„Sie war nicht aus dieser Welt.“ Vidar blätterte noch einmal zum Anfang zurück und zeigte auf eine Zeichnung. Über einem Bett aus schillernden Wolken war eine Stadt, die darauf zu schweben schien. Drei Monde standen am Himmel, wie hier Sonnen standen, eine Frau hatte dem Zeichner den Rücken zugekehrt. Ein riesiges Flügelpaar saß zwischen ihren Schulterblättern und ein kurzes Schwert lag in ihrer schlanken Hand.

„Ist sie das?“

Kyros nickte. „Vidar hat an ihrer Seite gekämpft.“

Lajana sah zu ihrem Gemahl auf. „Ist das wahr?“

„Ja. Sie stellte sich auf unsere Seite, nachdem sie meinem Vater das Buch übergeben hatte. Sie war eine Kriegerin des Schwertes, stark und bedingungslos mutig. – Sie kämpfte auch an meiner Seite während der Ragnarök, aber sie fiel.“

Lajana sah wieder auf das Bild hinab. „Ob sie ihren eigenen Tod ebenfalls vorhergesehen hatte?“

„Ich glaube es nicht.“ Vidar hob den Blick, aber seine Augen starrten in eine längst erloschene Vergangenheit. „Sie schrie und zeterte, als der Feind sie überrannte. Sie verstrickte sich mit ihnen zu einem … Knäuel aus Fleisch und Federn.“ Er schüttelte den Kopf. „Die Federn waren überall, ihre Flügel …“ Er brach ab. „Ich denke nicht, dass sie ihren Tod sah.“

„Ein Glück für sie.“ Kyros blickte auf die Chronik und strich über das wunderschöne Bild. „Wenn diese schrecklichen Schlachten nur endlich enden würden“, sagte er leise. „Ich würde alles geben; alles dafür tun; jeden Preis bezahlen.“ Als er zu Lajana aufsah, stand in seinen dunklen Augen pure Verzweiflung. „Es muss enden. Es muss einfach enden!“

Sie nickte und wandte sich dem Buch zu, versuchte, die Schatten der vergangenen Niederlagen abzuschütteln und sich auf das zu konzentrieren, was vielleicht all diesem Hinschlachten ein Ende setzte.

„Wir suchen nach jemandem“, hob sie nach einem tiefen Atemzug an, „der die Ragnarök überlebte; jemand, der für tot gehalten wird; jemand, dessen Groll so über alle Maßen groß ist, dass er bereit ist über hunderte von Jahre hinweg wieder und wieder diese Schlachten zu schlagen, sich mit diesen Bestien zu verbünden, sie zu lenken, bar jeder guter Energie an einem Ort zu verharren, der ihm fast alles geraubt hat; bis auf seinen Zorn.“

Kyros und Vidar wechselten einen Blick.

„Und es ist ein Mann?“, fragte Kyros.

Lajana nickte nachdenklich. „Ich glaube, ja.“

„Die Stimme könnte dich täuschen“, fügte Vidar hinzu.

„Ja, aber …“ Sie gab ein Kopfschütteln von sich. „Es fühlte sich so an.“

„Du bist eine Geistkriegerin. Du kannst es spüren.“ Kyros goss sich einen Becher Wein ein. „Was hast du noch gespürt? Versuch, dich zu erinnern!“

„Vor allem die Wut und den Hass. Beides brodelte, es wogte durch das Wasser wie pure, dunkle Kraft. Es zog mich hinab.“ Sie sah zu Vidar auf. „Da war kein Körper, kein Griff an meinem Bein. Kein Netz. – Diese Energie ist greifbar. Sie ist wie die, die ich im Kampf heute gespürt habe, aber sie ist dunkel. – Sie ist stark."

„Stärker als die eure?", fragte Vidar.

„Ja, vielleicht. Ich kann es nicht einschätzen." Sie nickte auf die Völuspá hinab. „Gibt es nicht irgendjemanden, auf den das zutreffen könnte?"

„So verrückt es sich vielleicht anhört", erklärte Kyros. „Eigentlich nicht."

„Alle unsere Feinde haben wir getötet oder wurden von ihnen getötet. Ich war dabei, ich habe sie gesehen." Vidar schluckte. „Niemand, dem das zuzutrauen wäre, hat überlebt."

„Aber es gibt jemanden! Igendjemand wartet auf seine Chance euch zu vernichten -"

„Wartet!"

Vidar und Lajanas Blick glitt zu Kyros, der sich über das Buch beugte und darin zu blättern begann.

Dann stach er mit dem Finger auf eine der Seiten und fragte: „Was ist mit ihm?"

Lajana kniff die Lider zusammen, während Vidar über ihre Schulter blickte. „Nidhogg?"

Kyros nickte. „Warum nicht?"

„Ist er … eine Schlange?", wollte Lajana wissen.

„Nidhogg war, was auch immer er sein wollte. Er war weder ein Gott noch ein Tier. Er ernährte sich vom Blut der Entseelten."

Sie verzog das Gesicht. „Er hat das Blut der Leichen getrunken?"

„Nun kommt der dunkle Drache geflogen, die Natter aus Nidafelsen. Das Feld überfliegend trägt er auf Flügeln Leichen. Und nieder senkt er sich." Vidar las den Absatz unter dem Bild vor. Er schwieg für einen Augenblick. „Ich habe ihn nicht sterben sehen, aber …"

„Was?"

„Ich weiß gar nicht, ob er überhaupt sterben kann."

„Dann könnte er es doch sein, der die Bestien befiehlt."

„Ja, aber er hat überhaupt keine Vorteile davon. Er -"

„-braucht Nahrung", unterbrach Kyros und sah zu Vidar auf. „Oder sind wir nicht alle zu unsterbliche Plagen geworden, seit der Ragnarök. Hat sich der Nidhogg nicht ernährt von den Leibern derer, die starben? Waren die Schlachtfelder nicht seine Festsäle? Waren die Gefallenen nicht sein Festschmaus?"

Über Lajanas Rücken kroch eine Gänsehaut. „Was hätte er dann davon, uns zu besiegen? Was hätte er davon, wenn es endet?"

„Unter diesem neuen Aspekt betrachtet", gab Vidar zurück. „Wer sagt denn, dass er das will?"

Sie alle drei wechselten einen Blick. „Er will das weiter und weiterführen?"

„Um sich zu ernähren", sagte Kyros.

„Um sich am Leben zu erhalten", fügte Vidar hinzu.

Und plötzlich ergab es für Lajana Sinn. „Er hat mich nicht angegriffen, weil er mich besiegen will. Er hat mich angegriffen, weil *ich ihn* womöglich besiegen könnte."

Vidar blickte hinab auf die Völuspá. „Es wäre möglich", sagte er mehr zu sich selbst. „Es wäre tatsächlich möglich."

Lajana zog sich einen Stuhl zurück und setzte sich. Ihr war plötzlich etwas schwindelig. Sie griff nach einem Wasserkrug und goss sich ein Glas ein.

„Gibt es irgendwo noch mehr über diesen Nidhogg zu lesen? Oder irgendwelche Dinge, die uns vielleicht weiterhelfen, um einen wunden Punkt an ihm zu finden?"

Sie führte das Glas an ihre Lippen, doch Vidar schoss mit einer so blitzartigen Bewegung vor und packte ihr Handgelenk, dass die Hälfte davon auf den Tisch schwappte.

„Was tust du denn?"

Vidar presste die Lippen zusammen, nickte in Richtung des Brunnens.

Noch ehe sie begriff, was sie dort sah, bemerkte sie, wie still es im Raum geworden war. Die Vögel waren verschwunden, nur zwei von ihnen waren noch da, lagen tot im Brunnen.

„Kyros!" Vidar drehte sich rasch zu seinem Freund um, der den Kopf schüttelte. „Ich habe Wein getrunken. Ich -"

Lajana stemmte sich etwas mühevoll in die Höhe. „Wir müssen sofort die ganze Stadt warnen. Niemand darf das Wasser anrühren. Niemand! Wenn die Quelle vergiftet wurde ...!"

Vidar nickte. „Ich schicke sofort Männer!"

Lajana blieb sitzen und starrte hinaus auf die Stadt, während Vidar hinausstürmte. Kyros ging zum Brunnen, holte die toten Vögelchen heraus und bettete sie auf ein Tuch.

„Der Palast liegt der Quelle am nächsten, direkt dort, wo sie entspringt. Wenn unser Wasser vergiftet ist, dann ist es auch überall sonst in der Stadt vergiftet", sagte er dabei.

Lajana nickte. „Er will uns zu den Seen treiben."

„Ja, das will er. Aber er hat einen Fehler gemacht. Einen großen Fehler."

„Warum?"

„Der Spion, der dich verletzt hat, wer außer ihm sollte das Wasser vergiftet haben oben in den Bergen?"

„Aber er wird doch sicher nicht dort oben auf uns warten, oder?"

„Er vielleicht nicht." Kyros schlug die beiden toten Vögel behutsam in das Tuch ein und murmelte ein unverständliches Wort. Dann sah er zu Lajana auf. „Aber er hat uns eine Spur hinterlassen, die uns zeigt, wer er ist."

„Warum siehst du mich so grimmig an?"

Lajana sah zu Vidar hinüber, während sie den schmalen Pfad hinauf ritten, der sich den Berg empor schlängelte.

„Weil du im Palast hättest bleiben sollen."

„Warum?"

„Weil es sicherer ist!"

Sie hob die Brauen. „Mit vergiftetem Wasser und einem Spion, der mich töten will?"

Er gab eine Art Knurren von sich. „Weißt du, was ich gar nicht leiden kann?"

„Dass ich recht habe?"

„Dass du Hosen trägst!"

Sie hob eine Braue, sah dann an sich hinab. Ihre Beine steckten in Lederhosen. Sie hatte ihre Diener gebeten, eine zu finden, damit ihr bei dem Ritt auf die eisigen Gipfel nicht die Beine abfroren. Und wenn man den scharfen Wind bedachte, der um die schroffen Felskanten wehte und die Schneegrenze, die immer näher rückte, war das eine sehr gute Entscheidung gewesen.

„Dir wäre es lieber, wenn ich friere?"

„Mir wäre es lieber, die ganze Welt könnte nicht deinen Hintern sehen!"

„Mein Hintern klemmt in einem Sattel! – Einem sehr unbequemen Sattel, übrigens!"

Vidar knurrte etwas, das wie: „Verdammtes Weibsstück!" klang.

Lajana lachte, was seine Laune nicht unbedingt hob.

„Da oben ist es!", erklärte der Führer, der voranritt. Er war einer der Männer, die die Quelle und die Rinnen, die das Wasser in den Palast leitete und dann über die ganze Stadt verteilte, reparierte und reinigte, wenn es nötig war.

Kyros schloss zu ihm auf.

„Wenn wir der Quelle nah sind, lass mich vorreiten."

„Ja, Herr."

Je höher sie kamen, desto schmaler wurde der Weg. Irgendwann war er zu schmal, als dass man nebeneinander reiten konnte. Rechts ging eine Felswand fast senkrecht Richtung Gipfel empor, links fiel die Felswand ebenso steil ab. Ein falscher Schritt ihres Pferdes und …

„Da vorne ist es!"

Kyros stieg von seinem Pferd, tätschelte es und ging an dem Führer vorbei. Lajana stieg ebenfalls ab, Vidar folgte ihr. Kyros starrte auf ein Rinnsal, das dem Felsen entsprang.

„Diese winzige Quelle speist die ganze Stadt?", fragte Lajana.

„Du würdest dich wundern, wie viel Wasser hier innerhalb kürzester Zeit durchfließt." Kyros beugte sich vor und schloss die Augen.

„Was macht dich so sicher, dass er das Wasser hier oben vergiftet hat?", fragte Vidar dazwischen.

„Ich spüre es." Er sah Lajana an. „Du spürst es auch."

„Leider spüre ich gar nichts!"

„Streck die Finger ins Wasser. Hier ist es rein."

Lajana tat, wie geheißen. Das Wasser war eisig kalt und klar, als sie die Fingerspitzen hineinstreckte, kribbelten Kälte und Energie in ihren Händen. Sie nickte.

„Also ist das Wasser jetzt wieder sauber?"

„Nein."

„Nein?"

„Lass sie hinübergleiten, deine Finger, folge dem Lauf des Wassers. Nur ein Stück!"

Lajana tat, was Kyros verlangte. Und tatsächlich spürte sie, wie die gute Energie, die am Quellstein pulsierte, innerhalb von weniger als einem Meter zu etwas wurde, das die Kraft aus ihren Fingern saugen wollte, ihre Fingerspitzen taub machte.

Lajana zog die Finger heraus, wischte sie an ihren Hosenbeinen ab und nickte Vidar zu, der sie fragend anblickte.

Kyros hingegen hatte die Hände tief ins Wasser gestreckt, die Augen geschlossen.

„Du hast noch nicht alles gesehen", erklärte er an Lajana gewandt.

Sie runzelte die Stirn, streckte aber noch einmal die Finger ins Wasser, direkt dort hinein, wo die Energie so dunkel und verwirrend bösartig war, wie in den Seen.

Dann durchzuckte sie plötzlich ein Bild, so scharf und deutlich, dass sie nur zurückfahren konnte. Wäre sie nicht gegen Vidar geprallt, wäre sie womöglich direkt in die Tiefe gestürzt.

Atemlos blickte sie Kyros an, der sich nun ebenfalls aufrichtete und sie ansah.

„Warum?", rief sie aus. „Warum zeigst du mir das?"

„Weil du es sehen musstest!"

Vidars Griff um Lajanas Schultern wurde fester. „Was muss sie sehen?"

Lajana starrte in Kyros Kindergesicht. „Warum? Warum denn nur, Kyros?"

„Weil ich es nicht mehr ertrage!", rief er aus.

Vidars Rechte glitt an den Knauf seines Schwerts. „Was ist hier los?"

„Sag es ihm!", forderte Kyros.

Lajanas Blick verschwamm, als sie sich zu Vidar umdrehte. „Kyros ist der Verräter!"

KAPITEL 14

Lajana konnte gar nicht so schnell reagieren, wie Vidar vorgeschossen war und die Klinge seines Schwerts an Kyros Kehle hielt.

„Nein!“, rief sie aus. „Vidar, er ist doch ein Kind!“

„Er ist kein Kind! Er ist ein Mann, der sich im Körper eines Kindes versteckt. – Ein Verräter!“ Sein Gesicht war wutverzerrt. „Ein *Verräter*!“

Kyros hielt die Augen geschlossen, wehrte sich nicht.

„Lass ihn los!“ Lajana sah Vidar an. „Lass ihn los!“

„Er muss sterben für seinen Verrat!“

„Das entscheidest du nicht allein, Vidar.“ Sie blickte ihn fest an. „Das entscheiden wir zusammen.“

Er presste die Lippen aufeinander und stieß Kyros von sich. „Warum?“, fragte nun auch er. „Warum, Bruder? Freund! Warum, verdammt nochmal?“

„Er hat uns die Antwort schon gegeben“, sagte nun Lajana. Sie blickte Kyros an. „Nicht wahr?“

Er schlug die Augen nieder.

Lajana sah zu Vidar auf. „Hast du ihn vorhin nicht gehört? Er würde alles geben, wenn diese Schlachten nur endlich aufhören würden. Jeden Preis bezahlen. Alles opfern! – Nicht wahr?“

Kyros sank gegen eine der Felskanten. „Er wird mich sowieso töten, also … ja.“

„Warum hast du nicht an unserer Seite gekämpft? Warum hast du dich ihm angeschlossen? Zusammen hätten wir ihn besiegen können!“

„Wach doch auf, Vidar!“, rief Kyros aus. „Wach doch endlich auf! – Weißt du nicht besser als wir alle, wer an unserer Seite gefallen ist? Hast nicht du mehr als wir alle verloren? Freunde, Bruder, Vater, Finja, meine Mutter, meinen Vater! Und mit jeder Schlacht wurde es schlimmer. Mit jeder Schlacht wurde er noch stärker.“ Er holte tief Atem. „Ich habe die Energie gespürt. Nidhoggs Energie.“

„Wann?“

„Vor einigen Wochen, als die Bestien wieder auftauchten. Die 19 Jahre zuvor haben meiner Kraft geholfen, sich weiterzuentwickeln, ich weiß nicht warum und wie. Aber als sie diesmal kamen, da wusste ich, wer sie geschickt hatte.“

„Vielleicht, weil er es dich wissen lassen wollte“, warf Lajana ein. „Weil er das schwächste Glied in der Kette seiner Feinde erkannt hatte.“

Kyros nickte. „Ja, vielleicht.“

„Und du bist zu ihm gegangen? Du hast dich mit ihm verbrüdert, anstatt uns zu sagen, wer die Bestien schickt?“

Vidars Hand glitt wieder an sein Schwert, doch Kyros schlug nur die Augen nieder. „Das habe ich!“

„Warum denn nur?“

„Weil es enden sollte!“ Seine kindliche Stimme überschlug sich. „Ich konnte es nicht mehr ertragen. Die Morde, das Blut, die Hoffnung, der Schmerz, die Niederlagen, die Verluste, wieder und wieder … und wieder.“ Er machte einen Schritt auf Vidar zu. „Ich bin nicht wie du! Ich brauche nicht den Rausch des Kampfes. Er macht mich krank! Er zerstört mich!" Kyros sah zu Lajana. „Er hat mich zu einem Verräter gemacht. Aber ich wusste nicht, dass ..."

„Was?"

„Bis vorhin hatte ich keine Ahnung, dass der Nidhogg die Kämpfe ewig andauern lassen wollte. Ich dachte, er wollte uns besiegen. Ich dachte, er wollte den Platz als Gottkönig einnehmen."

„War es das, was du ihm angeboten hattest?", fragte Lajana.

Kyros nickte. „Bevor Vidar dich gefunden hatte."

„Wie genau sah euer Handel aus?"

„Ich würde ihm den endgültigen Sieg verschaffen, den Thron räumen und dafür würde er mich und meine Tiere verschonen."

Vidar stieß ein Lachen aus. „Wie großzügig!"

„Aber als Lajana kam, verkomplizierte sich alles. Der Nidhogg beharrte auf unserem Plan, er verlangte von mir ..."

„Dass du mich aus dem Weg schaffst", komplettierte Lajana seinen Satz und er nickte.

„Ich bin froh, dass ich es nicht geschafft habe. Ich bin froh, ... dass wir an diesem Punkt angelangt sind, an dem wir nun stehen."

„An dem Punkt, an dem wir über deinen Tod richten, meinst du?" Vidar spuckte ihm die Worte regelrecht vor die Füße.

„Ja, genau. An dem Punkt, an dem ich euch mit meinem Opfer vielleicht doch noch helfen kann. Der Nidhogg hat mich betrogen, alles, was er wollte, war das Gegenteil von dem, was ich wollte. Ich habe es nur nicht verstanden, bis die Völuspá uns die Augen geöffnet hat. – Ich war so ein Narr."

„Verzweiflung und Angst machen blind", sagte Lajana. „Sie zerstören uns und treiben uns zu Taten, die wir uns niemals zugetraut hätten."

Vidar hob den Blick. „Du willst ihm doch nicht etwa vergeben?"

„Du willst doch nicht etwa abstreiten, dass ich recht habe!"

„Und wenn! - Er hat uns alle verraten!"

„Er hat uns die Wahrheit gezeigt."

„Aber doch nur, damit wir ihn beschützen, jetzt wo er verstanden hat, dass sein Verbündeter den Handel nicht einhalten wird."

Lajana schloss die Augen, sie wusste, dass Vidar wohl recht hatte.

Als sie die Augen wieder öffnete, war das Pfeifen des Windes verstummt. „Was würdest du dir wünschen, Kyros?", fragte sie. „Was würdest du dir wünschen, was passiert? Was sollen wir tun? Was soll geschehen?"

„Meine Tiere sollen in Sicherheit sein", erklärte er schnell.

Lajana nickte. „Sie haben keinen Fehler begangen. Sie sind geschützt."

Erleichtert schloss er für einen Moment die Augen. „Ich will, dass die Schlachten aufhören. Ich will, dass kein Blut mehr fließt. Ich will, dass mich die Alpträume voller Schreie und spritzendem Gedärm verlassen. Ich will Frieden finden! Ich will -"

„Sterben?", fragte Lajana.

Er blickte sie direkt an. „Eher will ich sterben als noch einen einzigen in der Schlacht verlieren, der mir etwas bedeutet, ja."

Lajana warf Vidar einen Blick zu, dann wandte sie sich zu Kyros.

„Tut mir leid", sagte sie. „Diesen Gefallen können wir dir nicht tun."

„Warum nicht?", fragte Vidar.

„Weil er zu wichtig ist. Zu viel Kraft hat."

„Wenn er diese Kraft gegen uns einsetzt ..."

„Das wird er nicht. Nicht mehr."

„Er hat dich beinah umgebracht."

„Und genau das weiß der Nidhogg! Er vertraut ihm."

„Jetzt nicht mehr. Er wird meinen Verrat spüren", warf Kyros ein.

„Wird er ihn auch spüren, wenn du ihm als jemand anders gegenübertrittst?"

Nun blickten sie beide Männern fragend an.

„Als wer?"

„Vidar wird dich über die Kante stoßen", erklärte Lajana. „Mit deiner Energie kannst du dich retten."

„Und dann?"

„Du wirst ihm glaubhaft machen, dass du einen gewagten Schritt tun musstest, um dein Leben und euer Vorhaben zu schützen, um deine kindlich reine Energie, die mir vertraut war, vor uns zu verbergen."

„Und welcher Schritt sollte das sein?"

„Du musst erwachsen werden", erklärte sie mit einem Schulterzucken. „Und zwar … sehr schnell."

„Das geht nicht!" Vidar blickte Lajana an.

„Das geht!", hielt sie dagegen und sah zu Kyros hinab. „Habe ich recht?"

Er schluckte, nickte dann. „Die Haut wird reißen … an manchen Stellen, aber: ja. Es geht."

„Von welchem Zeitraum sprechen wir?"

„Vielleicht ein Tag. Vielleicht weniger."

Vidar sah zu ihm hinab, kniff die Augen zusammen. „Es muss wehtun."

„Die Schmerzen werden so schrecklich sein, dass sie dir als Buße für den Pfeil gefallen werden."

„Als Anzahlung vielleicht." Er blickte über die Berge

hinweg, hinab auf die Stadt. „Wie kann ich dir jemals wieder trauen?"

„Selbst, wenn du es könntest, würdest du mir nicht mehr vertrauen, Vidar. Denkst du, das weiß ich nicht?"

„Und warum sollte ich dich dann am Leben lassen? – Lajana ist von Grund auf gut, sie kennt die Fallstricke der dunkelsten Ecken in uns nicht, wie ich es tue."

Sie schwieg, denn damit mochte er rechthaben.

„Ich biete mein Kindsein als Opfer. Ich biete die Schmerzen. Und ich werde mich beweisen, indem ich dem Nidhogg gegenübertrete und zurückkehre." Die dunklen Kinderaugen leuchteten voller Zorn und Verzweiflung. „Er hat mich verraten. Er hat mich zum Narren gehalten. Er hat meine Verzweiflung ausgenutzt, um sein Ziel zu erreichen."

„Genug!" Lajana holte tief Atem. „Drei Dinge! - Erstens: Mach das Wasser wieder genießbar!"

Kyros trat vor. In seiner Handfläche schimmerte ein dunkles Mal, das ihr nie aufgefallen war.

„Das Mal des Todes", sagte Vidar leise. Und die Art, wie er es aussprach, verschaffte Lajana eine Gänsehaut.

Kyros tauchte die Hand ins Wasser und murmelte dabei etwas, dann zog er sie wieder heraus. Das Mal an seiner Hand war nicht mehr zu sehen.

Lajana ließ die Finger durch die Quelle gleiten und spürte nur noch die reine Energie, die auch im Palast herrschte, das Dunkle war verschwunden.

Sie nickte, streifte sich die Finger an ihrer Hose ab, und sagte: „Dann zu Zweitens: Könntest du es überleben, wenn Vidar dich hinabstößt? Der Nidhogg muss spüren, dass es wirklich geschehen ist."

Kyros schluckte, warf einen kurzen Blick über die Schulter, die Felswand hinab.

„Wenn ich genug Energie aufbauen kann, kann ich den Sturz vermutlich -"

„Drittens!", unterbrach sie ihn ungerührt und sah Vidar an. „Stoß ihn hinab!"

Es war ein grotesker Anblick, als Vidar den Jungen packte und von der Felskante stieß. Der gellende Schrei eines Kindes und doch eines Mannes, der sich über zweihundert Jahre in diesem unschuldigen Körper versteckt und sie am Ende alle verraten hatte.

Vidar fasste Lajana bei den Schultern, zog sie in eine Umarmung. „Er ist nicht tot."

„Bist du sicher?"

„Ich bin kein Geistkrieger, aber ich spüre ihn."

Sie nickte schnell, damit sie nicht in Tränen ausbrach. „Lass ihn uns suchen und nach Hause bringen."

Sie fanden Kyros in einem felsigen Tal zwischen zwei Bergkämmen liegend. Er hatte sich in eine sitzende Position gekämpft, den Oberkörper gegen einen Baumstumpf gelehnt und die Augen geschlossen.

Er alterte bereits. Sein Gesicht verlor allmählich die Weichheit des Kindes, die Züge wurden kantiger. Sein Bein stand in einem unnatürlichen Winkel ab, doch als Lajana es untersuchte, war der Bruch zumindest nicht offen. Sie zog den Knochen in die richtige Position, wobei Kyros das Bewusstsein verlor und fixierte den Unterschenkel dann mit zwei geraden Stöcken und einem Tuch, das sie fest darum wickelte. Wortlos hob Vidar ihn auf seine Arme und trug ihn zu einem Pferd. Sie ritten zum Palast, ohne dass Kyros wieder zu sich kam. Sie brachten ihn in seine Gemächer, wo sich seine Tiere um ihn scharten. Die Hunde und Katzen schmiegten sich an ihn, die Vögel drehten mit aufgeregtem Gezeter ihre Kreise im Raum.

Lajana verschränkte die Arme vor der Brust und blickte

auf ihn hinab. Vidar kam zu ihr, nachdem er Kyors gerade hingelegt und zwei Wachmänner instruiert hatte, auf ihn aufzupassen.

„Was denkst du?“, fragte er sie.

Lajana nickte zum Bett hin. „Wer die Tiere liebt, oder noch wichtiger, wer von den Tieren geliebt wird, der kann kein von Grund auf schlechter Mann sein.“

Vidar stellte sich neben sie. „Das ist er auch nicht. Aber wir können ihm nicht vertrauen. Ganz gleich, welches Opfer er bringen mag: Er ist und bleibt ein Verräter.“

Mit diesen Worten wandte sich Vidar zur Tür. „Ich lasse das Wasser überprüfen und dann wieder für die Stadt freigeben.“

„Kinder und Säuglinge sollen vorerst trotzdem nicht davon trinken. Habt ihr Ziegen?“

Vidar nickte.

„Die Jüngsten sollen nur Ziegenmilch trinken, bis alles wieder absolut sicher ist.“

„Sehr wohl, meine Königin.“ Er nickte zwei Wachen zu, die zu Lajana ins Zimmer kamen, bevor er die Tür hinter sich schloss.

Lajana trat nach kurzem Zögern zum Bett, zog sich einen Stuhl heran. Kyros alterte. Sie wusste nicht, wie er diesen Prozess in Gang gesetzt hatte, und insbesondere nicht, wie er ihn selbst in der Bewusstlosigkeit fortführte, doch sein Gesicht veränderte sich. Der Körper wuchs. Seine Lippen wurden schmaler, die Wangen hohl. Insgesamt verlor er an Gewicht, was wohl wenig überraschend war, wenn er von einem Zwölfjährigen plötzlich zu einem Mann werden sollte, ohne vermehrt Nahrung zu sich zu nehmen. Wenn sie genau hinsah, erkannte sie ein Netz aus roten Linien, die sich wie Spinnweben unter seiner Haut ausbreiteten. Die Haut riss, sie hielt dem Tempo des Wachstums nicht stand.

Unweigerlich glitt ihre Hand zu Kyros eisigen Fingern.

Dann sah sie über die Schulter zurück. „Könnt ihr mir Sirkus herbestellen?"

„Den Heiler, meine Königin?"

Sie nickte. „Bitte."

„Sofort, meine Königin."

Einer der Wachmänner verschwand aus dem Raum, der andere stellte sich wieder auf und blickte starr geradeaus. Es dauerte weniger als zehn Minuten, bis Sirkus an die Tür klopfte. Lajana bat ihn, einzutreten.

Der Heiler trat vorsichtig näher. „Hoheit", grüßte er sie und deutete eine Verbeugung ab.

Lajana, die mit dem höfischen Zierrat nichts anfangen konnte, winkte ihn zu sich. „Sirkus", sagte sie leise. „Wie geht es deiner Frau?"

Er strahlte. „Meiner Frau und meiner Tochter, wolltet Ihr sagen? Beide sind wohlauf."

„Wirklich?" Lajana sprang auf und nahm seine rechte Hand in die ihre. „Meinen herzlichen Glückwunsch, Sirkus. Nun bist du ein stolzer Vater!"

„Ich könnte schwerlich mehr Stolz und Freude empfinden." Sein Lächeln verzog sich. „Ihr allerdings …" Sein Blick glitt auf ihre Hände hinab. „Meine Mutter war eine Geistheilerin. Ich spüre Eure Sorge."

Lajana nickte und zeigte auf Kyros. „Er wächst. Schnell." Sie wollte nicht zu viel sagen, dennoch: „Er tut es für uns, Sirkus. Es ist ein großes, schmerzhaftes Opfer, das er bringt."

Sirkus nickte. „Ich verstehe."

„Ich wollte dich bitten, ihm ein wenig von dem Tee zuzubereiten, den du mir gemacht hast."

„Natürlich."

„Kannst du ihn stärker machen?"

„So stark Ihr es wünscht." Er blickte auf Kyros hinab, ließ seinen Blick über ihn gleiten. „Er wächst so schnell, es muss ihn innerlich fast zerreißen."

Lajana schluckte den Kloß in ihrem Hals hinunter, nickte schnell. „Ein großes Opfer", sagte sie dann. „Auch sein Bein ist gebrochen."

„Habt Ihr es gerichtet?"

„Ja. Ich hoffe, dass die Knochen schnell zusammenwachsen, wo sein Körper doch ohnehin gerade dieses schnelle Wachstum durchläuft."

„Das wäre gut möglich." Sirkus betrachtete Kyros. „Wie lange dauert das Wachstum an?"

„Er meinte, etwa einen Tag."

„Er wird Nahrung benötigen. Fette, süße Speisen. Sein Körper wird von dem Vorgang völlig ausgezehrt."

„Ja, du hast recht. Ich werde ihm etwas zu Essen kommen lassen."

„Ich braue den Tee zusammen."

„Danke, Sirkus."

Er verbeugte sich tief und verschwand aus dem Raum.

„Du bist ... viel zu gutherzig." Kyros Stimme war gebrochen, wie seine Haut gerissen war. Er hielt die Augen geschlossen und sein Körper war so verkrampft, dass Lajana die Schmerzen nur erahnen konnte.

„Ich tue das nur aus Eigennutz, um einen Spion zu haben."

Er lächelte schwach. „Und eine schlechte Lügnerin bist du auch noch!"

Sie griff wieder nach seinen Fingern. „Sirkus wird dir etwas gegen die Schmerzen holen. Und ich lasse dir etwas zu Essen bringen."

Sein Körper verkrampfte sich, doch Kyros kam kein Laut über die Lippen. „Meine Mutter hat nie meine Hand gehalten", sagte er dann. „Sie hat mich nie geherzt, nie bedauert, nie geliebt. Sie war nicht wie ihre Schwester." Als er die Augen öffnete, war das Kindliche darin fast völlig verschwunden. Er drückte schwach ihre Finger. „Du wirst eine wundervolle Mutter sein, Lajana. Deine Tochter wird ein Leben voller Freude erwarten und ich will meinen Teil dazu beitragen; meine Schuld begleichen. Das schwöre ich."

„Meine Tochter?"

Bevor Kyros noch einmal antworten konnte, klopfte es wieder an der Tür. Sirkus kam herein mit einem dampfenden Becher.

„Das ging aber schnell."

„Stechapfel ist unten in der Küche. Ich hab ihn aufgegossen." Er sah zu Kyros hinab. „Reichlich davon."

„Ich nehme, … was ich kriegen kann."

Er hob den Kopf ein wenig an und ließ sich von Sirkus die dampfende Flüssigkeit einflößen.

Dann sank er wieder zurück.

Sirkus, der keine Ahnung hatte, dass ein Verräter vor ihm lag, runzelte die Stirn. „Ihr wachst viel zu schnell", sagte er leise. „Ihr müsst den Prozess stoppen."

„Das ist unmöglich." Kyros ballte die Fäuste, als sein Körper von einem weiteren Krampf geschüttelt wurde.

Sirkus warf Lajana einen alarmierten Blick zu. „Er muss etwas essen. Sonst verhungert er."

Sie warf einem der Wachmänner einen Blick zu, der kurz nickte und sich zur Tür wandte.

Lajana blickte wieder auf Kyros hinab. Seine Augen waren geschlossen, die Finger entspannt.

„Der Tee", erklärte Sirkus. „Ich hoffe, er schläft nicht ein, bevor er ein wenig gegessen hat. Er muss etwas zu sich nehmen." Er blickte auf Kyors hinab, starrte auf das Muster, das sich unter seiner hellen Haut abzeichnete. „Ich habe so etwas noch nie gesehen. Ich wusste gar nicht, dass es möglich ist, den Körper so schnell altern zu lassen."

Lajana nickte. „Ich hoffe, er übersteht es."

Als die Tür aufging, kam Vidar herein. Er hatte sich ein frisches Hemd angezogen und trug eine Schüssel Suppe auf einem Tablett, das er auf einem kleinen Tisch neben dem Bett abstellte.

Er warf Sirkus einen Blick zu, der daraufhin etwas blass wurde und zurücktrat. Lajana hatte ganz vergessen, wie einschüchternd der Rachegott auf andere seines Volkes wirkte.

„Wenn Ihr mich entschuldigt -"

„Nein, bleib hier!" Vidar klang schroff, doch der Blick, den er Lajana zuwarf, war weich. „Vertraust du ihm?"

„Ja."

Vidar zeigte auf einen Tisch. „Setz dich!", wies er Sirkus an, der etwas nervös gehorchte.

„Wegen des Tees vor Eurer Vermählung …", versuchte er, sich zu rechtfertigen, doch Vidar hob die Hand.

„Es war sicher nicht der schlechteste Einfall." Vidar warf Lajana einen Blick zu. „Meine Braut war gelockert und gelassen."

Sie hob eine Braue. „Wie darf ich das denn verstehen?"

„Wie auch immer", sagte Vidar und setzte sich, nachdem er Lajana Platz angeboten hatte an den kleinen Tisch. „Du hast gesehen, was mit Kyros geschieht?"

„Ja, Herr."

„Nenn mich nicht Herr!"

„Ja, äh …"

„Vidar."

Sirkus nickte. „Vidar."

„Er durchläuft diesen Prozess, um unseren Feind in eine List zu verstricken, die ihn zu Fall bringen soll."

Sirkus sah zu Lajana hinüber, als wollte er sich bei ihr eine Bestätigung holen. Sie nickte.

„Welche Art von List?"

„Kyros hat uns verraten."

Der Heiler wurde ganz blass. „Kyros?"

„Ja."

„Hat die Gottkönigin mit dem Pfeil durchbohrt?"

„Ja."

„Hat das Wasser vergiftet, das meine Frau im Kindbett um ein Haar getrunken hätte?"

Vidar nickte. „So ist es."

Sirkus ballte die Fäuste. „Warum hat er das getan?"

Lajana öffnete den Mund, doch Vidar kam ihr zuvor. „Der Krieg vergiftet unseren Geist und unsere Herzen, bis uns für dessen Ende kein Preis mehr zu hoch erscheint." Er warf einen Blick zurück über die Schulter. „Doch unser Gegner hatte niemals vor, diesen Kampf enden zu lassen. Niemals."

„Wer …, wer ist denn unser Feind?"

Vidar stand auf, holte drei Gläser und eine Karaffe mit süßem Wein. „Der Nidhogg."

Sirkus riss die Augen auf. „Der Leichenfresser?"

Lajana nickte.

„Aber die Ragnarök, habt nicht Ihr selbst, Vidar -"

„Der Nidhogg war kein Feind, er war kein Freund." Er trank einen Schluck Wein. „Er war ein Schatten, der über die Schlachtfelder zog und sich seine Beute nahm. Die Ragnarök war ein Festschmaus für ihn."

Sirkus nickte. „Aber als die Schlachten endeten …"

„Verschwand er. Niemand hat mehr an ihn gedacht. Jeder hat die Schatten der großen Schlacht von sich gestoßen, zusammen mit den schrecklichen Erinnerungen."

„Und er befielt die Bestien?"

„Wir glauben, dass er sie erschaffen hat, dass er sie befielt und mit seiner Kraft versorgt, um sich selbst zu ernähren. Diese Kämpfe, sie sollen niemals enden. Sie sollen ihn auf ewig ernähren."

„Mit dem Blut und Leid der unseren?"

Lajana nickte.

„Und Kyros hat sich auf seine Seite geschlagen?"

„Er hatte den Nidhogg nicht durchschaut. Er konnte die Schlachten nicht ertragen und dachte sich, wenn er dem Nidhogg den Thron verschafft, hören sie auf."

„Aber als die Gottkönigin in unsere Welt trat, war der Thron nicht mehr der seine." Sirkus nickte, Lajana stimmte leise zu.

„Kyros hat sich uns heute offenbart", sagte sie leise. „Er hat seinen Frevel gestanden und sein Leben und Schicksal in unsere Hände gelegt."

Sirkus warf Vidar einen prüfenden Blick zu, als könnte er nicht fassen, dass er den Verräter am Leben gelassen hat.

„Die Gottkönigin ist weise, Heiler", sagte Vidar auf dessen Gesichtsausdruck hin. „Sie hat einen besseren Weg gefunden; einen Weg, der uns dienlich sein kann."

Sirkus sah Lajana an. Sie trank nicht oft Wein, aber momentan war ihr danach. Sie nahm einen Schluck und stellte das Glas vor sich ab, sah kurz in die rote Flüssigkeit, in der die letzten Strahlen der dritten Sonne tanzten.

„Wir haben Kyros als Spion für uns gewonnen. Der Nidhogg vertraut ihm."

„Wird er das nicht durchschauen? Er ist ein Geistwesen? Weder Gott noch Mensch."

„Deswegen durchläuft Kyros diesen Prozess. Er verändert seine Energie. Er wird zurückkehren zu seinem feindlichen Herrn und ihm erzählen, dass wir ihn durchschaut haben, dass Vidar ihn töten wollte und er nur durch dieses Wachstum, entkommen konnte; ein neues Gesicht, ein neuer Körper."

„Er wird uns berichten", fügte Vidar hinzu. „Er wird uns das erste Mal nach all den vergangenen Schlachten und gefallenen Freunden vielleicht den entscheidenden Hinweis liefern, wie dieser Gegner zu schlagen ist."

Sirkus sah zum Bett hinüber. Er wirkte ein wenig geschockt, und alles andere als überzeugt.

„Du vertraust ihm nicht", sagte Lajana.

„Es fällt mir schwer, einem Verräter Vertrauen zu schenken."

Vidar nickte. „Er ist vielleicht unsere einzige Chance. Das erste Mal in all den Jahren, dass wir dem Gegner womöglich einen Schritt voraus sind."

Sirkus blickte zwischen Lajana und Vidar hin und her. „Versteht mich nicht falsch", sagte der junge Heiler, „aber warum erzählt ihr das ausgerechnet mir?"

„Meine Mutter ist die letzte der alten Göttinnen", hob Vidar an. „Ich habe mit ihr gesprochen, sie um Rat gefragt. Denn der Nidhogg ist weder Gott noch Mensch, sein Körper ist nur ein Kleid, in das er schlüpfen oder das er ablegen kann. Er ist dadurch fast unmöglich zu besiegen. Aber wenn es uns gelingt, ihn direkt unter der Oberfläche des Sees festzuhalten, kann es gelingen."

„Und wie?"

„Da kommst du ins Spiel. – Du kennst dich mit Kräutern aus. Meine Mutter sagte, du wärst dafür in der Stadt angesehen, würdest die Plätze kennen, wo die seltensten Gewächse heimisch sind. Sogar die alten Heiler würden dich um Rat fragen."

Sirkus schluckte. Beinah schien ihm dieses Lob unangenehm zu sein. Schließlich nickte er. „Ich beschäftige mich gerne mit den Kräutern, ja."

„Es gibt eine Mixtur. Ein Gift. Meine Mutter sagt, sie hörte von ihrer Großmutter, die noch eine der Riesinnen war, dass es den Nidhogg zerstören kann, seine Essenz von innen heraus auflöst, wenn er damit in Berührung kommt." Vidars Blick fixierte Sirkus. „Du wirst diese Mixtur herstellen."

„Das tue ich natürlich gern, aber ich weiß nicht, ob ich alle Kräuter finden werde, die ich brauche. Ich weiß nicht, wie lange es dauern kann."

„Sprich mit meiner Mutter. Sie wird dir sagen, welcher Kräuter es bedarf, welche Kniffe die Zubereitung erfordert. Was immer du benötigst, es steht dir zur Verfügung."

Sirkus zögerte und Lajana begriff, warum. „Bring deine Frau und deine Tochter in den Palast", sagte sie. „Sie sollen an deiner Seite sein, so dass du ohne Sorge arbeiten kannst."

Sofort sackten die Schultern des Heilers vor Erleichterung herab. „Ich danke Euch, Hoheit."

„Lajana."

„Natürlich." Er verbeugte sich tief. „Lajana."

„Soll ich Wachmänner schicken, die die Deinen abholen?"

„Nein, wenn Ihr es erlaubt, möchte ich sie selbst herbringen."

Lajana nickte. „Aber natürlich. – Nimm trotzdem einen Wachmann mit!"

„Danke." Der Heiler erhob sich und verließ leise den Raum.

„Was denkst du?", fragte Vidar.

„Ich mache mir Sorgen." Sie hob den Blick, griff nach seinen Fingern und drückte sie. „Um die Männer und Frauen und Kinder, um Kyros, um dich ..." Sie seufzte. „Ich frage mich, ob dieser Weg, den wir nun einschlagen, der richtige ist. Wir müssen alle Krieger an die Seen schicken, um ins Wasser vordringen zu können, ohne von den Bestien erwischt zu werden, ohne den Nidhogg aus der Tiefe entkommen zu lassen. Es wird ... schwer sein. Vielleicht unmöglich. – Vielleicht schlagen wir einen Weg ein, der uns direkt ins Verderben führt."

Vidar legte seine zweite Hand auf ihre. „Ich fürchte, an dem Punkt, an dem wir mittlerweile angekommen sind, haben wir wenig Alternativen. – Sollen wir uns auf ewig von den Bestien überrennen lassen und dem Nidhogg als blutiges Futter dienen?"

„Habt ihr ihn denn jemals gesehen?"

„Nein. Aber wie ich schon sagte, sein Körper ist nur ein Kleid, das er trägt, wenn er will. Wenn sein Wesen über unsere Gefallenen hinweggleitet, dann spüren wir das Grauen nicht; nicht nach all dem, was die Bestien uns angetan haben. Er ist nur ein Schatten. Die Abwesenheit von Leben." Vidar hob den Blick und starrte in die Dämmerung. „Ich glaube, wir müssen diesen Schritt wagen. Es ist der einzige, der uns vielleicht Erlösung bringt."

„Wenn Kyros es übersteht."

„Ja." Sie hoben beide den Blick. „Wenn er es übersteht."

Zwei Tage vergingen.

Zwei Tage in denen Kyros in den Krämpfen und Mühungen seines Körpers gefangen war. Er streckte sich und wuchs, doch seine Wangen wurden hohl, die Augen lagen tief in den Höhlen. Seine Rippen und Ellbogen standen so spitz ab, dass es aussah, als würden sie jeden Moment die Haut durchstechen.

Wann immer es möglich war, flößte man ihm kräftige Suppe ein, massierte seine schmerzenden Knochen. Sirkus verabreichte ihm stärkende Tränke und schmerzlindernden Tee, wenn er nicht gerade in der Küche des Palastes an der Rezeptur arbeitete, die er von Vidars Mutter bekommen hatte. Einige Kräuter hatte er selbst in seinem Vorrat, andere musste er suchen an den äußersten Stadträndern, viel näher an den Seen, als es Lajana lieb sein konnte.

Doch der Nidhogg verhielt sich ruhig, die Bestien blieben unter Wasser. Es war, als würde er auf Nachricht seines Spions warten, auf die erfolgreiche Ermordung der Königin.

Doch beides geschah nicht.

Als Kyros sich am dritten Tag das erste Mal aufsetzte, war sein gebrochenes Bein verheilt. Doch sein Körper war ausgezehrt vom Wachstum. Sein Haar war schulterlang. Seine dunklen Augen waren ernster denn je, nichts Kindliches lag mehr darin, nichts verspieltes.

„Darf ich zu meinen Tieren?“ Es war seine erste Frage und Lajana gestattete es ihm. Sie ließ die Hunde und Katzen aus seinen Gemächern strömen, und sie scharten sich um ihn, legten sich zu ihm aufs Bett, wärmten ihn. Die Hunde winselten, die Katzen schnurrten.

Es war erstaunlich.

„Vielleicht ist es ein Geschenk“, sagte Vidar am Abend des dritten Tages, als sie sich mit ihrem Nachtmahl auf ihr Schlafzimmer zurückgezogen hatten.

„Was meinst du?“

„Diese Liebe zu den Tieren. Sie sind bar jeden Übels. Sie sind rein im Herzen.“ Er sah sie fest an. „Kyros hat über 200 Jahre lang die wärmenden Arme einer Frau verschmäht, hat den Kampf gescheut. Er hat weder an Diskussionen, noch an Fechtduellen, noch an einem Handwerk Freude gehabt. – Die Fähigkeiten seines Geistes zu trainieren, war mehr Zwang als Freude für ihn. – Nur diese Tiere scheinen ihm Kraft zu geben.“

Lajana nickte langsam. „Als ich ihn am ersten Tag zudeckte und seine Hand hielt, sagte er mir, dass seine Mutter das niemals für ihn gemacht hätte.“

„Sie war hart, die Schwester deiner Mutter. Sie war eine Geistkriegerin, eine starke und bedingungslose. Aber sie war keine Mutter … nicht wirklich. – Vielleicht hat er sich auch deswegen das Kindsein bewahrt: Weil er auf eine so bedingungslose Zuwendung hoffte, wie sie ihm seine Mutter nie gegeben hatte.“

„Die Tiere schon.“

„Ja, sie haben die besseren Herzen, wie mir scheint.“ Vidar nahm einen Schluck Wein und sah Lajana an. Ihr Herz schlug schnell, wenn sie in seine grünen Augen blickte, wenn ihr die Stille bewusst wurde und die Tatsache, dass sie ihn mit nichts und niemandem teilen musste.

„Wann werden wir uns vorwagen?", fragte sie leise.

„Morgen", gab Vidar zurück. Er fuhr sich mit einer Hand durch sein dunkles Haar. Eine Geste, die Lajana nun schon vertraut war. Etwas ging ihm gegen den Strich. Er sorgte sich.

„Ich muss an deiner Seite sein, Vidar. Es geht nicht anders."

„Ja, das weiß ich", gab er grimmig zurück.

„Und doch …?"

„Du bist die Königin."

„Ich weiß."

„Und meine Frau."

„Auch das ist richtig."

Er blickte sie fest an. „Ich will dich nicht verlieren."

Ihr Herz trommelte gegen ihre Kehle, als sie leise lächelte. Sie senkte den Blick, starrte auf ihre Hände, mit denen sie nicht so recht etwas anzufangen wusste. Doch dann sah sie wieder auf. „Nur ein paar Tage hat es gedauert, bis mir der Gedanke unerträglich wurde, dich wieder zu verlassen. Nur ein paar Tage, bis dieses Pochen in meinem Brustkorb so schmerzhaft wurde, bei dem Gedanken, dass ich dich verliere." Sie schüttelte den Kopf. „Nur ein paar Tage. – Es muss dir lächerlich vorkommen nach all den Jahrhunderten, die du schon gelebt hast."

Er packte so plötzlich nach ihrer Hand, dass sie regelrecht zusammenfuhr. „Ich habe gekämpft, Freunde, meinen Bruder und Vater verloren, deine Mutter. Ich habe getötet, befohlen und Befehle befolgt, ich habe getrauert, geplant, geschlafen und gegessen. Geatmet. – Aber wirklich gelebt, Lajana, habe ich erst ab dem Augenblick, da du vor das Portal getreten bist und mir deine Hand gegeben hast."

Er beugte sich vor und küsste sie.

Zwei Dinge pulsierten in ihr: Die Erregung und die Angst vor dem morgigen Tag.

Vidar zog sie auf sich, sah ihr in die Augen. „Zum ersten Mal in meinem Leben fürchte ich mich vor einer Schlacht, weil ich etwas verlieren könnte, das mir wertvoller ist, als mein Leben."

Sie lächelte, umfasste sein Gesicht mit ihren Händen. „Zufällig ist mir dein Leben sehr wertvoll. Und ich habe nicht vor, es irgendjemandem zu überlassen." Lajana löste die Bänder an ihrem Kleid und zog es sich über den Kopf, schmiegte sich an Vidar und seufzte. „Die Schlacht ist erst morgen, nicht heute. Wir haben noch so viele Stunden, die wir füllen können." Sie küsste ihn und ihre Finger glitten unter sein Hemd. Er erschauderte.

„Von dieser ruchlosen Seite an dir hatte ich ja keine Ahnung", hauchte er, umfasste ihre Taille und setzte sie kurzerhand auf die Tischplatte. Ein Rotweinglas fiel um, rollte vom Tisch und zersprang.

Lajana blickte in Vidars Augen. „Bis zum Morgengrauen vertreiben wir die Gedanken an diese Schlacht, Vidar. Versprich es mir."

Er zog sich das Hemd über den Kopf und beugte sich über sie. „Bis zum Morgengrauen."

KAPITEL 15

Der Morgen graute viel zu schnell. Und er endete mit einem wenig sanften Klopfen an der schweren Eichentür, die Lajana und Vidar so wertvolle Stunden lang von der Realität getrennt hatte.

„Wer ist da?“ Vidar war heiser, räusperte sich leise, während er sich aufsetzte und das Laken über Lajana zog.

„Kyros.“

Lajanas Kopf schnellte in die Höhe. Als sie Vidar ansah, gab er ein Achselzucken von sich. Er nahm sich eines der Laken und schlang es sich um die Hüften, bevor er zur Tür ging. Als er sie öffnete, sah Lajana nicht viel. Nur einen dunklen Haarschopf. Kyros schien genauso groß wie Vidar zu sein.

„Ich bin bereit.“

Während Lajana sich ein weites Leinenhemd über den Kopf streifte, stolzierte eine von Kyros Katzen ins Zimmer und warf ihr einen vorwurfsvollen Blick zu.

Vidar sah über die Schulter zu Lajana, die nickte. Daraufhin schob er die Tür auf und bat Kyros herein. Zwei weitere Katzen begleiteten ihn.

Aus dem Zwölfjährigen Jungen mit den großen Augen und den verschmitzten Grübchen in den Wangen war ein junger Mann geworden. Das rötliche Gespinst der gerissenen Haut zeichnete sich vor allem an seiner Kehle ab. Die Augen lagen tief in den Höhlen und das Gesicht wirkte ausgemergelt.

Lajana stand auf und zog ihm einen Stuhl heran.

„Setz dich", sagte sie und betrachtete ihn voller Sorge.

„Du bist richtig hässlich", befand Vidar und Kyros nickte.

Er nickte und als er sich setzte, zitterten seine Knie. „Ich wollte euch noch einmal danken", sagte er dann. „Für die Möglichkeit, mein Versagen auszugleichen."

Vidar blickte ihn ernst an. „Es wird dich womöglich das Leben kosten."

„Das ist ein Preis, den zu zahlen ich bereit bin, wenn damit alldem hier ein Ende gesetzt werden kann." Er strich sich das plötzlich schulterlange Haar zurück und kratzte sich am Kiefer, wo sein Bart zu sprießen begann.

Eine seiner Katzen sprang aufs Bett, knetete die zerwühlten Laken durch und rollte sich zusammen.

„Ich habe nicht vor, dein Leben zu opfern, Kyros. Aber es besteht die Möglichkeit, dass -"

„Ich kenne die Möglichkeiten!" Seine tiefe Stimme grollte in seiner Kehle und war ihm selbst ganz augenscheinlich fremd und unangenehm. „Ich stelle mich in euren Dienst. Wenn ihr mir sagt, was ich dem Nidhogg zu berichten habe, dann werde ich es tun. Ganz gleich, was es mich kostet."

Vidar nickte und setzte sich neben ihn.

„Du musst dich stärken, bevor du zu ihm gehst. Iss etwas, trink!"

„Ich bin stark genug."

„Das bist du nicht!" Vidars Stimme klang grimmig, doch Lajana hörte die Sorge darin. „Wir warten bis zum Abend, vielleicht bis zum nächsten Morgen. – Wann hast du dich üblicherweise zu ihm an die Seen gestohlen?"

Kyros schluckte. „Zu keiner bestimmten Zeit."

„Gut, dann lass uns den Abend abwarten." Vidar nickte und erhob sich. Sein Blick glitt suchend herum.

„Da hinten!" Lajana zeigte auf den Tisch, unter dem seine Hose lag. Er nickte.

Kyros lachte.

„Was ist?", fragte Vidar.

„Du bist glücklich." Er lächelte, aber es war ein trauriges Lächeln. „Ich beneide dich ein wenig."

Vidar fischte seine Hose unter dem Tisch hervor und kam zurück. „Du bist noch jung", sagte er. „Und du bist nun kein Kind mehr."

Kyros erhob sich hölzern. „Ich weiß selbst nicht, was ich bin. – Ich werde mir jetzt etwas zu Essen bringen lassen und in die Ställe gehen. Meine Muskeln müssen ein wenig geschmeidiger werden, sie fühlen sich an wie ein ranziges Stück Käse."

Er wandte sich zur Tür und brauchte eine halbe Ewigkeit, bis er den Raum durchquert hatte, obwohl er sichtlich versuchte, sich zu beeilen.

„Lass uns später sprechen", sagte Vidar noch. Kyros nickte, ohne sich umzudrehen. Dann machte er ein Pfeifgeräusch, das die Katzen sofort in die Höhe springen ließ. Sie liefen zu ihm und verschwanden mit Kyros aus dem Raum.

Lajana sah auf, beobachtete Vidar dabei, wie er das Laken um seine Hüften abstreifte, und dann in seine ledernen Hosen stieg. Als er sich zu ihr umdrehte, stand Anspannung in seinem Blick.

„Ich weiß nicht, was geschehen wird, wenn Kyros ihm berichtet", sagte er. „Wir müssen bereit sein für den Fall, dass er nicht zögert."

„Zuerst muss das Gift hergestellt sein." Lajana schwang

die Beine aus dem Bett und ließ die Zehen kreisen. „Ich gehe zu Sirkus und spreche mit ihm."

„Und ich gehe zu den Kriegern und schwöre sie ein."

Er setzte sich neben sie und drückte ihre Hand. „Wir müssen diesen Schritt vielleicht nicht gehen."

Sie lächelte. „Ich weiß, du willst mich beschützen. Aber wenn wir diese Schrecklichkeit beenden wollen, dann führt an genau diesem Schritt nichts vorbei." Sie hauchte einen Kuss auf seine kratzige Wange. „Und jetzt verschwinde aus dem Bett der Gottkönigin."

Vidar hob eine Braue. „Ganz schön aufmüpfig für so ein junges Ding!"

„Gehorche, oder …"

„Oder was?" Er verpasste ihr einen Stoß und warf sie buchstäblich in die Kissen. „Wo ist überhaupt deine Krone?"

Seine Hände glitten unter ihr Kleid und jagten hitzige Schauer über ihre Haut. „Hab ich verlegt", erklärte sie atemlos.

„Verlegt?"

„Mhm."

Er beugte sich über sie. „Ich kann ja mal sehen, ob ich sie finde …"

„Gute Idee."

„Vier Augen sehen mehr als zwei."

„Absolut."

Gerade als er ihr das Kleid über den Kopf ziehen wollte, klopfte es.

Vidar knurrte. „Wer ist da?"

„Ähm, ich bin es Hoheit."

Lajana formte stumm das Wort: „Sirkus."

„Was gibt es, Sirkus?", fragte sie dann und schob Vidar von sich.

„Ich bin fertig, Hoheit. – Das Gift ist gebraut!"

Vidar, Kyros, Lajana und Sirkus standen um eine Art Kochtopf herum, der in der Mitte der völlig verwüsteten Palastküche stand. *Verwüstet* war das einzige Wort, das hier verwendet werden konnte. Denn mindestens einhundert Töpfe, Tiegel, Phiolen und Gläser lagen und standen herum. Einige davon ergossen ihren wenig appetitlichen Inhalt auf die hölzernen Tische, auf denen sonst das Essen zubereitet wurde. Einige dampften. Der Geruch, der in der Luft lag, war gelinde gesagt als widerwärtig zu bezeichnen.

Lajana entging nicht, dass der königliche Koch leichenblass in der Ecke stand und versuchte zu begreifen, was man dem Ort seines Schaffens angetan hatte.

Kyros schluckte trocken, auch ihm entging der widerwärtige Geruch, der den Raum erfüllte, nicht. „Wird der Nidhogg das nicht wittern?“

„Nein!“ Sirkus rieb sich die Hände, er wirkte genauso übernächtigt wie euphorisch. „Das ist ja das Gute daran. Der Geruch von Verwesung, Tod und Verderben. Er ist dem Nidhogg selbst eigen. Was wir hier riechen ist nur … die Tarnung! Das eigentliche Gift versteckt sich unter dem Geruch. Es ist darin verkapselt.“

Lajana und Vidar wechselten einen Blick.

„Wie sicher bist du dir, dass es ihn tötet?“, fragte die Königin.

„Ich bin mir absolut sicher.“

„Warum?“, wollte Vidar wissen.

„Ich habe es getestet.“

Lajana runzelte die Stirn. „An wem?“

„An meiner Frau.“

„Was?“

Sirkus hob beide Hände und rief: „Martisa? Bist du hier?“

Aus dem Nebenraum kam eine junge, fast weißhaarige Frau zu ihnen, die sich vor Lajana tief verbeugte.

„Erheb dich!“ Lajana hatte Sirkus Frau bereits kennengelernt und betonte nun bereits zum dritten Mal, dass sie nicht wie ein Denkmal verehrt werden wollte. „Du hast das Gift probiert?“

„Nein. Nicht probiert.“ Sie übergab Sirkus das kleine, schmatzende Bündel, das sie auf dem Arm trug und trat an den Tisch. „Meine Eltern sind Geistkrieger“, sagte sie, blickte dann Vidar an. „Martera und Ovis.“

Er nickte.

„Ich habe die Fähigkeiten nicht ausgebildet. Ich habe mich auf die Erforschung von Kräutern verlegt.“ Sie sah kurz zu Sirkus auf, der nickte. „Alles, was ich über die heilsamen und zerstörerischen Kräfte der Natur weiß, habe ich von Martisa gelernt.“

Lajana lächelte. „Bitte, fahr fort!“

Sirkus‘ Frau nahm einen Löffel, tauchte ihn in den Topf mit dem übelriechenden Inhalt und hob ihn dann an. Sie holte ein Körbchen mit getrockneten Blättern und griff hinein, legte ein paar davon auf die hölzerne Ablage. Dann machte sie eine Handbewegung und die Luft strahlte plötzlich in den unterschiedlichsten Farben von Grau- und Brauntönen. „Die Farben des Todes“, sagte sie dann. „Die schwere Energie, die alles umgibt, das vom Leben verlassen wurde.“

Dann tröpfelte sie etwas auf die Blätter und plötzlich veränderten sich die Farben in der Luft. Aus Grau und Braun wurde sattes Grün, leuchtendes Violett.

Die Blätter blieben verdorrt, aber die Energie, die sie umgab, war voller Leben.

„Es nimmt dem Tod seine Kraft“, sagte Kyros leise.

Martisa nickte. „Ja, genau. Es drängt das Leben in jede Pore.“

Vidar verschränkte die Arme vor der Brust. „Ich sehe, dass es bei einem Sträußchen verdörrter Kräuter funktioniert", hob er an. „Aber wir sprechen hier von einem Wesen, dessen Kraft weder an einen Körper gebunden, noch endlich ist; das sich auf eine Weise von unserem Tod ernährt, die wir kaum verstehen. Was bringt uns dazu, zu glauben, dass dieser abscheuliche Trank den Nidhogg tötet und nicht nur – wenn überhaupt! – die Luft um ihn herum schön bunt macht?"

Sirkus nickte. Er reichte seine friedlich schlummernde Tochter an Lajana weiter. „Hoheit, wenn Ihr …"

„Oh!" Sie lächelte etwas nervös. „Ähm, sicher."

Sie nahm das schlafende Kind auf ihre Arme und wunderte sich für einen Moment, wie schwer es war. Die Lider wirkten wie zusammengekniffen und der Flaum, der auf dem rötlichen Köpfchen wuchs, war silbern. Lajana hatte noch nie ein Kind auf dem Arm gehalten. Als sie den Blick hob, beobachtete Vidar sie. Ein Lächeln lag auf seinen Lippen, dezent genug, dass man es erst auf den zweiten Blick sah.

Plötzlich war es so still um sie herum. Alle blickten sie an.

Lajana räusperte sich. „Sie … riecht so gut", bemerkte sie, sprach einfach das Erstbeste aus, das ihr auffiel.

Martisa lachte. „Nicht immer! – Sirkus?"

„Oh, ja." Er drehte sich um und griff nach einem Blatt. „Ich habe das hier aus der Völuspá abgeschrieben. Es ist ein Absatz darüber, wo der Nidhogg herstammt."

„Er hat … eine Heimat?", wunderte sich Lajana.

„Die Seherin schreibt, dass er an der Quelle allen Lebens Hvergelmir lebte."

„Hvelgelmir? Was ist das?"

„Die Quelle, die alle Seen und Flüsse mit Wasser speist. Sie entsprang einst am Weltenbaum. Dort soll der Nidhogg umgeben von unzähligen Schlangen gelebt haben."

„Das würde zumindest dazu passen, dass er sich im Wasser versteckt", befand Vidar.

„Ja, er trägt die Energie seiner Heimat in sich." Martisa hob das Körbchen mit den verdorrten Kräutern. „Dies ist Hvel-Kraut. Es wuchs im Tal des Hvelgelmir, wo der Nidhogg seinen Ursprung hat."

Kyros schüttelte den Kopf. „Das Tal ging unter, schon während des ersten Götterkriegs."

„Meine Großmutter war Geistkriegerin und Heilerin. Sie kämpfte im ersten Götterkrieg und sammelte die Kräuter zusammen mit vielen anderen, deren Ursprung lange zerstört ist. – Diese verdorrten Blätter teilen ihre Energie mit den Nidhogg, wie wir die unsere mit der Stadt teilen. – Was die dunkle Energie in diesen Blättern auslöscht …"

„Löscht auch den Nidhogg aus?", fragte Lajana.

Martisa nickte. „So sagt es die Völuspá."

Vidar hatte die Stirn krausgezogen, starrte auf den Pott mit übelriechendem Inhalt. „Das Risiko ist kaum abschätzbar", erklärte er nachdenklich.

„Ebenso wie die Chance, die sich uns bietet", fügte Kyros hinzu.

Vidar blickte den hageren Kyros an. „Das Risiko betrifft vor allem dich. Mit der Erlaubnis der Königin, überlasse ich dir die Entscheidung, ob du es eingehen möchtest."

Lajana nickte und sah Kyros abwartend an.

Dieser stützte die Hände auf dem Tisch ab und nickte. Er war leichenblass.

„Ich breche in einer Stunde auf."

Kyros kleidete sich an, stärkte sich mit einer Suppe und einem dick mit Butter beschmierten Brot, verabschiedete sich von seinen Tieren und ging zu seinem Pferd.

Selbst das Aufsitzen fiel ihm schwer. Sein Körper war nicht an die Größe gewöhnt, noch an die fehlende Kraft. Er brauchte zwei Anläufe, um sich in den Sattel zu heben.

Drei Dutzend Geistkrieger warteten an den Portalen. Und von den Palastwachen abgesehen, waren alle verfügbaren Männer gesattelt und bis an die Zähne bewaffnet bereit.

Vidar saß auf seinen Braunen auf, während Lajana den Rappen bestieg, den sie von der letzten Schlacht mitgenommen hatte.

Sie wechselten einen Blick.

„Es muss keine Schlacht geben", sagte Lajana. „Wir können ihn überraschen; ihn kampflos besiegen, wenn wir es richtig anstellen."

Vidar deutete ein Kopfschütteln an. „Wenn ich in meinem Leben überhaupt irgendetwas gelernt habe, dann wann die Zeit für eine Schlacht gekommen ist."

Lajana ritt an seine Seite, griff nach seiner Hand. „Wir werden es schaffen! Der Plan wird aufgehen!"

Vidar nickte, doch es wirkte nicht überzeugt. „Kyros ist entschlossen, aber ich glaube, der Nidhogg wird ihn durchschauen; wird aus den finsteren Tiefen fliehen, noch ehe wir unser Werk vollenden können. Und was dann über uns hereinbricht …"

Lajana spürte die eiserne Faust, die sich in ihrem Magen zusammenkrampfte. Kyros ritt an ihre Seite. „Lasst es uns hinter uns bringen", sagte er nickend. „Ich bin das Zaudern, Zögern und Verstecken so leid."

Die Königin nickte und hob die Hand. „Wir brechen auf!"

Die Portale brachten sie direkt zu den Sümpfen, die sich vor einigen der Seen erstreckten. Schroffe Felsen erhoben sich zu beiden Seiten und boten im Falle schlechte

Fluchtmöglichkeit. Lajana beobachtete Kyros, der eine kleine Phiole in der Hand hielt, die er dann in einer Tasche seines Brustpanzers verschwinden ließ. Dann hob er die Hand, drehte sich im Sattel.

„Ab hier reite ich alleine weiter!", erklärte er.

„Du sagst ihm, was wir besprochen haben", erinnerte Vidar ihn.

„Natürlich."

„Und wenn sich die Gelegenheit bietet …"

„Tue ich, was getan werden muss."

Vidar nickte. „Wir sind direkt hinter dir, mein Freund."

Kyros blinzelte, sichtlich gerührt. „Auf, dass wir uns wiedersehen!"

„Das Schicksal hält uns in seiner Hand."

Kyros sah auch Lajana noch einmal an, dann stieg er von seinem Pferd, klopfte es und drehte sich um.

Direkt hinter den Felsen erstreckten sich Sümpfe, die nur unterbrochen von gräsernen Inseln und halbkahlen Bäumen, die eher zu schwimmen, als wirklich mit dem Erdreich verbunden zu sein schienen.

Er sagte, sein Weg zum Nidhogg würde durch diesen Sumpf führen. Lajana hatte keine Ahnung, wie er sich zu ihm unter Wasser begeben wollte, ohne schlichtweg zu ertrinken. Doch als sich Kyros dem Sumpf näherte, wurde sie Zeugin von etwas, das sie selbst einem Geistkrieger nicht zugetraut hätte:

Kyros bewegte die Lippen, murmelte vermutlich irgendetwas und hob dabei die knochigen Hände. Praktisch gleichzeitig fing das moorige, bräunliche Wasser an zu brodeln, als würde es kochen. Es schäumte, schlug verwirrende Wellen und dann glitt es zurück, türmte sich auf, als würde Kyros eine unsichtbare Wand vor sich herschieben, der es nichts entgegenzusetzen hatte. Er trat vor, seine Schuhe versanken im schlammigen Grund, das Wasser wich weiter und weiter zurück und dann schwappte es über ihn hinweg.

Er war verschwunden.

Lajana sah zu Vidar, der starr auf den Sumpf blickte.

Er drehte sich zu seinen Kriegern. „Macht Euch bereit!“, befahl er mit einem langsamen Nicken.

Alle Männer und Frauen, ganz gleich ob mit Äxten und Schwertern oder mit ihren geistigen Kräften bewaffnet, standen da in allerhöchster Alarmbereitschaft.

Der Sumpf hatte Kyros einfach verschluckt, kein Lüftchen wehte, kein Geräusch war zu hören außer dem leisen Schnauben der Pferde, denen die Situation sicher genauso unheimlich war, wie Lajana selbst.

Sie starrte so lang auf die bräunliche Wasseroberfläche und atmete den modrigen Geruch ein, bis sie nicht mehr einschätzen konnte, wie lange sie schon warteten.

Als sie zu Vidar hinüberblickte, nickte er. „Etwa eine Stunde“, gab er auf ihre ungestellte Frage zurück.

Lajana ließ die Zügel los und rieb sich die fröstelnden Hände. Die Kälte, die sich in ihre Glieder fraß, hatte nichts mit der Umgebung zu tun, es war die Energie, die sich dunkel auf alles legte und es mit seiner Trägheit und Finsternis betäubte.

„Was ist, wenn er ihn nicht mehr gehen lässt?“, fragte Lajana.

Vidar antwortete nicht gleich, dann blickte er sie ernst an und sagte: „Ich weiß es nicht.“

Sein Pferd wurde allmählich unruhig und wollte nicht länger stillstehen.

„Wie lange sollen wir denn hier ausharren?“

„Solange es nötig ist. – Kyros wird seine Zeit brauchen, wer weiß, ob es dort unten überhaupt Regeln gibt, die sich unserer Zeit unterwerfen.“

Lajana runzelte die Stirn, doch noch ehe sie weiter nachfragen konnte, drang das Geräusch des Wassers an ihre Ohren. „Da!", flüsterte sie aufgeregt und blickte an den schroffen Felsen vorbei. Das Wasser schlug Wellen, brodelte, war aufgepeitscht von etwas, das sie nicht sehen konnte. „Er kommt zurück!"

Vidar hatte die Lider zusammengepresst. „Ich hoffe es."

Sie blinzelte nicht, bis ihre Augen brannten, den Blick fest auf die Wasseroberfläche geheftet, als könnte sie Kyros damit zwingen, dieser stinkenden Brühe lebend zu entsteigen. Wenn er jetzt an die Oberfläche kam, hatte der Nidhogg die Geschichte von Vidars Stoß in die Tiefe geglaubt.

Als tatsächlich der braune Haarschopf des hageren Kyros aus dem Wasser auftauchte, verschwamm ihr Blick.

Er wirkte abgekämpft, als er langsam emporstieg, schwach und blass, aber sichtlich unverletzt.

Mit schweren, mühsamen Schritten entfernte er sich vom Ufer des Sumpfes und kam auf die Felsen zu. Als er den Blick hob, sah er direkt zu Vidar, und obwohl keiner von beiden etwas sagte, war Lajana sich sicher, dass sie sich verständigten.

Vidar hob den Arm, die Faust geballt.

Sie blickte ihn schreckerfüllt an.

„Aber -"

„Mach dich bereit, Lajana." Seine leisen Worte waren wie Nadelstiche in ihren Ohren. Sie sollte sich bereit machen? Aber Kyros kam doch zurück! Unverletzt!

War die List nicht aufgegangen?

Gab es eine Bedrohung, die ihr verborgen blieb?

Noch ehe ihr Gedankenkarussell sich beruhigt hatte, erfasste sie plötzlich eine Böe! Eisig und schwer, als wäre der Wind mit Öl getränkt.

Kyros hatte sie fast erreicht, war so nah schon, dass sie fast die Hand nach ihm ausstrecken konnte. Doch es kam nicht dazu! – Denn bevor sie es schaffte, zischte plötzlich etwas durch die Luft. Es war nur ein Geräusch, dauerte kaum länger als ein Wimpernschlag. Kyros drehte sich halb, duckte sich und doch entfuhr ihm plötzlich ein stumpfer Laut, bevor er vornüber in den Morast sank.

Lajana schrie auf! Vidar fluchte, warf einem der Männer einen knappen Befehl zu, der vom Pferd sprang und Kyros an sich riss, um ihn an die schützende Felswand zu zerren.

Lajana versuchte, zu begreifen, was geschah, doch da sauste Vidars Arm schon herab. Er stieß seinem Pferd die Fersen in die Seite und sprengte nach vorn. Und Lajana folgte ihm.

KAPITEL 16

Sie ritten auf die Sümpfe zu, die Hufe der Kriegspferde donnerten hinter ihnen, die Erde bebte, die Luft vibrierte.

„Was ist denn passiert? Was -"

Vidar warf ihr einen Blick zu. Der Krieger in ihm war fokussiert, doch der Mann in ihm, voller Sorge. „Du musst dich schützen, Lajana! Benutz deine Kraft, um dich zu schützen!"

„Aber, was ist denn los? Hat er Kyros durchschaut?"

Noch ehe Vidar zu einer Antwort ansetzte, war es, als würde das Wasser der Sümpfe senkrecht in die Höhe schießen. Wie unzählige Geysire zischte es empor, legte den Grund frei, auf dem die Schrecklichkeiten nahten.

„Die Bestien!", rief Vidar. „Geistkrieger vor! - Lajana!"

Sie hatte ihre Kräfte nicht unter Kontrolle, wusste nicht, wie weit sie sie einsetzen konnte. Doch als die erste Bestie aus dem Morast stürmte und sich mit gefletschten Zähnen und blitzenden Klauen Richtung Vidar aufmachte, genügte nur der Gedanke, um sie fortzuwischen und wie eine Seifenblase an den Felsen zerschellen zu lassen!

Zwei Dutzend Geistkrieger schlossen zu ihnen auf, zerschmetterten die vorderen Reihen der Bestien. Doch immer mehr und immer mehr von ihnen strömten hervor, zerfurchten den schlammigen Grund, so tief und so lange, das es wirkte, als würden sie buchstäblich aus dem Schlamm auferstehen.

„Er darf das Wasser nicht verlassen!", rief Vidar. „Macht mir den Weg frei!"

„*Was?*", rief Lajana aus.

Doch die Geistkrieger gehorchten, ohne nachzufragen, ohne Bedenken. Sie zerschlugen die Bestien, die direkt vor ihnen waren, ebneten Vidar den Weg, der plötzlich eine Phiole aus der Tasche zog.

Lajana riss die Augen auf. „Was hast du denn vor?", brüllte sie gegen den Lärm der Schlacht an, die kaum begonnen hatte.

„Ich tue, was getan werden muss! Der Nidhogg darf das Wasser nicht verlassen! Wenn er erst einmal -"

Ein harter Schlag traf sie in die Magengrube, riss sie vom Pferd und katapultierte sie auf den Boden, mit solcher Wucht, dass sie atemlos und blind liegenblieb.

Plötzlich waren alle Geräusche wie gedämpft, als würde die Welt um sie herum eingepackt in Watte etwas sein, das sie gar nicht mehr zu interessieren hatte. Es war ein seltsam verlockendes Gefühl, doch da pochte etwas in ihr: Die Angst, die Panik, der unerträgliche Gedanke, Vidar zu verlieren.

Gegen all die Kräfte, die sie niederdrückten, riss sie die Augen auf. Vidar lag neben ihr, von seinem Pferd gerissen, halb bewusstlos. Vier Geistkrieger hatten sich um sie geschart, um die Königin zu schützen. Lajana rappelte sich auf die Knie, griff nach Vidars Hand, die plötzlich eiskalt war.

„Wach auf!", keuchte sie atemlos. Sie krabbelte zu ihm, beugte sich über ihn. Er war unverletzt und doch …

Mit aller Kraft holte sie aus und verpasste ihm eine Ohrfeige. Und als er nicht reagierte, noch eine.

Dann schlug er die Augen auf. Das satte Grün seiner Iris pulsierte. „Lajana …"

„Du musst aufstehen! Du musst -"

„Er ist hier!"

„Was?"

„Der Nidhogg." Er atmete schwer, versuchte, sich aufzusetzen, schaffte es aber im ersten Anlauf nicht. „Spürst du nicht die Kraft? Den dunklen Sog?"

Lajana schluckte. „Du darfst dich nicht darauf einlassen!"

Doch da fielen seine Augen schon wieder zu.

Weil sie sich nicht besser zu helfen wusste, schlug sie ihm noch einmal ins Gesicht!

Noch ehe er die Augen öffnete, lächelte er. „Ich mag deine sanften Hände, Lajana."

„Verdammt nochmal!", rief sie verzweifelt.

Die Bestien überrannten sie, die Schlacht uferte aus, tobte um sie herum, und durch die Krieger, die sie beschützten, waren sie buchstäblich im Auge eines schrecklichen Sturms, der alles zu verschlingen drohte.

Vidar hob die Lider. Doch er blickte nicht Lajana an, er sah an ihr vorbei.

„Sieh nach oben!", sagte er nur.

„Was?"

„Tu es einfach!"

Lajana hob den Blick. Erst jetzt begriff sie, dass plötzlich ein Schatten über ihr lag. Erst jetzt bemerkte sie die Finsternis, die auf sie niederdrückte und doch gleichzeitig an etwas in ihr zerrte, von dessen Existenz sie keine Ahnung gehabt hatte.

„Meine Königin!" Die Stimme schien aus dem Nichts zu kommen. Es war dieselbe Stimme, die Lajana in der Fins-

ternis des Sees geängstigt hatte, die in sie gedrungen war, wie pures Gift.

Sie schluckte, erhob sich leicht, ohne Vidar loszulassen. „Welcher Feigling verspottet mich und zeigt dabei nicht sein Gesicht?"

Obwohl sie vor Angst bebte, rief sie es gegen den Sturm der Schlacht. Der Schatten verformte sich, vibrierte, wurde greifbar fest.

Und noch ehe Lajana wirklich begriff, was geschah, hatte er einen Körper. Eine Gestalt. Ein Gesicht.

Ein kahler Schädel mit spitzen Ohren, schwarzen Augen, die tief in den bleichen Höhlen lagen. Die Nase spitz und lang, die Lippen bläulich. Ein Lächeln, das einem wie ein Speer durch alle Glieder fuhr.

„Ob ich mich wohl vorstellen muss?", fragte er dabei und bewegte nun eine Hand. Auf die Geste hin erhoben sich Dutzende der Bestien in die Luft und stürzten auf die kämpfenden Krieger nieder, die in hilflosen Schreien auseinanderstoben. Lajana zitterte, wenn sie nur daran dachte, wie viele Leben er allein mit dieser Geste ausgelöscht hatte.

„Du bist wohl verabscheuungswürdig genug, um dich zu erkennen." Obwohl sie davonlaufen wollte, erhob sie sich auf die Beine. Vidar war noch zu schwach, um es ihr gleichzutun. Also stampfte sie mit nur einem Bein auf und die Bestien um sie herum wurden buchstäblich von den Beinen gerissen. Sie sah die Geistkrieger an, die sie umringten. „Geht! – Helft den anderen!"

Eine der Frauen, sie kannte sie von dem Tag, als sich die Krieger vor dem Palast versammelt hatten, blickte sie aus schreckensweiten Augen an.

„Sind wir nicht alle verloren?", fragte sie tonlos.

„Nein!" Lajana sagte es mit so viel Überzeugung in der Stimme, dass sie es beinah selbst geglaubt hätte. Sie machte eine Geste, die Dutzende der Bestien zerstörte. Die Geistkrieger lösten den schützenden Kreis um sie herum auf, schlossen sich ihren anderen Kameraden an.

Lajana sah wieder zu der grässlichen Gestalt auf, die über ihr schwebte, als gäbe es keine Schlacht, kein Hinmetzeln. Als gäbe es nur ihn und sie selbst.

„Habe ich es dir nicht gesagt, Tochter der Finja? Habe ich dir nicht gezeigt, wie es enden würde?“

„Du hast mir nur eine hohle Wunschvorstellung gezeigt! Einen flüchtigen, zerstörerischen Traum, der dich belebt.“

„Dann bist du blind für das, was um dich herum geschieht! Blind, wie deine Mutter es war!“

Sie kniff die Augen zusammen. „Nur ihretwegen bin ich hier!“

„Und nur deinetwegen ist sie tot!“

„Wie kannst du es wagen -?“

„Ich habe euch so viele Angebote gemacht, so viele Möglichkeiten geboten, dieses Sterben zu beenden, dass ich es nicht zählen kann! Doch ihr Götter seid gierig, wollt mir nicht das kleinste Leben als Tribut zollen!“

„Tribut wofür?“

„Für die Ewigkeit! – Deine Mutter hätte nur ein Dutzend Männer und Frauen im Jahr opfern müssen, nur ein Dutzend, um mich zu nähren. Doch sie hat sich geweigert, hat die schrecklichen Schlachten vorgezogen! Und dein Cousin war noch jämmerlicher als sie!“

Sie presste die Lippen zusammen, während sich die Gestalt über ihr mehr und mehr festigte. Der Körper war ausgezehrt, steckte in einem schwarzen Laken, das ihn wie ein Totengewand umwehte.

„Nun bin ich es, die diese Welt regiert“, erklärte sie mit Nachdruck. „Ich bin die Gottkönigin!“

„Und bist du bereit zu einer Allianz? Ein Wort von dir genügt, ein kleines Opfer an Leben, um all dies hier zu beenden.“

„Ich soll meine eigenen Untertanen zur Schlachtbank führen? – Jene, die mir anvertraut sind?"

„Im Augenblick opferst du weit mehr." Er erhob sich ein wenig. „Unterwirf dich mir! Ernähre mich!"

„Und dann würdest du uns in Ruhe lassen? Die Bestien würden verschwinden?"

„Natürlich."

„Und welche Sicherheit hätte ich?"

Er lachte leise, ein Geräusch wie Dornen, die das Trommelfell zerfetzten. „Du müsstest mir schon vertrauen."

„Müsste ich das?"

Der Nidhogg fixierte sie mit seinen toten Augen. „Gib mir deine Antwort, Mädchen! Und gib sie mir schnell."

Lajana sah ihn direkt an. „Du willst meine Antwort? Du bekommst meine Antwort!" Sie ballte die Fäuste. „Meine Antwort lautet: - *Feuer*!"

Zuerst blickte er sie an, für einen langen Augenblick. Dann explodierte das Begreifen in seinen Augen, doch es war zu spät. Er riss den Kopf empor, doch da traf ihn der erste Pfeil, der von den Felsen auf ihn niedersauste. Dutzende folgten! Alle getränkt mit Sirkus' Gift. Sie durchschlugen ihn. Ein grässlicher Schrei drang aus seiner Kehle. Dickes, schwärzliches Blut rann aus den Wunden, die ihm geschlagen wurden, während seine Gestalt sich wand, verformte und schließlich nur noch ein Schatten war.

Lajana hob die Hand, der Beschuss hörte auf. Ihr Blick glitt hin und her, spürte der eisigen Energie nach, die der Nidhogg verströmte.

Doch genau diese Energie wurde schwächer und immer schwächer. Sie sah sich um.

Die Bestien taumelten wie betrunkene Seeleute; verloren das Gleichgewicht, stürzten zu Boden und erhoben sich nie wieder.

Es war, als würde es die Krieger einen langen Moment

kosten, bis sie begriffen, was geschehen war; dass der Gegner zerschlagen und vernichtet war.

Einige von ihnen brachen in wildem Jubel aus, anderen stürzten zu den verletzten Kameraden.

Lajanas Schultern sanken herab. Dann blickte sie zu Vidar, der noch immer auf dem Boden hockte. Er lächelte. „Du hast es wohl geschafft, Großkönigin. – Was für eine prachtvolle List!"

Sie streckte ihm die Hand hin und zog ihn mühevoll auf die Beine. „Ich ahnte schon, dass er hören würde, was wir in Kyros Gegenwart besprechen; dass er durch ihn hören kann. – Wie sonst hätten wir ihn zum Beschuss herauslocken können, als ihm das Gegenteil zu vermitteln?"

„Eine würdige Königin!" Er umarmte sie etwas hölzern. Als er wieder von ihr abließ, nickte er auf ihren fragenden Blick hin. „Ein oder zwei gebrochene Knochen. Nichts weiter!"

Lajana hob den Blick, sah hinüber zu Kyros, der die Hand hob. Er lehnte an einer der Felswände und nickte. Sie lächelte schwach, doch das Lächeln versiegte, als ihr Blick über das Schlachtfeld glitt. Herumirrende Pferde, blutbeschmierte Krieger, die sich über Verletzte beugten. Qualvolle Schreie, unsägliche Schmerzen.

„Wir haben so große Verluste", sagte sie leise.

„Aber es ist die letzte Schlacht gewesen, Lajana. Dank dir."

Freude zu empfinden war ihr angesichts des Anblicks, der sich ihr bot, unmöglich. Sie starrte auf eine der Bestien.

„Was hast du?", wollte Vidar wissen, während er probeweise seine linke Seite befühlte. Vermutlich waren ein paar Rippen gebrochen.

„Ich verstehe es einfach nicht!"

„Was?"

„Die Bestien."

„Sie sind tot, weil die Quelle versiegt ist, die sie mit Energie versorgte."

„Ja, das denke ich mir. Aber …"

Sie ging zu einem der Kadaver. Auf seinem unförmigen, übelriechenden Körper waren Flügel, viel zu schön, viel zu rein für dieses dunkle Wesen.

„Ich mag es nicht, wenn du so nah an diesen Biestern stehst."

„Es ist doch tot."

„Egal."

Sie schüttelte den Kopf. „Findest du nicht, dass diese Flügel stören?"

„Doch."

Lajana hob den Blick.

„Ich verstehe nicht, wie der Nidhogg sie hervorgebracht hat. Sie sind einem göttlichen Wesen vorbestimmt."

Bei diesen Worten kroch unwillkürlich eine Gänsehaut über Lajanas Nacken. „Ich habe da so ein … Gefühl."

„Was für ein Gefühl?"

„Ein schlechtes." Sie sah ihn an. „Ein richtig schlechtes."

Noch während sie es aussprach, wurden Schreie laut. Lajana wirbelte herum, hörte das metallene Schaben, das Vidars Klinge verursachte, als er sie aus dem Heft zog. Doch da wurde sie schon gepackt und in die Luft gezerrt. Sie schlug um sich, versuchte, die Kraft zu aktivieren, mit der sie in der Schlacht gekämpft hatte. Doch sie versagte. Sie wurde hoch in die Luft gehoben, hoch und immer höher. Sie sah hinauf, sah nur Flügel, die wild schlugen.

Plötzlich wurde sie fallengelassen. Die Geschwindigkeit, mit der sie fiel, raubte ihr den Atem. Sie durchschlug die Oberfläche des Sees und verlor das Bewusstsein.

KAPITEL 17

Sogar das Heben der Lider schmerzte. Lajana lag, sie wusste nicht wo, sie wusste nicht warum. Da war nur dieses dumpfe Pochen in ihrem Hinterkopf, das ihr signalisierte, dass etwas nicht in Ordnung war.

Dann fiel ihr der Druck auf ihren Lungen auf. Schmerzhaft, brennend.

„Du musst flach atmen, dann geht es."

Sie drehte mühevoll den Kopf. Alle Bewegungen waren verzögert und einen Moment später begriff sie auch, warum.

Panisch schoss sie in die Höhe, stieß sich jedoch sofort den Kopf an etwas; ein Käfig.

Ihr Puls explodierte regelrecht. Sie war unter Wasser; eingesperrt. Sie würde ersticken. Sie würde –

„Langsam!" Eine Hand umfasste ihr Handgelenk. „Dir wird nichts geschehen. Du bist stark. Du bist stark genug. Du musst nur …" Lajana sah die Frau an, die durch das Gitter ihre Hand hielt. Sie war in einem Käfig eingesperrt, genau wie sie selbst. Direkt nebenan. „Du musst nur flach atmen, etwas öfter als normal, dafür flach. Dann geht es. Dein Körper gewöhnt sich daran."

Lajana versuchte, sich zu beruhigen. Minutenlang. Der Puls hämmerte hinter ihrer Stirn, das Blut kochte in ihren Adern und ihre Lungen fühlten sich an, als wollten sie zerbersten.

Allmählich beruhigte sich ihr Herzschlag ein wenig, ihr Körper begann zu begreifen, dass er nicht sterben musste. Sie schlug die Augen auf und blickte die Frau an, die neben ihr saß. Ihr Haar war blond, wie ihres. Doch es war so lang, dass es ihr bis zu den Oberschenkeln reichte. Es schwebte im Wasser, was es unwirklich wirken ließ. Ihre Augen waren fast schwarz, das Gesicht ausgemergelt. Es war nicht schwer zu erraten, dass sie schon weit länger hier war, als Lajana es sich vorzustellen wagte.

„Du bist nicht Finja", sagte sie. Die Stimme pulsierte durch das Wasser, dumpf und leise.

Lajana schüttelte den Kopf, auch wenn der Wasserdruck ihr Widerstand leistete. „Ich bin ihre Tochter."

Die Fremde lächelte. „Sie hat es also geschafft."

„Du kanntest meine Mutter?"

„Oh, ja. Ich kannte sie. Und ihre Mutter. Und deren Mutter." Kurz glomm etwas in ihren dunklen Augen auf, das Lajana nicht einordnen konnte. „Ich bin Soniqua."

„Lajana."

„Bist du schon … gekrönt?"

Sie fragte sich, woher diese Fremde das wusste.

Für einen Augenblick durchzuckte sie der Verdacht, dass sie eine Spionin war, die das gleiche Schicksal vorgaukeln und dabei Lajana ausfragen sollte. Doch andererseits gab es nichts mehr, dass sie nicht preisgegeben hatten.

„Ja."

Die Fremde, die sich Soniqua nannte, nickte stumm.

„Wir haben den Nidhogg besiegt", sagte da Lajana.

„Das habt ihr."

„Wir haben ihn getötet."

„Da er nicht am Leben war, kann er nicht getötet werden, jedoch … die Energie, die ihn über endlose Zeit antrieb, habt ihr zerstört."

„Warum bin ich also hier? Wer hat mich hierhergebracht? Wer hat *Euch* hierhergebracht?"

„Erlaubt mir, dass ich mich vorstelle!"

Die Stimme war direkt hinter ihr. Sie fuhr herum, knallte mit dem Hinterkopf gegen die Gitter, als plötzlich ein Mann vor ihr stand; im Käfig mit ihr. Seine Augen waren hellblau, fast farblos. Und auf seinen kantigen Zügen lag ein Lächeln, das sie frösteln ließ.

„Grettir, meine Königin." Er verbeugte sich. Doch in seiner Verbeugung lag nichts als Spott und Hohn.

„Was wollt Ihr von mir?"

„Zuallererst? – Euch danken! – Dieser Tyrann, dessen Lächerlichkeit ich gezwungen war über all die Jahrhunderte hinweg zu ertragen, war erstaunlich widerstandsfähig, was Versuche anging, seine Existenz zu beenden."

Ihr Atem ging stoßweise, ihr wurde schwindelig.

Der Mann, der sich Grettir nannte, sah kurz zu Soniqua hinüber. Ihre Miene war schmerzverzerrt, gequält.

„Nach dem Krieg war ich gezwungen einen Weg einzuschlagen, der mein Überleben sicherte. Der Nidhogg war leider die einzige Möglichkeit, die sich bot."

„Nach dem Krieg?", fragte Lajana.

„Der Ragnarök."

Sie starrte ihn an. „Ihr habt gegen die Unseren gekämpft?"

„Schwer zu sagen. Wer genau sind denn die *Unseren*?"

„Die Männer und Frauen, die Frieden wollen! Die diese Welt von Grund auf neu errichtet haben!"

Er nickte. „Ja, dann habe ich wohl gegen die *Unseren* gekämpft. – Ihre Ziele waren mit meinen nicht zu vereinbaren."

„Und welche Ziele sollten das sein?"

„Natürlich zu herrschen!"

„Ihr zerstört das Königreich, das Ihr beherrschen wollt?"

Wieder lächelte er, dann verschwamm seine Gestalt. „Es ist nicht nur Euer Königreich, das ich unterwerfen möchte, Gottkönigin."

„Was? – Wie meint ihr das?"

Doch seine Stimme war verhallt.

Fast eine Stunde stand Lajana einfach da, starrte auf den Fleck, an dem Grettir gestanden hatte, und versuchte, zu begreifen, was an diesem Tag geschehen war: Sie hatten den Nidhogg überlistet, ihn und seine Bestien besiegt. Doch, anstatt den Frieden genießen zu können, der scheinbar über sie gekommen war, hatte sie erfahren müssen, dass es noch einen weiteren Gegner gab; einen Gegner, dem sie es überhaupt erst möglich gemacht hatte, aus dem Schatten zu treten. Und wie sich herausstellte, hatte er etwas vor, das Lajana nicht einmal ansatzweise begriff.

Doch was sie begriff, war die Tatsache, dass Soniqua mehr wusste; viel mehr.

„Wer ist er?", fragte sie deswegen, ohne sie anzusehen.

„Er ist der Schatten, der schon seit Ragnarök über uns liegt. Er ist ein Schmeichler, ein Täuscher, ein Puppenspieler."

„Was meint er, wenn er sagt, er will nicht nur meinen Thron? Was will er noch?"

Soniqua schloss für einen Moment die Augen. „Kennst du die Völuspá?"

„Die von der Seherin verfasst wurde? Ja."

„Sie ist nicht von hier. Sie entstammt dem Reich über den Wolken." Ihr Blick glitt für einen Augenblick nach oben.

„Was für ein Reich ist das?"

„Es ist diesem nicht unähnlich. Es ist eine Welt der Götter, doch sie leben nicht auf Gras und Fels. Sie wandeln auf Wolken und Nebel, leben in Schlössern, die niemals den Grund berühren. – Sie haben einen König. Von reinstem Herzen und doch …"

„Was?"

„Er hat seine Tochter verloren. Sie wurde ihm geraubt vor unzähligen Jahren."

„Von wem?"

Soniqua lächelte traurig und da begriff Lajana. „Das bist du? Du bist die Tochter?"

„Ja und Nein."

Lajana runzelte die Stirn. „Wie meinst du das?"

„Dem König wurde ein Tauschhandel vorgeschlagen."

„Die Tochter gegen den Thron?"

„Nein." Soniqua blickte sie fest an. „Der Thron beider Königreiche gegen die Tochter."

„Aber wie sollte -"

„Krieg. – Ein Krieg gegen die Götter deiner Welt. Eine Schlacht, aus der nur Grettir als Sieger hervorgehen kann."

„Der König hat sich nicht darauf eingelassen, obwohl es sein Herz gebrochen hat."

Lajana blickte in das blasse, ausgezehrte Gesicht ihrer Mitgefangenen. „Und was hat das mit mir zu tun?"

„Grettir kennt deinen Gemahl. Er kennt ihn nur zu gut."

„Was -?"

Soniqua blickte sie fest an. „Vidar wird anders entscheiden."

„Wie meinst du das?"

„Um dich zurückzubekommen, würde er die ganze Welt in Brand setzen!"

Lajana versuchte zu begreifen, was sie ihr da sagte; versuchte zu verstehen, dass sie zu einem Spielball geworden war. Einem Pfand.

„Vidar würde niemals ein unschuldiges Volk angreifen!"

„Das würde er nicht heute, und auch nicht morgen. Aber versteh doch: Grettirs Zeit ist unbegrenzt, genau wie seine Geduld. Er wird abwarten. Er wird mit Freuden beobachten, wie Vidar den Verstand verliert, ihn wiederfindet und von Neuem verliert, bis er zu allem bereit ist."

„Er wird mich auch so finden."

Soniqua lächelte traurig. „Niemand wird uns jemals finden, Lajana. Niemand."

Eine Gänsehaut kroch über ihren Nacken. „Wie lange bist du schon hier?"

Sie hob den Blick. „Seit Ragnarök", antwortete sie leise. „Seit über 600 Jahren."

Die Kraft in ihren Knien verließ Lajana, der Widerstand des Wasser dämpfte ihren wenig eleganten Versuch, sich hinzusetzen. „Unmöglich", hauchte sie.

„Du bist jung. Du hast das Ausmaß der Zeit noch nicht verstanden, kennst nicht ihre zerstörerische Macht. – Vidar ist der Gott der Rache, ein Krieger. Was denkst du, wird geschehen, wenn er ein Jahr vergeblich versucht hat, dich zu finden? – Oder ein Jahrhundert?"

„Er würde sein Volk niemals verraten!"

„Nein, das würde er nicht. – Aber er würde ein anderes zerstören, um dich wiederzubekommen."

Lajana schloss die Augen. „Und was tun wir jetzt?"

„Es gibt nichts, das wir tun können."

„Was macht dich so sicher?"

Sie lächelte freudlos. „Ich versuche es schon sehr, sehr lange."

Lajana schob ihr im Wasser schwebendes Haar zurück,

schlang es im Nacken zu einem Knoten, so gut es ging. „Wer ist er?", fragte sie dann.

„Grettir?"

Sie nickte. „Was gibt es über ihn zu wissen?"

Soniqua überlegte kurz. „Ein junger Gott aus gutem Hause", sagte sie dann, „dem das Leben zu langweilig war. Er trank und versank in den Armen all jener Frauen, die bereit dazu waren. Er war schön. Das ist er noch." Sie starrte in die Dunkelheit des Wassers. „Er tötete einen Mann im Streit. Eine Lächerlichkeit war der Grund. – Vor der Ragnarök waren die Königreiche in ständigem Kontakt, die Gottkönige berieten zusammen über die Schicksale derer, die zu solchen Taten bereit waren."

„Und was haben sie beschlossen?"

„Grettir wurde verbannt."

„Wohin ging er?"

„Nirgendwohin." Soniqua senkte den Blick. „Die alten Götter waren gnadenlos. Sie scheuten kein Mittel, um Verbrechen zu sühnen und weitere im Keim zu ersticken."

Lajana starrte durch die Gitterstäbe. „Was haben sie mit ihm gemacht?"

„Es gibt einen Ort zwischen den Welten, der einem die Sinne und den Verstand raubt. Die Könige haben seinen Geist gebrochen und ihn an diesen Ort gebracht. – Ich billige seine Tat nicht, aber … die Strafe war zu hart."

„Wie ist er von dort entkommen?"

„Der Nidhogg spürte seinen Körper, bar des Lebens und doch nicht tot. Er holte ihn zurück, war überzeugt, dass ein Mann aus Fleisch und Blut ihn ergänzen, ihm dienen würde. Aber Grettir hat stets seinen eigenen Zielen gedient. Und er wartet. So lange es nötig ist."

„Du meinst, das alles geschieht nun, weil er Rache will?"

„Rache, Genugtuung, Macht …" Soniqua lächelte traurig. „Für ihn lässt sich all das nun vereinen."

Lajana starrte in die Finsternis und schüttelte den Kopf. „Es ist unmöglich, dass man nichts tun kann." Sie sah auf. „Kannst du ein Portal öffnen?"

„Nein, von hier aus sind wir gegen die restliche Welt abgeschottet. Ich bin nicht ohne Fähigkeiten, doch dieser Ort hat mich all dessen beraubt, zu dem ich in der Lage bin."

„Bist du … eine Geistkriegerin?"

Soniqua lächelte traurig. „Etwas in der Art." Dann seufzte sie, schloss die Augen und legte den Kopf in den Nacken. „Erzähl mir etwas, Gottkönigin. Erzähl mir irgendetwas Schönes."

Lajana blickte sie traurig an, fragte sich, wie es sein musste, so lange hier zu existieren. Sie würde den Verstand verlieren, sie würde …

„Wie duften die Blumen an der Oberfläche?", unterbrach sie Soniqua. „Wie zwitschern die Vögel? – Wie fühlt sich Wärme an? Der Atem eines Mannes auf deiner erhitzten Haut? Ein köstliches Mahl? Eine Klinge in deiner Hand?" Sie öffnete die Augen und drehte sich Lajana zu. „Erzähl mir davon, wie es ist, zu leben!"

Sie wusste nicht, was sie antworten sollte, noch wie sie reagieren sollte. Am liebsten wäre sie in Tränen ausgebrochen, hätte an den Gitterstäben gerüttelt und ihre Verzweiflung hinausgebrüllt.

Doch sie tat es nicht. Sie holte so tief Atem, wie es der Druck des Wassers in ihren Lungen zuließ und öffnete die Augen, sah Soniqua an und lächelte.

„Der Duft der Blumen", sagte sie leise, „ist wie ein Schmeicheln, ein luftiges Streicheln, das die Sinne erfüllt mir tausend Farben und Gerüchen. Er liegt im Wind, unter den Schwingen der kleinen, bunten Vögel. Er ist der Bote des Sommers, versteckt sich zwischen Sonnenstrahlen." Soniqua schloss die Augen und lächelte leise.

Ihr ausgemergeltes Gesicht musste einmal wunderschön

gewesen sein. „Erzähl mir mehr", bat sie leise und während sich eine Träne mit dem finsteren Wasser vermischte, fuhr Lajana fort.

~

Neben dem Gedanken an Vidar, waren die Kälte und ewige Dunkelheit das Quälendste.

„Woher weißt du, wie viel Zeit vergeht?", fragte Lajana irgendwann. Sie hatte weder gegessen, noch getrunken – falls das in einem Zustand, in dem sie Wasser atmete, überhaupt möglich war – und sah die Sonnen nicht.

Soniqua sah auf. „Ich bin mit der Zeit verbunden, es ist schwer zu erklären. Sie spricht zu mir."

„Dann weißt du, wie lange ich schon hier bin?"

„Zwei Tage."

„Länger nicht?"

Ein leises Lachen. „Nein."

„Wie hast du nur die 600 Jahre überstanden?", fragte Lajana.

„Du kannst es vielleicht nicht sehen", gab Soniqua zurück, „aber eigentlich habe ich es gar nicht überstanden. Du weißt nicht, wie ich einst war."

Wie warst du denn einst? – Beinah hätte Lajana die Frage laut ausgesprochen, doch ohne Zweifel war sie viel zu schmerzhaft für ihre Mitgefangene. Stattdessen dachte sie daran, wie sie selbst war vor nicht allzu langer Zeit. Ihre Hand glitt an das goldene Mal unter ihrem Schlüsselbein.

Soniquas Blick folgte der Geste. „Der Kuss deiner Mutter?", fragte sie.

Lajana nickte gedankenverloren, erinnerte sich an die Vision der Vergangenheit, die Vidar ihr gezeigt hatte. „Ja", sagte sie dann, „bevor sie mich …"

Sie stockte. Ihr Herz setzte einen langen Moment aus,

bevor es wie entfesselt anfing zu rasen. Als ihr Blick Soniqua fand, verzog diese fragend die Stirn.

„Was?“, wollte sie wissen.

Doch Lajana wusste nicht, wie nah ihr Kerkermeister war, ob er jedes ihrer Worte hörte, ob er vielleicht gestaltlos mit ihr im Käfig saß und sich über ihre Verzweiflung amüsierte.

Deswegen verriet sie Soniqua nicht, woran sie dachte: An das Portal! – Doch, nicht die Portale, die in dieser Welt geöffnet wurden, nein. Sie dachte an das Portal, das nur sie selbst zu öffnen in der Lage war; das Portal, das sich der Macht der anderen entzog.

Vidar hatte ihr erklärt, dass der mit Samt verhangene, prunkvolle Spiegel nur eine Stütze war; dass sie selbst das Portal überall und jederzeit aus dem Nichts erschaffen konnte.

Was, wenn das auch hier funktionierte?

Was, wenn das eine Fluchtmöglichkeit war, von der Grettir nichts ahnte?

Als ihr Blick diesmal Soniqua fand, nickte diese leise, als hätte sie Lajanas Gedanken gehört oder wenigstens verstanden, dass sie etwas plante, das Grettir nicht wissen durfte.

Lajana erhob sich langsam. Es gab keinen Grund zu zögern, also sprach sie die Worte leise, aber aus vollster Überzeugung:

Dunkelheit
Finstere Einsamkeit
Horche auf, denn ich bin bei dir!
Schmeichle mir!
Portal der Spiegel, tu dich auf!
Denn deine Herrin steht vor dir!
Schlag die Brücke, lass mich sie sehen!

Schlag die Brücke, lass mich sie begehen!

Sie hielt den Atem an, sekundenlang.

Fast schon rechnete sie mit einer eisigen Berührung an der Schulter, einem brutalen Griff, der sie zurückhielt. Doch stattdessen zuckte und waberte die Dunkelheit, die sie umgab. Und noch ehe sie begriff, dass ihr eben gefasster Gedanke real wurde, öffnete sich das Spiegelportal vor ihr.

Ihr Blick flog zu Soniqua. „Ich komme zurück!", gelobte sie.

Irgendwo hinter ihr ertönte ein grimmiges Brüllen. Nein, nicht hinter ihr, um sie herum. Es drang auf sie ein, kam näher.

Lajana zögerte nicht. Sie stürzte nach vorne und noch ehe Grettir ihre List verhindern konnte, war sie durch das Portal gesprungen.

Kälte!

Sie hatte schon ganz vergessen, wie kalt und kraftlos die Welt war, aus der Vidar sie gerissen hatte. Und am erstaunlichsten war, dass sie sogar noch kälter war, als die eisige Tiefe, in der sie Grettir gefangengehalten hatte.

Wenigstens waren ihre Lungen wieder mit Luft gefüllt. Zumindest würden sie das sein, wenn sie erst einmal die Reste des moorigen Wassers herausgehustet und wieder auf die Beine gekommen war. Sie wirbelte noch immer hustend herum und schloss das Portal. Dann blieb sie auf dem Rücken liegen, hustete in die eisige Luft, spuckte die Reste des Wassers in ihren Lungen aus und holte rasselnd Atem.

Sie war entkommen.

Sie war Grettir und der eisigen Tiefe entkommen, geflohen in die Düsternis des Tempels, den sie die ersten zwanzig Jahre ihres Lebens ihr Zuhause genannt hatte.

Der Spiegelsaal war leer und Dunkelheit drückte gegen die Fenster. Es war Nacht.

Sie durfte keine Zeit verlieren. Und obwohl der Druck der fremden Welt wie ein Bleigewicht auf ihrer Brust lag, rappelte sie sich auf und ging zum Portal.

Lajana war schon beinah hindurchgetreten, da hörte sie bitterliches Weinen aus dem Nebenraum. Sie konnte nicht anders, sie musste nachsehen.

Vorsichtig schlich sie sich zur Tür und zog sie einen Spaltbreit auf. Der Anblick, der sich ihr bot, fuhr wie ein Pfeil durch ihr Herz. Ein kleines Mädchen, umringt von den Frauen, die sie großgezogen hatten, weinte, saß zusammengekauert auf einem Hocker.

„Wenn du dem König nicht entsprichst", drohte ihre einstige Lehrerin, „dann wird er dich in die Gosse werfen und du wirst bitterlich erfrieren!"

„Aber … ich … schaffe es nicht. Ich kann das nicht." Sie hob den Blick und ihr Gesicht war tränennass. „Können Sie mir nicht helfen?"

Ihre Lehrerin erhob sich, Lajana erinnerte sich nicht an die Härte in Muriels Blick. „Du musst es selbst schaffen. Du bist eine Kyrische Jungfrau."

„Ich habe Hunger", wisperte die Kleine.

„Du wirst essen, wenn du deine Lektionen gelernt hast." Mit diesen Worten wandte sie sich ab und ging.

Das Mädchen sank wieder in sich zusammen und weinte. Es kostete Lajana alle Überwindung, nicht zu ihr zu laufen und sie in ihre tröstenden Arme zu schließen.

Doch sie konnte nicht.

Sie musste zurück zu Vidar.

Sofort!

Sie lief zum Portal zurück, öffnete es schnell. Sie wusste nicht, wie sie den Palast bewusst ansteuern konnte, aber sie fixierte ihre Gedanken auf Vidar und den Ort, an dem sie ihn das erste Mal gesehen hatte, als sie durch diesen Spiegel blickte.

Die matte Schwärze des Spiegels begann sich zu bewegen. Das Portal öffnete sich und als sie die Terrassen des Palastes erkannte, sprang sie kurzerhand hindurch.

Als sie die Energie ihrer Welt durchströmte, sank sie vor Erleichterung auf die Knie.

„Die Königin!"

Sie hob den Blick, als der Ruf gellte. Noch immer hustend rappelte sie sich auf die Beine.

Ein Wachmann lief auf sie zu, nein ein Diener.

„Paruk!" Ihre Stimme war kaum mehr als ein Hauch. Er fasste sie um die Mitte, als ihre Knie nachgeben wollten. „Hoheit! Welch ein Glück! Ihr seid unverletzt."

„Das bin ich, Paruk. Ich … - Wo ist Vidar?"

Der Blick des Dieners verfinsterte sich. „Er ist …"

Sie riss die Augen auf. „Was? – Was ist er?"

„Er ist von Sinnen, Hoheit."

„Wo ist er?"

„Im Kerker."

„Er hat sich selbst einsperren lassen. Er hat die Völuspá und Euren Cousin bei sich. Sie haben seit Eurem Verschwinden vor fast drei Tagen mit niemandem Kontakt aufgenommen."

„Wo ist Kaspia?"

„Die Mutter des Königs ist im Gebet in ihren Gemächern."

Lajana holte tief Atem. „Bring mich in den Kerker, Paruk."

„Natürlich, Hoheit."

Obwohl es ihm als Diener sicher nicht zustand, die Königin ohne ihre Erlaubnis oder Aufforderung zu berühren, schlang er sich ihren Arm um die Schulter und stützte sie, während er mit ihr vorsichtig die Treppen hinunterging. Auf dem Weg nach unten warf er einigen Männern Befehle zu.

„Ich lasse etwas zu Essen in den Kerker bringen", sagte Paruk. Es war keine Frage.

„Danke", gab sie nur kraftlos zurück.

Paruk führte sie eine weitere Treppe hinab. Sie führte in einen Keller.

Plötzlich ein lauter Knall.

Lajana zuckte zusammen, Paruk ließ sie langsam los.

„Er ist wie aufgelöst, Hoheit. Er …"

„Ich verstehe schon, Paruk. Ich danke dir." Sie spürte Vidars Energie, halb zerstört und zerfurcht, noch ehe sie ihn sehen konnte. Dann bog sie um eine Ecke und blickte zuerst auf Gitterstäbe. Völlig fassungslos sah sie, dass sie blutbeschmiert waren. Lajana war wie erstarrt.

Vidar schlug mit einer Axt auf die steinernen Wände ein, bis die Funken sprühten. Seine Kleider waren zerrissen. Es waren noch die, die er in der Schlacht getragen hatte. Kyros stand am Tisch, hielt die Völuspá in der Hand, als wollte er sie schützen und ertrug Vidars Ausbruch schweigend.

Paruk räusperte sich, was in Vidars Toben völlig unterging. Dann stampfte er mit seinen schweren Stiefeln geräuschvoll auf und rief: „Die Gottkönigin!"

Kyros hob den Blick als erstes. Er hatte ein wenig zugenommen, doch seine schwarzen Augen lagen noch immer tief in den Höhlen.

Noch immer hatte Vidar ihr den Rücken zugekehrt.

Lajana trat vor, zog die Gittertür der riesigen Zelle auf.

„Vidar", sagte sie leise.

Sein Kopf fiel auf die Brust, die sich unter schweren Atemzügen hob und senkte.

„Willst du dich nicht umdrehen?"

„Bist du etwas, das mein Geist mir vorgaukelt? Eine Geisel meiner Gedanken?"

Sie kam näher. „Ich bin nicht die Geisel deiner Gedanken." Vorsichtig streckte sie die Hand nach ihm aus. „Ich bin die Herrin deiner Sinne, weißt du noch?"

Seine Axt fiel zu Boden, ein unnatürlich lautes Klirren auf dem Steinboden.

Sie fasste nach seinem Handgelenk. Es war heiß und verschwitzt. Als Vidar sich noch immer nicht rührte, umrundete sie ihn. Seine Augen waren geschlossen, als würde er sich nicht trauen, sie zu öffnen; als hätte er Angst, Lajana wäre nur eine Vision, die verschwand, sobald er die Lider hob.

„Vidar", sagte sie leise. Ihr Blick verschwamm, als sie das Beben in seinem Kinn bemerkte und flüsterte: „Du verfluchter, sturer Hund, mach endlich die Augen auf!"

Er lachte, doch es klang wie ein Schluchzen. Er streckte die Arme aus und zerrte sie an sich, presste sie so fest gegen seinen Brustkorb, dass sie keine Luft mehr bekam.

„Ich dachte, du wärst verloren", sagte er leise. Strich dabei über ihr feuchtes Haar. „Ich dachte, das Schicksal hätte uns auf ewig verflucht."

„Du erdrückst die Gottkönigin!", mischte sich Kyros ein, der nähergekommen war. Als Vidar sich vorsichtig von Lajana löste, das erste Mal in ihre Augen blickte und dabei ungläubig den Kopf schüttelte, strahlte sie vor Glück.

„Geht es dir gut?", wollte Vidar wissen. „Ist dir etwas geschehen?"

„Nein, alles ..." Sie schluckte. „Es geht mir gut."

„Wo warst du?", fragte Kyros.

„Im Wasser."

Vidar runzelte die Stirn. „Drei Tage lang?"

Sie nickte.

„Aber wir haben den Nidhogg doch besiegt!" Kyros hielt noch immer die Völuspá vor seine Brust gepresst.

„Das haben wir", stimmte ihm Lajana zu. „Doch er hatte einen Verbündeten. Einen Verbündeten, der nur auf die Gelegenheit gewartet hat, dass jemand dafür sorgt, dass er aus dem Schatten des Nidhogg treten kann."

„Was wir freundlicherweise erledigt habe?", hakte ihr Cousin nach und sie nickte.

„Genau."

„Wer ist er?", wollte Vidar wissen.

„Grettir." Allein, wenn sie den Namen aussprach, bekam sie eine Gänsehaut.

Die beiden ungleichen Männer runzelten die Stirn.

„Kenne ich nicht", erklärte Kyros, doch Vidars grüne Augen flackerten auf.

„Ein Aufrührer, ein dummer Junge, dessen Zorn in die falschen Bahnen gelenkt wurde. Er beging einen Mord."

„Und dann?"

„Mein Vater und Sorus straften ihn mit Bannung."

Während Kyros die Stirn runzelte, begriff Lajana, dass Sorus der König des Reichs über den Wolken sein musste.

„Wohin wurde er verbannt?"

„In die Zwischenwelt."

Kyros entglitt ein Fluch. „Wie konnten sie das tun?"

„Es war eine harte Strafe", stimmte Vidar zu. „Und doch wollten die Gottkönige der beiden Reiche ein Exempel statuieren. Heimtückischer Mord wurde ohne Gnade bestraft." Er blickte Lajana an. „Hat der Nidhogg ihn befreit?"

„Ja, er brauchte Verbündete aus Fleisch und Blut; Verbündete, die Euch und Euresgleichen zu hassen gelernt hatten."

„Da hatte er ja in Grettir den richtigen gefunden", nickte Kyros grimmig.

„Und Grettir hat dich gefangen gehalten? Unter dem Wasser?"

„Ja."

„Wie konntest du entkommen?"

„Ich habe das Portal in meine alte Welt geöffnet. Und von dort bin ich hierhergekommen. Er konnte mir nicht folgen."

„Warum tut er das alles? Was will er denn?"

„Er will Rache. Und er will Macht." Lajana blickte zwischen Vidar und Kyros hin und her. „Er will beide Königreiche in Blut ertränken und dann als König in Schrecken herrschen, oberhalb, sowie unterhalb der Wolken."

Vidar schüttelte den Kopf. „Woher weißt du das alles? Hat er dir das erzählt?"

„Nein." Sie schluckte. „Ich war nicht die einzige Gefangene."

„Was?"

„Eine andere Frau, die schon …" Lajana presste kurz die Lider aufeinander, unterdrückte das Zittern, das sie bei der Erinnerung befallen wollte. „Sie ist schon seit der Ragnarök seine Gefangene."

„Gütige Schicksal", hauchte Kyros. „Wer ist sie?"

Lajana drängte ihre Tränen zurück. „Sie heißt Soniqua."

Plötzlich wechselten Vidar und Kyros einen Blick. Etwas lag darin, das sie weder begriff noch einordnen konnte.

„Was … was ist denn? Kennt ihr sie?"

„Gewissermaßen", erklärte Kyros, schüttelte den Kopf und meinte an Vidar gewandt: „Wenn er es geschafft hat, ihre Fähigkeiten zu nutzen, sie sich zu eigen zu machen …"

„Unvorstellbar", erklärte Vidar.

Lajana schüttelte den Kopf. „Warum ist das unvorstellbar? – Wer ist sie denn?"

Vidar blickte sie fest an. „Soniqua ist eine Seherin. Genaugenommen … ist sie *die* Seherin. – Sie hat die Völuspá verfasst. Sie hat die Zukunft bis auf tausende Jahre vorhergesagt. Sie ist allmächtig. Sie …“

„Sie sitzt in einem Käfig unter dem See und das seit hunderten von Jahren“, gab Lajana zurück. „Bist du sicher, dass du sie nicht verwechselst?“

„Hatte sie Flügel?“, fragte Kyros.

„*Was?*“

„Ob sie Flügel hatte!“

„Nein! – Zumindest habe ich keine gesehen.“

Vidar warf wieder einen dieser Blicke Kyros zu. „Er hat ihre Fähigkeiten, ihre Gabe.“

„Ihre Flügel.“ Kyros war noch blasser als vorhin. „Er hat alle Macht.“

Vidar griff nach der Völuspá, er drehte sich um und legte sie auf den Tisch. Dann schlug er die letzte Seite auf. Wie Lajana überrascht feststellte, war sie versiegelt.

„Du musst das Siegel brechen, Lajana“, sagte er.

Sie trat vor und starrte auf das glänzende, rote Rund. „Warum?“

„Weil der Augenblick gekommen ist, das letzte Portal zu öffnen.“

Lajana verstand kein Wort. „Welches Portal?“

„Das Portal, das seit über 3.000 Jahren niemand mehr geöffnet hat. – Das Portal, dessen Magie nur die Seherin Soniqua kannte.“

Kyros nickte. „Das Portal zum Königreich über den Wolken.“

KAPITEL 18

Nachdem Paruk mit einem Tablett voll dampfendem Essen und einer Karaffe Wein im Kerker aufgetaucht war, beschlossen die drei sich eine Stunde Ruhe zu gönnen. Lajana wollte ein Bad nehmen und die nasse Kälte von ihrer Haut waschen.

Als sie die Tür hinter ihren Gemächern schloss, griff Vidar nach ihrem Arm und küsste sie. Es war kein Kuss voller Begehren, sondern voller verzweifelter Liebe.

Sie schloss die Augen und presste sich gegen ihn, sog den Geruch seines Körpers tief in ihre Lungen.

„Wir dürfen keine Zeit verlieren", sagte sie dann, als sie sich von ihm löste, was er widerwillig geschehen ließ. „Sie ist dort unten. Sie …" Lajana schüttelte den Kopf. „Du kannst dir nicht vorstellen, wie sie aussieht. Wenn diese Soniqua die starke Kriegerin ist, die auf der ersten Seite des Buches abgebildet ist, dann hat sie nichts mehr mit dem gemein, was sie einst war."

Vidar runzelte die Stirn. „Nach 600 Jahren der Gefangenschaft …"

„Sie erzählte mir, Grettir hätte versucht, sie einzutauschen. Sie hatte sie ihrem Vater angeboten gegen den Thron beider Königreiche."

„Davon wusste ich nichts."

„Warum stehen die Königreiche nicht in Kontakt?"

„Sie haben sich nichts zu sagen."

Lajana runzelte die Stirn. „Ein alter Streit?"

„Nein, eher ein …" Er überlegte. „Es ist wie mit Hunden und Katzen. Sie sind sich nicht zwingend Feind, sprechen nur unterschiedliche Sprachen. Was der eine freundlich meint, empfindet der andere als provokant."

„Also doch ein Streit."

„Eher ein vernünftig gewählter Abstand."

Sie schüttelte den Kopf, wandte sich ab und ging einige Schritte. „Du weißt nicht, wie es dort unten war, Vidar. Es geht ihr schlecht. Sie ist nur ein Schatten. Wir müssen ihr helfen."

„Ohne Sorus können wir nichts tun."

„Warum nicht?"

„Er ist ihr Vater."

„Na, und?"

„Die Gesellschaft dort oben funktioniert anders", erklärte er. „Ein Patriarchat. Männer entscheiden für ihre Frauen und Töchter."

Lajana hob eine Braue, was Vidar zum Lachen brachte. „Für eine Gottkönigin vermutlich schwer vorstellbar."

„Vor allem ist es schwer vorstellbar, dass dich solche Regeln interessieren."

„Tun sie nicht!"

„Also?"

„Also, was?"

Lajana ging zum Tisch, wo die Völuspá lag. „Meinetwegen können wir dieses Siegel brechen. Meinetwegen öffnen wir ein Portal in dieses Königreich. Aber sollte dieser Gottkönig auch nur einen Sekundenbruchteil zögern, dann werde ich selbst zurück in diesen Tümpel steigen, und sie da rausholen."

Vidar erhob sich. „Meine kämpferische Königin."

„Ich meine es ernst!"

„Das weiß ich. Ich frage mich nur, *wie* du sie befreien willst. Grettir wird ihr kaltes Gefängnis dort unten nun zehn Mal so gut bewachen, wo du ihm entkommen bist."

Damit mochte er rechthaben. Doch Lajana ließ sich nicht beirren. Sie hob den Kopf. „Paruk?"

Die Tür ging auf. „Herrin?"

„Lass Kyros ausrichten, dass er in einer Stunde hier sein soll. Bitte auch Kaspia zu uns."

„Natürlich, Hoheit."

Er schloss die Tür hinter sich und Vidar betrachtete Lajana mit gerunzelter Stirn. „Was hast du vor?"

„Zuerst nehme ich ein Bad, vorzugsweise mit meinem Gemahl."

Sein Mundwinkel zuckte. „Und dann?"

„Dann öffne ich das Portal zu Soniquas Vater, in Begleitung zweier alter Götter und meines stärksten Geistkriegers. Und ich werde diesen Männern zeigen, dass sie eine Königin zu respektieren haben."

„Ein guter Plan."

„Fehlt nur noch eines."

„Was?"

Sie sah sich um. „Wo habe ich nur meine Krone?"

~

„Er ist tot."

Lajana, Kyros, Vidar und Kaspia wechselten einige fassungslose Blicke. Nachdem sie das Siegel erbrochen und ein Portal geöffnet hatten, das sie direkt in einen riesigen Marmorsaal gebracht hatten, um den herum nichts weiter als

Wolken zu sehen waren, starrten sie dem förmlich gekleideten, jungen Mann ins Gesicht.

„Tot?", wiederholte Kyros, der als erster seine Stimme wiederfand.

„Tot. – Der gütige Saros verließ uns vor über zweihundert Jahren."

„Wie kam es dazu?", wollte Vidar wissen.

„Ein Unfall."

Er warf seiner Mutter einen kurzen Blick zu, nickte aber dann. „Die Gottkönigin hat wichtige Kunde."

„Der gütige Eianos behütet nun das Reich über den Wolken", erklärte der Fremde. Lajana starrte immerzu auf das riesige Flügelpaar, das an seinem Rücken zusammengefaltet war. „Mit seiner Erlaubnis bringe ich die Gottkönigin zu ihm."

„Ich bin in Begleitung meiner Familie", gab Lajana zurück. „Ich bin mir sicher, der gütige Herrscher wird auch sie empfangen."

„Ich bedaure. – Als Befehlshaber der Palastwache und Leibgardist des Eianos kann ich nicht gestatten, dass Ihr Euch in Begleitung eines Geistkriegers und eines bis unter die Haarspitzen bewaffneten Gottes der Rache befindet, wenn Ihr ihm gegenübertretet."

Lajana warf Vidar einen Blick zu.

„Aber ich werde meine Schwiegertochter doch begleiten dürfen", meldete sich da Kaspia zu Wort.

Der Leibgardist lächelte geringschätzig. „Ein weiteres Weib wird wohl keine Gefahr darstellen."

Während Lajanas Kinnlade herunterfiel, blieb Kaspia völlig gelassen, lächelte demütig. „Vielen Dank", sagte sie nur und folgte mit Lajana dem geflügelten Soldaten.

. . .

Der Palast, durch den sie geführt wurden, war dem ihren nicht unähnlich. Nur die Luft war anders; sie war kälter, klarer. Das Licht schien bläulich.

„Wie ist Euer Name?“, erkundigte sich Lajana, der es gar nicht passte, wie eine Dienstmagd behandelt zu werden.

„Tritos“, erklärte er, ohne sich umzudrehen.

Lajana blickte zu Kaspia, die eine beschwichtigende Geste machte.

„Ist der gütige, neue Herrscher mit seinem Vorgänger verwandt?“

„Nein. – Leider war Eianos der letzte seiner Familie.“

Lajana schluckte. Sie konnte sich in etwa vorstellen, wie interessiert dieser neue König an einer Gefangenen war, für die er nicht nur Waffen und Männer aufbieten, sondern überdies auch noch den Thron räumen sollte.

Bis sie eine große Marmortür erreichten, die scheinbar von Geisterhand aufschwang, sagte sie kein Wort mehr.

Tritos drehte sich um. „Wartet und schweigt, bis der gütige Eianos Euch zu sprechen erlaubt.“

Lajana ballte die Fäuste, presste die Lippen aufeinander und nickte grimmig.

Der Leibgardist trat vor, stolzierte wie ein eitler Pfau in den riesigen Thronsaal, dessen Marmorwände so hell waren, dass sie regelrecht blendeten. Er breitete die Flügel aus, als wollte er den Blick auf den Thron, der vermutlich am Ende des Saals lag, nicht freigeben wollen.

„Du musst Ruhe bewahren, Lajana“, flüsterte Kaspia. „Die Macht liegt oft darin, seine Macht nicht zu zeigen.“

Bevor sie zu einer Antwort ansetzen konnte, kam Tritos zurück.

„Der gütige Eianos empfängt Euch.“

Lajana nickte und zusammen mit Kaspia folgte sie Tritos.

Sie musste den Blick weit in den Nacken legen, um den

Herrscher über den Wolken sehen zu können. Denn sein Thron stand auf einer riesigen Marmorpyramide. Er blickte auf Lajana herab. Sein Gesichtsausdruck war abschätzig, sein Blick gelangweilt.

„Ihr seid also das Weib, das dort unten … herrscht?"

Sie dachte an Kaspias Worte und riss sich zusammen. „Ich bin Lajana", antwortete sie, zeigte dann auf Vidars Mutter. „Kaspia von Asteria."

Der König würdigte sie keines Blickes. Auf seinem Kopf saß eine protzige Krone mit unzähligen Edelsteinen. Sie musste ein nicht unerhebliches Gewicht darstellen.

„Was wollt ihr hier?"

„Wir wollten Euch um Eure Hilfe bitten."

„Wofür?"

„Seid ihr über die Vorkommnisse unterhalb der Wolken informiert?"

„Ihr meint das Schauspiel, das Eure Soldaten und diese grässlichen Biester in regelmäßigen Abständen geben?"

Lajanas Wut kochte heiß in ihren Adern. „Dieses Schauspiel", brachte sie mühevoll beherrscht hervor, „kostet unzählige Männer und Frauen das Leben."

„Bedauerlich, sehr bedauerlich." Er verlagerte sein Gewicht auf dem Thron und hob den Blick, als überlegte er, wie er Lajana zügig wieder loswerden konnte. „Ich enttäusche Euch nur ungern", erklärte er erwartungsgemäß, „aber bei derlei Kämpfen kann ich keinen Mann -"

„Die Kämpfe sind beendet", unterbrach Lajana. „Ich richte mich einer anderen Angelegenheit wegen an Euch."

„Und welche Angelegenheit mag das wohl sein?"

„Es geht um Soniqua."

Plötzlich veränderte sich die Energie, die den arroganten König umgab, spürbar. Er wurde im Thron kerzengerade, ja, stand sogar wenige Augenblicke später auf und kam die Stufen herab, bis er Lajana und Kaspia fast erreicht hatte.

„Soniqua ist tot", erklärte er, gar nicht mehr so selbstsicher, „schon viele Jahre lang."

„Ich versichere, das ist sie nicht." Lajana lächelte, verschränkte die Hände vor dem Schoß. „Es ist erst ein paar Stunden her, seit ich sie gesprochen habe."

„Aber ..." Der König warf Tritos einen Blick zu. Seine Souveränität hatte sich jäh in Luft aufgelöst. „Sie starb bei der Ragnarök."

„Nein, sie wurde entführt."

„Und jetzt ist sie ... wieder frei?"

„Nein."

„Nein?" Er rief es regelrecht aus, die Erleichterung war ihm unschwer anzusehen. „Aber -"

„Deswegen brauche ich Eure Hilfe. Sie befindet sich in der Gewalt von -"

„Es tut mir leid!" Er spielte nervös an seinem Goldring und räusperte sich dann, straffte die Schultern, bevor er noch einmal betonte: „Es tut mir leid."

„Was genau?"

„Wir können Euch nicht helfen."

„Aber sie ist eine von Euch, ja mehr als das: Sie ist Soniqua. Die Seherin."

„Unabhängig davon ist unser Volk friedlich. In den letzten Jahren haben wir unser Kriegertum aufgegeben."

„Aufgegeben?"

Er nickte. „Mein Volk gibt sich Künsten und Schönem hin, die weltliche Gewalt ist ihm fremdgeworden."

„Aber wir brauchen Eure Hilfe, um sie zu -"

„Bedaure." Die Sicherheit war in sein Lächeln zurückgekehrt. „Da sind mir die Hände gebunden."

Lajana schnappte nach Luft. Mit vielen hatte sie gerechnet, aber damit ...

„Bitte!", rief plötzlich Kaspia aus. „Habt doch Erbarmen!" Zu Lajanas völliger Verwunderung fiel sie vor Eianos auf die

Knie, packte seine Hand, küsste seine Finger, wie eine Bettlerin. „Helft uns, die Eure zu retten! Sie ist die Seherin der Völuspá. Sie kämpfte an der Seite meines Sohnes! Sie ist eine von Euch! Eure rechtmäßige Königin."

Der König starrte auf sie hinab. „Ich bin der rechtmäßige König." Dann schob er Kaspia wenig sanft von sich. „Es ist besser, ihr verlasst uns nun."

Lajana starrte auf die unwirkliche Szenerie, während Kaspia sich aufrichtete.

„Ihr habt Recht", sagte sie an den König gewandt, „in der Gesellschaft eines Königs, der das Mitgefühl den Seinen gegenüber verloren hat, will ich nicht eine Sekunde länger ausharren."

Sie nahm Lajana am Arm und zerrte sie mit sich.

„Aber -"

„Komm mit!" Mit völlig ungewohntem Nachdruck zog Kaspia an Lajanas Ärmel und brachte sie schließlich dazu, den Thronsaal zu verlassen.

„Sieh dir die Königin unterhalb der Wolken an, Tritos", hörte sie den König noch, „sie lässt sich von der alten Mutter ihres Gemahls behandeln wie eine Dienstmagd."

Lajana reagierte nicht, aber sie begriff auch nicht, warum Kaspia es so eilig hatte.

Als sie auf dem breiten Korridor waren, machte sie sich frei. „Was ist denn plötzlich mit dir los?", wollte sie wissen. „Vielleicht hätten wir ihn doch noch überzeugen können!"

„Lass dir nach einem über 1000jährigen Leben sagen: Diesen selbstgefälligen Pfau überzeugt niemand."

„Aber -"

„Wir haben Besseres für uns gewonnen."

„Wen denn?"

„Nicht wen." Kaspia sah sich kurz um, bevor sie ihre Faust öffnete. Sie hielt den Ring in der Hand; den Ring, den der König getragen hatte. „Sondern was!"

„Öffne das Portal!", erklärte Lajana, als sie zurück zu Vidar und Kyros kamen.

Beide blickten sie überrascht an. „Werden sie uns helfen?"

„Auf keinen Fall."

„Aber -"

„Wir haben das hier!" Kaspia zeigte Vidar den Ring. Er riss die Augen auf.

„Mutter, hast du etwa -"

„Öffne das Portal, bevor es auffällt!"

Kyros schickte sich an, einige Worte zu murmeln.

Lajana blickte auf den schlichten Goldring. „Was genau ist das denn für ein Ring?"

Vidar sah sie an und ein Lächeln trat auf sein Gesicht. „Einer, der uns den Sieg bringen kann."

Lajana konnte kaum so schnell blinzeln, wie sie durch das Portal geschoben worden war. Kyros verschloss es hastig hinter ihr und drehte sich dann mit einem zufriedenen Lächeln zu Vidar um. Auch Kaspia lächelte.

„Hier scheint jeder zu wissen, was das für ein Ring ist, bis auf mich!"

Kaspia gab Lajana den Ring und sie besah ihn genau. Ein schlichter Goldring, breit und schwer und an einer Stelle waren winzige Flügel eingraviert.

„Wir haben seine Flügel", erklärte Vidar zufrieden. „Dank meiner diebischen Mutter."

Kaspia nickte freudig.

„Was soll das heißen?"

„Den Herrschern ist ein Zauber vorbehalten, ihre Flügel entweder zu tragen oder in diesen Ring zu legen", erklärte nun Kyros. „Ein Ring wie dieser ist den königlichen Familien vorbehalten, ein wertvoller Zauber."

„Aber ohne Ring und ohne Flügel", fuhr Vidar fort. „Ist man ein Nichts."

Lajana blickte hinab auf das kleine, unscheinbare Schmuckstück. „Wir haben also die Flügel des Königs", erklärte sie nachdenklich."

„Und er wird sie wiederhaben wollen", erklärte Kaspia. „Schon bald."

„Aber er bekommt sie nur, wenn er uns hilft?"

„Nein."

„Nein?"

„Diesen Ring", Vidar zeigte auf ihre Hand. „Bekommt dieser falsche König nie wieder."

„Und was fangen wir stattdessen damit an?"

Kyros trat vor. „Hatte Soniqua Flügel?"

„Nein."

„Trug sie einen Ring?"

„Nein, ich … ich glaube nicht."

„Dann hat Grettir den Ring."

„Und was nützt uns das nun?"

„Die Ringe kennen ihresgleichen. Sie ziehen sich an. - Dieser kleine Freund hier …" Vidar nahm ihr den Ring aus der Hand, warf ihn in die Höhe und fing ihn wieder auf. „… bringt uns direkt zu Grettir."

„Bevor wir irgendetwas überstürzen", warf Lajana ein, „sollten wir vielleicht wissen, welche Fähigkeiten Grettir hat; auf welche Waffen wir uns einzustellen haben."

Vidar nickte. „Ist dir irgendetwas aufgefallen?"

„Naja, er stand plötzlich in meiner Zelle. Dann war er wieder verschwunden."

Kyros nickte. „Dislokation."

„Und er hat dafür gesorgt, dass wir unter Wasser atmen können."

„Ein Elementarzauber", nickte Vidar. „Beeindruckend."

„Es ist schwer abzuschätzen, wie er seine Fähigkeiten entwickelt hat in all den Jahren. Und welche er durch den Nidhogg nach hinzugewonnen hat."

Lajana nickte. „Wir sollten uns beeilen, aber dabei nicht in eine Falle laufen."

„Hast du einen guten Plan, meine Königin?", fragte Vidar.

Sie hob eine Braue und sah wieder auf den Ring. „Ich bin mir nicht sicher." Sie holte tief Atem, erinnerte sich widerwillig an Grettirs Gestalt. „Er will Macht und er will Rache."

„Richtig."

„Was von beidem will er wohl mehr?"

Vidar hob die Schultern. „Vermutlich Macht, nachdem er sich so lange in das Gefolge des Nidhoggs eingefügt und seinen Zielen gedient hat."

„Er hat festgestellt, dass ich geflohen bin. Er wird von Soniqua wissen wollen, wie ich das gemacht habe."

„Sie wird kein Wort verlieren", erklärte Kaspia.

„Er wird sie foltern", fügte Kyros hinzu und blickte mit tiefschwarzen, ernsten Augen in die Runde. „Er wird sie brechen."

Eine Gänsehaut kroch über Lajanas Nacken. „Sie muss gerettet werden."

„Aber wir dürfen dennoch nicht überstürzt handeln", gab Vidar zurück. „Soniqua zu retten, ist natürlich unser Ziel. Aber der Preis darf nicht die Sicherheit unseres Volkes sein."

Damit hatte er Recht. Lajana nickte widerwillig.

„Sie sagte, dass man von dort aus, wo sie war, kein Portal öffnen kann."

„Aber du bist doch durch ein Portal entkommen."

„Weil es das Portal war, das nur ich öffnen kann. In die

andere Welt. Ein Umweg. Darauf hatte Grettir offenbar keinen Einfluss."

„Für eine Flucht war das Portal sicher die beste Wahl, aber um zu ihm vorzudringen …" Vidar warf Kyros einen Blick zu. „Er würde die Energie spüren, wie es sich aufbaut, noch bevor wir es durchschreiten. Er könnte uns töten, sofort."

Lajana blickte auf den Ring. „Was ist hiermit?", fragte sie.

„Mit dem Ring?"

Sie nickte. „Die Bestien hatten Flügel. Der Ring muss sie ihnen verschafft haben. – Der Nidhogg und Grettir haben ihr den Ring abgenommen und die Bestien mit Flügeln ausgestattet. Wie hat das funktioniert?"

„Übertragung", erklärte Kyros und nahm den Ring, drehte ihn zwischen seinen noch immer viel zu dünnen Fingern. „Das ist … eigentlich gar nicht so schwierig."

„Wäre also das nicht die beste Möglichkeit, um ihn zu finden und ihn zu überraschen? Er hat doch keine Ahnung, dass wir diese Möglichkeit haben. An seiner Stelle würde ich die Energie eines sich öffnenden Portals überwachen, die Uferbereiche, die Berge, aber doch niemals die Höhen über den Seen selbst." Sie blickte Vidar an, der langsam nickte.

„Lasst uns alles vorbereiten", sagte er und in seinen grünen Augen flackerte Kampfgeist auf. „Wir verlieren keine Zeit."

KAPITEL 19

Während um sie herum geschäftiges Chaos ausbrach, hielt Lajana den goldenen Ring in der Hand und starrte auf das kleine Flügelpaar, das eingraviert war.

Als Vidar den Raum betrat, hob sie den Blick.

„Diesmal musst du nicht mitkommen", erklärte er. „Das weißt du."

„Und du weißt, dass ich es dennoch tun werde!" Sie trat vor ihn, nahm seine Hand und hob den Blick. „Ich bin die Königin."

„Du bist meine Frau."

„Die zufällig auch die Königin ist." Sie drückte seine Finger, die sich kalt anfühlten. „Wir haben einen Plan. Einen guten Plan."

„Da bin ich mir nicht sicher." Er wandte sich von ihr ab und ging auf den Balkon, von wo aus man den üppigen Garten überblicken konnte, der sich hinter dem Palast erstreckte.

Der gute Plan, den Lajana angesprochen hatte, umfasste zwanzig Geistkrieger, dabei sie selbst und Kyros, ebensoviele

Soldaten und die Flügel, die ihnen im Schutz einer aufziehenden Nebelbank einen strategischen Vorteil verschaffen sollten.

Der Ring, den Kyros tragen würde, weil seine Geistkräfte die am besten ausgebildetsten waren, würde seinen Bruder finden wollen. Es würde ihnen zeigen, wo Grettir sich verbarg; wo er Soniqua gefangenhielt.

Kyros vermochte es, die Seen aufzuwühlen und ihnen Zugang zu verschaffen, wie er es stets getan hatte, um den Nidhogg zu sehen. Er würde ihnen den Weg öffnen, weswegen er von Vidars Männern und den Geistkriegern besonders geschützt werden würde. Es war ein guter Plan, zumindest konnten sie auf keinen besseren hoffen.

Lajana trat neben Vidar und blickte wie er hinaus.

„Wir könnten uns endgültig von dieser Bedrohung befreien. Ein bösartiger Geist wie Grettir, selbst wenn er um seinen mächtigen Verbündeten gebracht wurde, wird ewig auf Rache brennen. Und früher oder später findet er einen Weg."

„Ja, ich weiß." Er holte tief Atem. „Ich weiß, dass der Augenblick gekommen ist, um es zu beenden."

„Und du fürchtest die Niederlage?"

Er sah zu ihr hinab und der Ausdruck in seinen grellgrünen Augen, ließ ihr Herz wie wild schlagen. „Ich fürchte den Preis, den wir womöglich bezahlen müssen. Mehr als alles andere." Als sie ihn ernst anblickte, lachte er kurz. „Ich klinge wie ein jammerndes Weib."

Sie lächelte sanft. Dann nickte sie. „Absolut", erklärte sie. „Schrecklich." Dann stellte sie sich auf die Zehenspitzen und küsste ihn. „Lass uns nicht länger warten, Vidar. Lass uns hinuntergehen. Heute Abend kann all die Angst und Gewalt der Vergangenheit angehören."

Mit diesen Worten griff sie nach seiner Hand und zog ihn Richtung Tür. Währenddessen dachte sie, dass an genau diesem Abend auch das Schrecklichste eingetroffen sein könnte, das sie sich vorzustellen vermochte.

Vidar stand in Kampfmontur vor den Geistkriegern und bewaffneten Soldaten. „Männer und Frauen!“, erklärte er mit Donnerstimme. „Soldaten! – Dieser Tag wird das Leben unseres Volkes verändern. Der errungene Sieg gegen die Bestien war nur ein erster Schritt. Doch wie so oft lauert der letzte Kampf im Dunkeln.“ Er blickte alle der Reihe nach an und Lajana betrachtete ihn schweigend. „So viele Verluste haben wir erlitten, so viele Tote betrauert. Heute können wir all das beenden! Heute können wir dem Feind alles rauben.“ Er blickte Kyros an, der kurz nickte. Dann fuhr Vidar fort. „Ihr wisst Bescheid über unseren Feind, kennt seinen Namen, seine Geschichte, seine Familie. Kyros hat euch alles über ihn erzählt. Er ist euch vertraut, wie eure rechte Hand. Das muss er sein, denn nur so können wir ihn besiegen. – Er hat die Seherin Soniqua gebrochen, wer dazu in der Lage ist, ist zu allem fähig. Unser Vorteil sind Überraschung, Täuschung und gnadenloser Kampf.“ Er legte seine Rechte auf den Knauf seines Schwerts. „Wir legen keinen Wert auf Gefangene“, erklärte er finster. „Wir wollen denjenigen, der dem Nidhogg half, tausende von uns hinzuschlachten, nicht schonen. – Wir wollen Blut.“

Die Männer und Frauen nickten grimmig.

Vidar blickte Lajana an. „Bist du bereit?“

„Bereit.“

Er sah zu Kyros, der sich den Ring an den Finger steckte. „Die Flügel sind zuerst ungewohnt. Ihr werdet ein wenig damit fliegen müssen, um euch daran zu gewöhnen. Wenn wir erst einmal dort sind, ist es für Probeflüge zu spät.“ Indem er einige Worte murmelte, vibrierte die Luft. Lajanas

Rücken kribbelte, der Stoff ihres Leinenhemdes riss, als sich etwas hindurchbohrte, sich plötzlich schmerzhaft in ihren Rücken drängte, sich mit ihren Muskeln verband.

Sie biss die Zähne zusammen, kniff die Lippen aufeinander und im nächsten Augenblick war der Schmerz vorbei. Als sie den Blick hob, hatten alle Soldaten Flügel. Vidar wirkte so irritiert, dass sie lächelte. Er sah sie an.

„Na, wirf mal einen Blick hinter dich, Gottkönigin", gab er zurück. „Deine sind rot."

„Was?"

Sie drehte den Kopf und versuchte, mit Willenskraft die Flügel auf ihrem Rücken zu spreizen. Vidar hatte recht. Sie waren rot. Blutrot, wie es die Seide ihres Hochzeitskleids gewesen ist.

Lajana breitete die Flügel weiter aus, versuchte probehalber ein bisschen damit zu schlagen, was erstaunlich gut gelang.

Zwei der Geistkriegerinnen waren die ersten, die sich damit in die Lüfte erhoben. Eine von ihnen lachte.

„Daran könnte ich mich gewöhnen", rief sie der anderen zu.

Lajana trat ein wenig zurück, um Platz zu bekommen. Die Kraft, die es ihre Schultern und ihren Rücken kostete, die Flügel zu bewegen, war enorm. Sie konnte sich schwer vorstellen, dass sie das länger als einige Minuten durchhielt.

„Wenn du erst einmal Luft unter den Flügeln hast, wird es viel einfacher sein", sagte Kyros, der wohl in ihrem skeptischen Gesichtsausdruck gelesen hatte.

Lajana zog die Stirn kraus. „Woher weißt du das?"

Er antwortete ihr mit einem Achselzucken. „Lange Geschichte." Dann trat er zurück, schlug mit den Flügeln und erhob sich mühelos. Er flog fast senkrecht empor, drehte sich, begab sich in eine Art Sturzflug, wobei er die Flügel anlegte, und kurz bevor sich sein Hirn bei einem tödlichen

Aufprall über die königliche Rasenfläche verteilte, drehte er ab und flog wieder hinauf.

„Wie macht er das?", fragte Vidar.

„Das fragst du mich? – Du bist doch sein Freund! Warum fliegt er, als hätte er in seinem Leben nichts anderes gemacht?"

Vidar starrte nach oben. „Wir wissen ja mittlerweile, dass es einige Dinge über Kyros zu wissen gibt, von denen ich keine Ahnung hatte."

Er spielte auf den Nidhogg an, doch auch die Flugfertigkeit war mehr als rätselhaft.

„Komm", sagte er dann. „Lass uns üben, damit wir über den Seen nicht abstürzen."

Eine Stunde später hatten sich alle gut mit ihren Flügeln arrangiert; jedenfalls gut genug, um aufzubrechen.

Die Heiterkeit der Flugstunde fiel von allen ab und wich der Anspannung, die vor dem Kampf jeden in äußerste Alarmbereitschaft versetzte.

Lajana spürte den Druck im Brustkorb und ihren donnernden Herzschlag.

Sie durchschritten ein Portal, das sie zu den Bergen führte, von wo aus sie hinabfliegen und über dem Nebel kreisen würden, der dicht über den Seen lag. Kyros würde Grettir währenddessen aufspüren. So war zumindest der Plan.

Hier oben war es eiskalt. Der Wind pfiff zwischen den grauen, scharfkantigen Felsen und zerrte einzelne Strähnen aus Lajanas Haarknoten. Vidar blickte hinab auf Kyors, der die Vorhut bildete.

Als er plötzlich ein Handzeichen gab, drehte Vidar sich zu ihr und den anderen um.

„Es geht los", erklärte er und Lajanas Herz setzte einen Schlag aus.

Sie nickte.

Dann ließ Vidar sich hinabfallen, spreizte die Flügel und alle folgten ihm.

Lajana fragte sich, ob sie Grettir spüren konnte, oder – noch schlimmer! – ob er sie spürte. Aber außer der eisigen Kälte, der Anspannung und Angst fühlte sie herzlich wenig. Ihre Augen tasteten die dichten Nebelschwaden ab. Wenn Grettir genauso wenig hinauf, wie sie hinunterblicken konnten, waren sie nach wie vor unsichtbar.

Kyros stand in der Luft, schlug dabei mit den Flügeln.

„Direkt unter uns", sagte er so leise, dass seine Stimme fast vom Wind verschluckt wurde. „Ich teile das Wasser, stoße senkrecht hinab und ihr folgt mir. Zuerst 10 Geistkrieger, dann 10 Soldaten, dahinter noch einmal die gleiche Aufteilung. Lajana bleibt bei Vidar, weil ihre Kräfte sich auf ihn fixieren." Er blickte die Beiden an. „Einverstanden?"

„Einverstanden", sagten sie gleichzeitig.

„Also dann …" Kyros nickte. „Ein letzter Kampf."

„Ein letzter Kampf", stimmte Vidar zu, und noch ehe Lajana ihre Angst besiegt oder überhaupt begriffen hatte, was genau nun geschehen sollte, stieß Kyros durch die Nebel in die Tiefe. Und alle, einschließlich ihr selbst, folgten ihm.

~

Lajana dachte nicht länger nach, sie drängte ihre Angst zurück. Und tatsächlich wich die Panik, die in ihrem Brustkorb pochte, wie von selbst dem Fokus.

Direkt unter ihr schossen Vidar und Kyros in einen ungewissen Kampf. Sie folgte ihnen, mit fest an den Körper gepressten Flügeln stieß sie hinab, um möglichst keinen Abstand zu ihnen aufkommen zu lassen. Sie war von zwei

Geistkriegern flankiert. Vor und hinter ihr flogen jeweils zehn mit Schwertern und Äxten bewaffnete Soldaten.

Plötzlich spritzte Wasser auf, doch sie schlug nicht auf der Oberfläche auf, sie drang hindurch, durch eine Art Kanal, den Kyros' Kraft geschaffen hatte. Sie drosselten die Geschwindigkeit so gut es ging. Nach einigen Metern verlor Lajana die Orientierung. Die Federn wurden nass, die Flügel schwer; so schwer, dass sie sie nicht mehr richtig benutzen konnte.

„Halt!", rief eine Stimme von unten. Es war Kyros.

Lajana stemmte sich gegen den Sturz und schaffte es tatsächlich abzubremsen, bevor sie auf dem schroffen Grund des Sees aufschlug. Das Wasser stand um sie herum, türmte sich zu gigantischen Wänden auf. Kyros kam auf die Beine, schwer atmend sah er sich um. In seinen dunklen Augen stand grimmiger Kampfgeist.

Er zeigte in eine Richtung. Vidar nickte, die Krieger taten es ihm gleich.

Dort musste Grettir sein. Die Krieger formierten sich, zogen ihre Waffen und als Kyros mit einer Geste das Wasser teilte, einen Tunnel schuf, durch den sie angreifen konnten, stürmten sie alle vor.

Lajana folgte, so gut es ging, rechnete mit wildem Kampfgeschrei und klirrenden Schwertern, doch stattdessen.

„Beim gütigen Schicksal" Es war Kyros' Stimme.

Lajana schob sich nach vorn. Krieger hatten sich im Kreis um sie herum formiert, während Kyros aus seiner Starre erwachte.

Erst jetzt sah sie, worauf er gestoßen war.

„Soniqua", hauchte sie. Direkt vor ihnen lagen die beiden Käfige.

Ihr Gesicht war gequält, vielleicht noch gequälter als zuvor. Während Kyros an der eisernen Tür rüttelte, die sie gefangen hielt, blickte ihn die Seherin kopfschüttelnd an.

„Ihr müsst weglaufen“, hauchte sie. Aus ihrem Mundwinkel rann Wasser, das sie seit über 600 Jahren eingeatmet hatte. „Ihr müsst fliehen!“

„Nicht ohne dich“, erklärte Kyros entschlossen und griff nach Vidars Axt, ließ sie mit voller Kraft auf die Kette niedersausen, die sich um die Gitterstäbe wand wie eine riesige Schlange.

„Es ist eine Falle! Kyros!“

Lajana und Vidar wechselten einen Blick. Er gab ein Achselzucken von sich.

„Kyros!“ Sie blickte ihn an und er sah widerwillig auf.

„Was?“

„Ihr müsst fort! Schnell!“

„Nicht ohne dich!“

Erst da erwachte nun auch Vidar aus seiner Starre, er eilte Kyros zur Hilfe, während Lajana vortrat. „Wo ist Grettir?“

„Er ist hier. Er wusste, ihr würdet kommen.“ Die Seherin blickte Lajana beinah flehend an. „Lasst mich zurück. Er wird euch töten. Er ...“ Sie schloss für einen Moment die Augen. „Ich kann nicht sehen, was geschieht. Ich ...“ Eine Träne rann über ihre Wange und Lajana fragte sich unweigerlich, wie viele sie davon schon mit den eisigen Wogen des Sees vermischt hatte. „Ich sehe nicht, was geschieht ... - Ich bin blind für die Zukunft!“

Kyros stieß ein Brüllen aus und schaffte es mit schierer Kraft, die Tür aufzureißen. Vidar trat erstaunt zurück, als der noch immer schmale Körper des jungen Kyros in die Zelle schoss und Soniqua an sich riss. „Komm!“, sagte er schnell. Doch sie rührte sich nicht, stattdessen streckte sie die Hand aus. Der goldene Ring lag darin.

„Es ist eine Falle“, sagte sie noch einmal. „Er hat den Ring hiergelassen, damit ihr mich findet. Wenn ich mit euch gehe, seid ihr des Todes.“

„Dich zurückzulassen ist keine Option!", erklärte Kyros grimmig.

Lajana erkannte keinen Hauch des Kindlichen mehr.

Soniquas Gesicht war vor Bedauern und Schmerz verzerrt. „Kyros, es tut mir so leid." Sie legte eine Hand an seine Wange und es aus, als würde er sich kurz an sie schmiegen.

Woher konnten sie sich kennen?

Kyros war 230 Jahre alt, Soniqua aber seit über 600 Jahren in diesem grässlichen Gefängnis eingesperrt.

Ohne auf ihr Zögern zu reagieren, zog Kyros Soniqua aus dem Käfig. Er hielt ihr Handgelenk so fest gepackt, dass seine Knöchel weiß hervortraten.

Dann sah er Vidar an. „Der Feigling soll sich uns stellen", erklärte er dabei grimmig. „Oder hat ihn nach dem Tod des Leichenfressers der Mut verlassen?"

Soniqua krallte sich in seinen Arm. „Hör auf, Kyros. Du weißt nicht, womit du dich anlegst. Er ist mehr als ein Mensch, er …"

Sie konnte den Satz nicht zuende führen. Denn plötzlich lösten sich die Barrieren, die die Wogen zurückgehalten hatten. Die meterhohen, wässernen Mauern stürzten auf sie ein, überfluteten sie.

Lajana spürte, dass ihre Hand gepackt wurde. Sie hielt die Luft an, riss die Augen auf, doch im trüben, dunkeln Wasser war sie blind.

Sie strampelte, ruderte mit dem freien Arm, um sich an die Oberfläche zu kämpfen, doch die schweren Flügel zogen sie wie ein Bleigewicht nach unten. Der Griff um ihr Handgelenk wurde schmerzhaft fest. Es war Vidar; er musste es sein. Wer sonst würde so verbissen an ihrem Überleben festhalten?

Der Druck auf ihre Lungen wurde unerträglich, bis er plötzlich einfach verschwand.

Sie schlug hart auf felsigem Grund auf. Das Wasser war weg und sie drehte sich hustend und würgend auf den Bauch, bis ihre Augen tränten und sich ihr Würgereiz meldete.

Noch immer hielt Vidar sie gepackt. Bis sie die Kraft fand, zur Seite zu blicken, dauerte es ein wenig. Vidar würgte genauso wie sie an dem moorigen Wasser, das sie verschluckt hatte. Die Flügel an seinem Rücken hingen herab, als er sie anblickte.

Sie nickte, damit er nicht nachfragen musste. Sie war in Ordnung.

„Kyros?“, brachte sie schwach hervor.

„Hier unten.“ Er lag halb im Wasser an einer Art Ufer. Sein Griff hielt Soniquas Handgelenk genauso fest, wie Vidars Lajanas.

„Wo, verdammt nochmal, sind wir?“

„Ich heiße euch willkommen!“

Lajana riss den Blick empor und Vidar kam so schnell auf die Beine und hatte sein Schwert gezogen, dass er ihr bei der Gelegenheit schier den Arm auskugelte.

Ein Mann stand in einiger Entfernung von ihr entfernt. Er hatte sandfarbenes Haar und hellbraune Augen. Die Haut war unnatürlich blass, die Gestalt schlank, fast ausgemergelt.

Er lächelte, aber in seinem Blick lag nichts als Zorn und Verachtung.

„Ich habe mir erlaubt, euch auf die Insel meiner Mutter einzuladen“, erklärte er. „Ihr werdet euch wohl nicht an meine Mutter erinnern.“ Nun blickte er Vidar direkt an. „Nachdem dein Vater und der ihre …“ Er nickte zu Soniqua hinüber, „… mich verbannt hatten, mich in die Zwischenwelt geschickt und zu schreckensvollster Qual verurteilt hatten, hat sie sich das Leben genommen.“

Lajanas Blick flirrte zu Vidar, doch er sah nur Grettir an. „Was willst du?“

„Rache, zum Beispiel."

„Mein Vater ist tot."

Grettir kam einen Schritt näher. „Das ist er. – Genau wie ihrer."

Plötzlich kam Bewegung in Soniquas Körper. Sie sank auf die Knie, fassungslos starrte sie Kyros an. „Ist das wahr?", hauchte sie.

Er konnte nicht widersprechen. „Soniqua …"

Eine weitere Träne rann über ihre Wange. Sie schloss die Augen für einen schmerzvollen Moment.

„Oh." Grettir legte in gespieltem Schreck eine Hand vor die Lippen. „Jetzt habe ich sie traurig gemacht. Das tut mir leid."

„Hör auf mit den Spielchen! Oder ist es dein Plan, uns zu Tode zu langweilen?"

Grettir lachte auf. „Du hattest schon immer Humor, Vidar. – Natürlich nicht immer. Wenn der Nidhogg seine Bestien auf die Deinen gehetzt und sie vor deinen Augen hat in Stücke reißen lassen, da ist dir das Lachen doch sehr im Halse steckengeblieben, nicht wahr?"

Vidar ballte die Fäuste. Und Lajana fragte sich, was dieser Grettir bezweckte.

Wo waren sie? Warum waren sie hier?

Und, verdammt nochmal, wie hatte er sie überhaupt hierhergebracht?

Dann fiel ihr das Wort wieder ein, das Kyros verwendet hatte.

Sie straffte die Schultern.

„Lass uns doch lieber über dich reden", erklärte sie mit mehr Mut in der Stimme, als sie empfand.

Grettir sah so überrascht auf, als hätte er sie vergessen. „Über mich?", fragte er.

Lajana nickte. „Wem du die Fähigkeit zur Dislokation gestohlen hast, zum Beispiel."

Nun schien er regelrecht fassungslos.

„Im Laufe der Jahre hatte ich immer wieder interessante Gesellschaft", erklärte er dann. „Einige meiner Wegbegleiter haben mir ihre Talente … vererbt."

Lajana hielt seinem Blick stand. „Man vererbt im Allgemeinen nur, wenn man tot ist."

Sein Blick durchbohrte sie, sein Lächeln war zu einer Maske erstarrt. „Ja, ganz genau."

„Und nun willst du uns beerben?", fragte Kyros, der Soniqua wieder auf die Beine gezogen hatte.

„Oh, ich möchte weit mehr als das!" Er machte eine Handbewegung und ohne, dass Lajana sich hätte wehren können, wurde sie aus Vidars Griff gerissen, stürzte vornüber, rutschte über den felsigen Grund, der ihre Hosen zerfetzte und das Knie aufschürfte, bis sie zu Grettirs Füßen liegenblieb.

Sie gab ein schmerzhaftes Stöhnen von sich, hinter ihr brüllte Vidar vor Wut.

Erst jetzt sah sie, dass Soniqua neben ihr lag. Schmerz stand in ihrem Gesicht.

Sie fasste nach ihrer Hand, doch Grettir schob sein Bein zwischen die Frauen, bevor er wieder aufsah.

Grettir trat vor. „Eine der Frauen wird überleben", erklärte er. „Und eine wird sterben. – Ihr beide werdet entscheiden, wie es ausgeht."

Lajana wusste nicht, wie er Vidar und Kyros an Ort und Stelle hielt, doch sie waren bewegungsunfähig.

„Du verdammter -"

Grettir hob den Arm und Vidar wurde von einem schrecklichen Krampf geschüttelt.

„Hör auf!", rief Lajana, als Vidars Haut sich dunkelrot färbte, offenbar konnte er nicht mehr atmen. *„Hör auf!"*

Grettir schnippte und Vidar sank vornüber. Seine Lungen füllten sich mit Luft.

„Also wo war ich stehengeblieben?“, fragte Grettir ungerührt. „Ach ja: Eine der Frauen stirbt, die andere überlebt. Und ihr beide werdet gegeneinander kämpfen, um zu entscheiden, wie es ausgeht.“

Lajana blickte zu Soniqua hinab. Kyros war kein Krieger, er würde Vidar nicht eine Sekunde lang standhalten können. Und Vidar? – Er würde niemals seinen Freund töten.

Grettir ließ ein Schwert in seiner Hand erscheinen und warf es Kyros vor die Füße. Mit einem weiteren Fingerschnippen erwachten die beiden Männer zum Leben. Doch als Vidar versuchte, Grettir anzugreifen, prallte er von einer Art Schutzschild ab, das ihn umgab.

„Du bist wahnsinnig, Grettir. – Ein irrer Feigling, der seine Kämpfe nicht selbst austragen kann!“ Vidar stand vor ihm, das Grün in seinen Augen tobte vor Zorn.

Grettir ließ einen Pfeil in seiner Hand erscheinen. Er drehte sich um und zeigte damit auf Lajana. Wie von Geisterhand schoss der Pfeil los und durchschlug ihre Schulter.

Vidar brüllte auf, Lajana sank mit einem benommenen Laut zurück.

„Wie ich schon sagte“, fuhr Grettir ungerührt fort. „Eine stirbt und wenn sich die edlen Herren nicht entschließen können, für ihre Herzdamen einzustehen, dann muss ich womöglich die Entscheidung treffen. – Die Königreiche werde ich nach dem Tod der ersten und der Fähigkeiten, die sie mir schenken wird, sicherlich erobern können.“

„Warum tust du das?“, rief nun Soniqua. „Warum?“

„Weil ihr leiden sollt!“, brüllte er und fuhr zu ihr herum. „Weil ihr den Schmerz und den Wahnsinn fühlen sollt, wie sich der Körper auflöst und der Geist zerfressen wird. Ihr alle sollt bezahlen für meine Qual! Ihr alle sollt sterben in tiefstem Schmerz!“

„Ich wollte schon lange sterben!“, hielt sie dagegen, richtete sich ein wenig auf. „Warum hast du mich nicht gelassen?“

„Weil ich dich brauchte. – Aber jetzt …“ Er zeigte auf Kyros, Vidar und Lajana, zeigte auf die beiden Flügelringe und gab ein Achselzucken von sich. „… ich habe alles. Nach unendlichen Jahren wird sich mein Plan endlich erfüllen.“

Ein zweiter Pfeil erschien in seiner Hand. Herausfordernd hob er den Blick zu Vidar. „Wer weiß, ob ich noch einmal die Schulter treffe“, erklärte er dabei mit einem Lächeln. „Es gibt so viele Stellen, die einen qualvoll und langsam sterben lassen, wenn sie erst einmal von einem Pfeil durchbohrt wurden.“

Vidar sah hinab zu Lajana, die den Kopf schüttelte. Doch Vidars Hand griff nach dem Schwert. Dann sah er zu Kyros. „Ich werde nicht gegen dich kämpfen“, erklärte er entschlossen.

„Kyros!“, rief Soniqua.

Doch er reagierte nicht. Er ließ die Arme herunterhängen und blickte Vidar an. „Leb wohl, mein Freund.“

Vidar zog sein Schwert und ging auf Kyros zu.

„Nein!“, rief Soniqua. „Nein!“

Dann fuhr plötzlich ein kochender Schmerz durch Lajanas Körper und ehe sie begriff, dass Soniqua den Pfeil aus ihrer Schulter gezogen hatte, riss sie ihn in die Höhe und stieß ihn mit einem wilden Aufbrüllen in ihren eigenen Körper.

„Verdammte, kleine Hure!“, kreischte Grettir auf.

Soniqua brach zusammen, starrte mit weit aufgerissenen Augen gegen den matten Himmel.

Plötzlich fuhr ein Ruck durch Grettirs Körper. Augenblicke lang begriff Lajana nicht, was geschah. Doch die Ablenkung, die Soniqua ihnen verschafft hatte, hatte Vidar Grettirs Schild durchbrechen lassen. Mit einem heftigen Schlag war seine Axt auf ihn niedergesaust, traf den ledernen Schulterpanzer. Es knackte. Grettir stöhnte auf.

Vidar war mit einem Schritt bei ihm, stach auf ihn zu,

doch Grettir wich aus und ließ im nächsten Augenblick eine Masse von Felsbrocken auf Vidar niederregnen.

Lajana schrie auf. Ihre Kräfte erwachten wie immer instinktiv, schützten ihn gegen die donnernde Steinflut, bevor sie wieder zurücksank.

Die Bewusstlosigkeit lockte sie, doch sie durfte nicht nachgeben. Sie musste wachbleiben; sie musste.

Vidar warf eine Streitaxt auf Grettir, die in seine Brustpanzer steckenblieb. Grettir packte danach, zog sie aus dem dicken Leder und grinste.

„Ein Rachegott willst du sein?", rief er. Sein rechter Arm hing herab, als wäre er ausgekugelt oder die Schulter von Vidars erstem Schlag gebrochen. „Du bist ein jämmerlicher Waschlappen, der sich im Schoß eines Mädchens verkriecht!" Er schleuderte die Axt zurück zu Vidar.

Lajana hielt die Luft an.

Vidar wich nicht aus, stattdessen fing er die Axt auf und stürzte sich auf Grettir. Sie verschmolzen zu einem Knäuel aus Fleisch, Stahl und Leder.

Plötzlich war Kyros bei Soniqua. Er zog ihren Kopf auf seinen Schoß und murmelte etwas in einer Sprache, die sie nicht verstand.

Dann sah er Lajana an. „Du musst sie retten!", hauchte er.

Sie brauchte nur einen Blick, um zu erkennen, dass Soniqua tot war. Ihr Brustkorb hob und senkte sich nicht mehr, das Blut unter ihrem Körper hatte sich in einer großen Pfütze gesammelt.

„Es tut mir leid", hauchte Lajana.

Kyros presste die Lippen zusammen. „Du musst sie retten!", brüllte er nun. „Verstehst du? – Du musst sie retten!"

„Ich kann sie nicht mehr retten, Kyros. – Es tut mir leid."

Wie von Sinnen kam er auf die Beine, wirbelte herum und fand Grettir, der rittlings auf Vidar saß und seinen Kopf am nahen Ufer unter Wasser drückte.

Er stürzte sich auf ihn, riss ihn vom Körper seines Freundes und schlug mit bloßen Fäusten auf ihn ein, bis Blut spritzte und Knochen knackten.

Vidar kam in die Höhe und zog sein Schwert. Er stieß es in Grettirs Körper, zog es wieder zurück, stieß noch einmal zu. Doch Grettir schaffte es, sich zu befreien. Mit einer Kraft, die jegliche Vorstellung überstieg, stieß er die beiden von sich.

Als er sich erhob, war der Anblick grotesk. Das Gesicht zerschlagen zu einer blutigen Masse, der Körper durchstochen und von Brüchen verformt. Und doch …

„Ihr könnt mich nicht töten!", rief er aus. Sein Lachen war ein blutiges Gurgeln. „Ihr jämmerlichen Idioten! Ich bin jenseits des Todes!" Und dann machte er mit dem Arm, der noch intakt war, eine wegwerfende Bewegung und Vidar und Kyros wurden in die finsteren Wogen geschleudert.

Lajana presste die Hand gegen ihre blutende Wunde und sah hinüber zu Soniqua. Da bemerkte sie etwas in ihrer Handfläche. Ein Mal. Ein Mal, das so geformt war, wie das von Lajana; ihr goldenes Mal.

Einem Impuls folgend nahm sie ihre kühle Hand und betrachtete sie, strich über die glatte Oberfläche. Es war, als wäre etwas darin verborgen. Ihre Finger prickelten. Es war, als wäre in diesem Mal noch Leben; Lajana konnte es nicht besser erklären. Sie versuchte, den Schmerz, der in ihrer Schulter pochte, zurückzudrängen, und sich darauf zu konzentrieren. Sie schloss die Augen und es durchfuhr sie wie ein Blitz.

Worte! – Nein Laute! Eine fremde Sprache, die sie nicht verstand und deren Klang doch so deutlich in ihrem Kopf auflebte, dass sie ihn unwillkürlich laut aussprach.

Als die ersten Worte ihre Lippen verließen, geschah nichts, doch dann, als sie schneller redete und lauter, deutlicher, da wirbelte Grettir herum.

Auf seinem Gesicht stand nichts als blankes Entsetzen geschrieben.

„Nein!“, rief er aus.

Unweigerlich ließ er von Vidar ab, den er gerade mit der Axt hatte treffen wollen. Kyros kam aus dem Wasser, wollte sich auf ihn stürzen, doch Grettir nahm ihn gar nicht wahr. Er sah nur Lajana und die Worte, die sie aussprach; immer weiter. Immer lauter.

„Du verfluchtes Miststück!“, brüllte er. Eine Armbewegung reichte, um Lajana von Soniqua wegzuschleudern. Als sie die Verbindung zu ihrer Hand verlor, verlor sie auch die Worte.

Doch Kyros erhob sich aus den Wellen. Er sprach in derselben Sprache. Er führte den Spruch fort, bis Grettir wieder zu ihm herumwirbelte und ihn mit einem wütenden Blick gegen eine Felswand schleuderte.

Jetzt war es Vidar, der sprach, während Lajana zurück zu Soniqua kroch. Als Grettir Vidar packen wollte, schaffte Lajana es, ihn zurückzuhalten und zu Boden zu werfen. Vidar sprach weiter und weiter. Lajana packte Soniquas Hand, presste die Finger gegen das Mal und fiel in den langen Bannspruch mit ein. Denn genau das war es. Ein Bannspruch, der Grettir genau in das Märtyrium zurückschicken würde, dem er entkommen war: In die Zwischenwelt.

Grettir fuhr wie rasend hin und her. Wusste nicht, ob er sich zuerst auf Vidar oder auf Lajana stürzten sollte. Kyros kam auf die Beine, wenn auch umständlich.

Unter keinen Umständen schien er es sich nehmen lassen zu wollen, Grettir auf's Neue zu verbannen. Und genau das taten sie nun gemeinsam.

Der zerschundene Körper, der nicht sterben wollte, sank auf die Knie, das malträtierte Gesicht fiel auf die Brust, er schlug leblos seitlich auf dem Fels auf. Die Luft um ihn herum begann zu brodeln, zu dampfen. Der Geruch von versengtem Fleisch drang Lajana in die Nase und ließ sie würgen. Doch sie hielt an ihrem Bewusstsein und den Worten fest, bis Grettirs Körper in Flammen aufging.

Fassungslos starrte sie auf den Fleck, an dem einen Moment später nur noch graue Asche war, die vom Wind fortgetragen und in die Wellen gestreut wurde.

Vidar kam auf die Beine, umständlich, aber zielstrebig. Er nahm einen Fetzen Stoff und presste ihn von hinten gegen Lajanas Schulter. Dann drückte er sie zurück. „Du musst dich hinlegen."

Sie wollte sich gegen ihn stemmen, doch es war keine Kraft mehr in ihrem Körper.

„Soniqua, sie -"

„Ich weiß, Lajana. Es ist nicht deine Schuld."

„Nein, du verstehst nicht… - Kyros!"

Er stand über ihnen, das Gesicht blutig und zerkratzt, die Augen leer. „Kyros", sagte sie noch einmal. Die Bewusstlosigkeit wollte sie endgültig übermannen.

„Ihre Hand." Lajana schluckte. „Das Mal."

Sie wollte nach Soniquas Hand greifen, doch sogar dafür fehlte ihr nun die Kraft. Vidar tat es und hob die kühlen Finger an, drehte sie herum und runzelte die Stirn.

„Es sieht genauso aus wie dein Mal", sagte er dann.

Lajana deutete ein Nicken an. „Es ist noch Leben darin", hauchte sie. Ihr Sichtfeld engte sich mehr und mehr ein.

„Es ist noch Leben … in ihr. – Kyros!"

Er fiel auf die Knie. In seiner Miene zeigte sich eine Hoffnung ab, der er nicht zu trauen wagte.

Vorsichtig griff er nach Soniquas Fingern, die in seiner Hand winzig wirkten. Er strich über das Mal und stöhnte auf. „Aber wie …"

Lajana blinzelte angestrengt. „Gib ihr etwas … von mir", sagte sie, doch ihre Stimme wurde immer leiser.

„Wie meinst du das?“, fragte Vidar.

„Leg ihr Mal auf meines.“ Auch das hatte sie gesehen, als sie es berührt hatte. „Leg es auf meines und zieh den Pfeil aus ihrem Körper. So bekommt sie etwas von meiner … Lebenskraft.“

„Du hast fast keine Kraft mehr, Lajana!“, hielt Vidar dagegen.

Sie lächelte schwach, blickte zwischen den beiden Männern hin und her, bevor sie sagte: „Ich habe genug davon, … für uns beide.“

EPILOG

Lajana schoss senkrecht in die Höhe.

Obwohl ihre Lider geöffnet, die Augen weit aufgerissen waren, brauchte sie eine unbestimmt lange Zeit, um sich zu orientieren.

Sie war im Palast. Genauer: Sie war in ihrem Bett.

Sie war allein.

Ihr Kopf dröhnte, als würde ein Dutzend Trommeln darin gespielt und ihr Magen knurrte.

„Vidar?"

Zur Antwort klopfte es an der Tür. „Ja?"

Die Tür ging vorsichtig auf. „Hoheit?"

„Paruk!" Sie kniff kurz die Augen zusammen, um dem Kopfschmerz eine Pause zu gönnen. „Komm herein!"

Er trat vorsichtig näher. „Soll ich den Heiler rufen?"

„Nein, es geht mir gut. – Wo ist Vidar?"

„Er ist bei der Seherin, Hoheit. Soll ich ihn rufen lassen?"

„Nein, ich … ich komme zu ihm."

Etwa fünfzehn Minuten und ebensoviele Schwindelattacken später führte Paruk seine Königin mit besonders besorgtem Blick den Korridor hinab. Er blieb direkt neben ihr, als befürchtete er eine Ohnmacht und wollte dann schnell eingreifen können.

Vor einer Tür blieb er stehen.

Lajana klopfte und hörte ein *Herein*, das ihr sehr bekannt vorkam.

Sie öffnete die Tür und betrat den eher kleinen Raum mit den Bücherregalen und dem großen Tisch in der Mitte, auf dem die Völuspá aufgeschlagen war.

Vidars Gesicht leuchtete regelrecht auf, als er sie erblickte. Mit wenigen Schritten war er bei ihr und hatte sie in seine Arme gerissen.

„Beim gütigen Schicksal", flüsterte er. „Endlich wachst du auf!"

Sie schmiegte sich an ihn und spürte zum ersten Mal, seit sie aufgewacht war, die Erlösung in sich.

Als er sich von ihr löste, sah sie hinter ihm Soniqua und Kyros am Tisch stehen. Sie strahlte.

„Soniqua …"

Die Seherin wirkte ausgezehrt und von einer Trauer umhüllt, die man nicht benennen konnte. Dennoch lächelte sie. „Lajana."

„Also hat es funktioniert?"

Kyros griff nach Soniquas Hand. „Dank dir ist sie am Leben."

„Und Grettir?"

„In die Zwischenwelt zurückverbannt", erklärte Vidar. „Es herrscht Friede. Dank dir!"

„Dank Soniqua", widersprach Lajana. Doch die Königstochter winkte nur ab. Sie trug keine Flügel, die beiden Ringe lagen auf dem Tisch neben der aufgeschlagenen

Völuspá.

„Was tut ihr, wenn ich fragen darf?"

„Wir studieren die Weissagungen", gab Soniqua zurück, dann sah sie zu Lajana auf. „Ich werde zurückkehren. – Der Mann, der auf dem Thron sitzt, ist kein rechtmäßiger König. Mein Vater war …" Sie schloss die Augen für einen langen Moment. „Er muss ermordet worden sein. Anders ist es nicht möglich. Und ich werde seinen Mörder finden."

Lajana nickte langsam. „Ich verstehe dich", sagte sie. „Aber willst du dich nicht erst ein wenig erholen. Du kannst bei uns bleiben. Kyros wird -"

„Ich begleite sie."

Vidar versteifte sich merklich; offenbar war das auch für ihn neu.

„Ich begleite sie", erklärte Kyros noch einmal. „Ich habe hier keinen Platz mehr."

„Warum sagst du das?", wollte Lajana wissen. „Du hast immer einen Platz hier, du -"

„Ich habe mich dem Volk erklärt. Ich habe mich als der Verräter gezeigt, der ich bin."

„Aber das Volk hat dir vergeben", erklärte Vidar. „Du hast uns gerettet."

„Nicht ich allein. Und auch davon abgesehen …" Er blickte Soniqua an. „Ich habe so viel Unrecht getan, dass dies meine Chance ist, ein wenig Wiedergutmachung zu üben. Soniqua wird mich an ihrer Seite dulden, damit ich ihr helfen kann. – Ich bin ihr sehr dankbar."

Lajana und Vidar wechselten einen Blick.

„Nun, wir …"

„Wir können dich nicht davon abhalten, Kyros."

Er lächelte. „Nein, in der Tat. – Aber ihr könnt mir vielleicht stattdessen einen Gefallen tun."

„Welchen Gefallen?"

„Könntet ihr euch um meine Tiere kümmern? – Nur die Vögel können mich begleiten, alle anderen …"

Traurigkeit beschattete seine Züge, doch Lajana griff nach seiner Hand und lächelte aufmunternd. Sie verstand den Weg, den er gehen wollte.

„Wir werden sie wie stets im Palast willkommenheißen und pflegen."

„Ich danke dir."

Vidar holte tief Luft. „Und wann -"

„Jetzt."

Lajana runzelte die Stirn. „Jetzt?"

„Ja." Soniqua blickte auf die beiden Ringe und nahm sie in die Hand. „Wir haben nur auf dich gewartet. Ich … wollte dir danken und mich verabschieden."

„Und ich natürlich auch", fügte Kyros hinzu. Das Gespinst der Risse unter seiner Haut schien blass im Schein der drei Sonnen.

Soniqua steckte sich den Ring an und auf ihrem Rücken wuchsen die Flügel, die zu ihr gehörten. Sie schloss die Augen, reckte und streckte sich, während die Flügel anwuchsen, sich ebenfalls streckten. Sie gab Kyros den zweiten Ring, der es ihr gleichtat.

Die Flügel auf seinem Rücken wirkten nicht wie Fremdkörper. Es war, als würden sie zu ihm gehören, ganz wie bei Soniqua.

Lajana fragte sich, ob sie jemals erfahren würde, warum das so war.

„Das ist kein Abschied für immer", erklärte sie nachdrücklich.

Kyros lächelte. „Niemals."

Dann umarmte er die Königin und selbst, obwohl es ihn zuerst überraschte, Vidar.

„Leb wohl, mein Freund", sagte er.

Vidar nickte. „Komm zurück, wenn du deine Aufgabe erfüllt hast." Er sah Soniqua an. „Kommt beide zurück!"

Sie lächelte. „Das werden wir."

Und noch ehe Lajana wirklich begriff, wie sich die Ereignisse überschlugen, gingen die beiden zum Balkon. Sie spreizten die Flügel. Eine ganze Schar von Singvögeln in allen möglichen Farben umschwärmte sie.

Zusammen hoben sie ab und drehten sich nicht mehr um, bis der Schein der Sonnen sie verschluckt hatte.

Lajana starrte so lange in die Höhe, bis das Sonnenlicht sie fast blind machte.

„Ist das wirklich geschehen?", fragte sie.

Vidar zog sie an sich, hauchte einen Kuss auf ihre Stirn. „Ich schätze, ja."

Sie sah zu ihm auf. „Du hast ihn immer beschützt, nicht wahr?"

„Er ist jetzt erwachsen geworden."

„Nicht ganz freiwillig."

„Aber er ist es. Und er spürt den Drang, jemanden zu beschützen." Er blickte auf Lajana hinab. „Es gibt keine stärkere Motivation auf dieser Welt."

Langsam küsste er sie und zog sie in seine Arme. Sie konnte kaum fassen, dass sich alles zum Guten gewendet; dass alle Gefahren besiegt worden waren. Niemand würde mehr leiden. Niemand würde mehr …

Sie stockte, versteifte sich so sehr, dass Vidar es bemerkte und sich von ihr löste.

„Was ist?"

„Ich habe etwas vergessen."

„Etwas vergessen?"

Sie nickte. „Wir müssen durch das Portal, wir müssen -"

„Was müssen wir?"

Lajana lächelte. Sie wusste genau, was zu tun war. „Wir

haben etwas zu erledigen. - Etwas, wofür ich gerne meine Krone tragen würde."

~

Lajana sagte ihren Spruch auf und öffnete das Portal. Hinter ihr und Vidar standen vier Soldaten und Sirkus, der Heiler.

Zusammen durchschritten sie das Portal, das nur Lajana öffnen konnte. Die eisige, kraftlose Luft des Tempels empfing sie, die Männer hinter ihr stöhnten.

Sie drehte sich zu ihnen um. „Ihr gewöhnt euch gleich daran."

Dann sah sie sich im Spiegelsaal um.

„Verrätst du mir jetzt, was wir hier wollen?"

„Wir zerstören das Portal."

„Warum?"

„Weil ich nicht möchte, dass noch mehr Mädchen in diesem Tempel als Eigentum des Königs aufgezogen werden."

„Hast du nicht gesagt, du wurdest gut behandelt?"

„Nur, weil ich es vermochte." Sie lauschte. „Aber es sind nicht alle wie ich. – Wenn sie hier ankommen -" Sie verstummte. „Hör doch!"

Und als alle den Atem anhielten und in die eisige Luft des Tempels hineinlauschten, hörten sie das Wimmern.

„Ein Kind", hauchte Sirkus.

Lajana nickte. „Folgt mir."

Sie musste nicht weit gehen, bis sich zu dem Wimmern eine grimmige Männerstimme gesellte.

„Du wirst es lernen!", polterte er. „Du wirst es lernen oder ich werde dich an die Schweine verfüttern, das schwöre ich dir!"

Lajana trat geräuschvoll ein und einer der Soldaten stampfte hörbar auf. „Die Gottkönigin", kündigte er sie an.

Der König, dessen Eigentum sie gewesen war und der nun auf ein kleines, tränenüberströmtes Mädchen eingebrüllt hatte, stieß es von sich und starrte wutentbrannt auf.

Als er Lajana erblickte, dauerte es einige Augenblicke, bis er sie tatsächlich erkannte.

„Du!", sagte er dann. „Du elende -"

Die Wachmänner zogen ihre Schwerter, der König verstummte.

„Sirkus, das Mädchen", erklärte Lajana nur, ohne den König aus den Augen zu lassen.

Sirkus ging langsam auf das kleine Mädchen zu, das zusammengekauert in eine Ecke gekrochen war. Er schlang eine Decke um ihre Schultern und wischte ihr die Tränen von den Wangen, flüsterte leise mit ihr.

„Sie gehört mir!", rief der König.

Vidar trat vor.

Das Grün seiner unnatürlich göttlichen Augen traf den König wie eine Anklage.

„So gerne würde ich dich töten! So gern dem Mann das Herz herausreißen, der es wagte, meine Königin als seinen Besitz zu betrachten", knurrte er. „Wahrlich, du solltest mir nicht eine Sekunde länger Anlass dazu geben."

Lajana wandte sich vom König ab und ging zu dem kleinen Mädchen. Sie lächelte sie an und als sie ihren Arm berührte, prickelte die göttliche Energie. Ein Mal auf ihrer Stirn glänzte golden. Lajana fragte sich, wie sie hierhergekommen war. Doch das alles hatte keine Eile.

„Hast du Eltern?", fragte sie leise.

Das Mädchen schüttelte den Kopf.

„Eine Großmutter?"

„Niemanden." Nun sah sie auf und blickte Lajana aus sattgrünen, riesigen Augen an. „Niemanden."

„Möchtest du mit uns kommen? – In unserer Familie leben? Sirkus hat auch ein kleines Mädchen." Sie sah ihn an. „Noch etwas kleiner als du, allerdings."

„Und wem gehöre ich dann?"

Lajana brach die Frage schier das Herz. „Niemandem", sagte sie. „Du gehörst niemandem. Und solange ich atme, wird sich daran auch nie etwas ändern."

Die Kleine blickte zwischen Lajana und Sirkus hin und her, fragte sich offensichtlich, ob sie den beiden trauen konnte. Lajana hob die Hände und nahm ihre Krone vom Kopf, setzte sie dem Mädchen auf.

Da sie zu groß war, rutschte sie ihr ein wenig in die Stirn. Sie lachte leise und Lajana spürte Vidars Blick.

„Eine wahre Prinzessin", erklärte er und etwas plötzlich sehr Sanftes lag in seiner Stimme.

Lajana warf ihm einen langen Blick zu. „Nicht wahr?", fragte sie und er nickte bedeutungsvoll.

„Verrätst du mir deinen Namen?", fragte sie das Mädchen.

„Ich habe keinen."

„Du hast keinen Namen?"

Die Kleine zog die Schultern ein.

„Aber das ist doch nicht deine Schuld", erklärte Sirkus schnell und schob die Krone auf dem Kopf des Mädchens gerade.

„Was hältst du davon", fragte Lajana, „wenn du dir einfach einen Namen aussuchst?"

Das Mädchen blinzelte ungläubig. „Ich selbst?"

„Aber ja." Sie fasste vorsichtig unter ihre Arme und hob sie hoch, setzte sie auf ihre Hüfte. „Du bist doch jetzt eine echte Prinzessin."

„Das stimmt nicht!", hielt die Kleine ungläubig dagegen. „Das glaube ich nicht."

„Darf ich es dir denn zeigen?"

Sie sah Lajana an und griff noch einmal nach der Krone,

die in ihren blonden Locken etwas schief feststeckte. Dann nickte sie.

Lajana sagte die Worte und öffnete ein Portal direkt hinter Sirkus. Das Mädchen starrte fasziniert darauf.

„Zerstört den Spiegel!", wies Lajana die Soldaten an.

„Was?", brüllte der König. „Das könnt ihr nicht tun!"

„Wir können und wir werden", hielt Vidar ungerührt dagegen.

Lajana sah den König noch einmal um. „Ihr müsst ab sofort euer Reich mit euren eigenen, lächerlichen Waffen verteidigen", erklärte sie dabei. „Und ich sorge dafür, dass nie wieder ein göttliches Kind durch dieses Portal geschickt und in diesem Tempel gefangengehalten wird."

Dann hörte sie das Klirren des Spiegels von nebenan. Zufriedenheit durchflutete sie.

Als die Soldaten zurückkehrten, warf sie Vidar einen Blick zu. „Lass uns aufbrechen", sagte sie und schritt, ohne noch länger zu zögern oder einen Blick zurückzuwerfen, durch das Portal.

Sie schloss es hinter Vidar, Sirkus und den Männern und setzte das Mädchen ab.

Lajana kannte den Ausdruck auf ihrem Gesicht; die Faszination und der Unglaube, wenn die göttliche Luft das erste Mal die Haut berührte. Sie sah zu Lajana auf.

„Spürst du es?", sagte sie leise und ging in die Hocke. „Spürst du die Luft deiner Heimat?"

Das Mädchen nickte. „Alles ist so sauber", sagte sie und Vidar lächelte.

Lajana hatte gedacht, dass er mehr Berührungsängste hatte. Doch obwohl sie ihn mit ihrem Vorhaben überrumpelt hatte, war er mehr als ein williger Komplize. Er ging vor dem Mädchen in die Hocke und rückte die Krone gerade.

„Magst du Tiere?", fragte er.

Die Kleine blickte ihn lange an, bevor sie sich traute zu nicken.

„Soll ich dir ein paar von ihnen zeigen?"

Wieder nickte sie und Vidar erhob sich, nahm ihre kleinen Finger in seine große Hand und ging voraus. Lajana und Sirkus wechselten einen Blick und folgten ihnen, die Stufen hinab in den Garten.

Ein Dutzend Hunde und mindestens zwanzig Katzen hoben die Köpfe und als das Mädchen das Gras berührte, sprangen sie alle auf und kamen auf sie zugelaufen.

Sie scharten sich um sie, leckten ihr übers Gesicht und schmiegten sich an ihre kleinen Hände, als würden sie darum betteln, gestreichelt zu werden.

Die Kleine lachte und wusste nicht, ob sie ihr Gesicht schützen oder alle Tiere auf einmal drücken und herzen sollte.

Wieder ging Vidar in die Hocke.

„Die Tiere", sagte er, „haben einem Freund von mir gehört, der sich leider nicht mehr um sie kümmern kann. – Ich habe mich gefragt, ob du das vielleicht übernehmen möchtest."

Sie riss die Augen auf. „Wirklich?"

Vidar nickte. „Wenn du möchtest, dann gehören sie alle dir."

Da brach sich ein Strahlen auf dem Mädchengesicht Bahn, das Lajana die Tränen in die Augen trieb. „Ja, ich möchte. Ich möchte! – Danke! Danke!" Und da fiel sie Vidar kurzerhand um den Hals.

Für einen Moment war er überrumpelt, doch dann erwiderte er die Umarmung sichtlich gerührt. Als sie sich von ihm löste, sah sie ihn forschend an.

„Wie hieß denn der Mann, der sich um die Tiere gekümmert hat?", fragte sie.

Vidar lächelte wehmütig. „Kyros. Er heißt Kyros."

Sie umarmte einen Labrador, der sie bei seinem Schmuseversuch beinah umwarf. „Dann will ich Kyria heißen", erklärte sie und sah zu Lajana auf. „Darf ich das?"

Die Königin konnte ihre Tränen nicht länger zurückhalten und nickte deswegen umso heftiger. Sie lächelte und hauchte: „Ein wunderschöner Name."

ENDE

DANKSAGUNG

An dieser Stelle möchte ich mich von Herzen bei all den Leserinnen und Lesern bedanken, die mich bei meinen Geschichten begleiten, sie mit ihren Stimmen und Gedanken füllen und ihnen Zeit schenken.

Viele von Ihnen sind schon seit einigen Jahren treue Begleiter meiner Bücher und ich danke Ihnen von Herzen!

Ohne Sie alle wäre es mir nicht möglich, meine Ideen in dieser Form weiter auszuschöpfen und auszuführen!

Ein riesengroßes Dankeschön gilt auch Michelle Tocilj von TociljDesgins für dieses wunderschöne Cover, das mich sofort in seinen Bann gezogen hat!

Ganz besonders möchte ich mich auch bei Catarina Sattler und Vanessa Ostiadal bedanken, die nicht nur Leserinnen der allerersten Stunde sind, sondern überdies auch mit der Leitung der Facebook-Gruppe „Steelies“

(https://www.facebook.com/groups/Steelies/)

so viel Einsatz für mich zeigen.

Natürlich bedanke ich mich ebenso auch bei all denjenigen, die innerhalb der Gruppe als Mitglieder alles Wissenswerte rund um Neuerscheinungen und Infos mit so viel Eifer verfolgen.

Außerdem möchte ich mich bei Miriam Reichel bedanken, die mich – immer im Rekordtempo – mit Korrekturen, Anmerkungen und Tipps unterstützt. Auch meinen Testleserinnen Andrea Fitzner, Vanessa Ostiadal und Marion Kroll gebührt mein Dank.

Schon so oft haben mich eure Bemerkungen und Ideen ein riesiges Stück weitergebracht und mir über so manchen Gedankenknoten hinweggeholfen.

Wer noch mehr über meine aktuellen und kommenden Projekte erfahren möchte, findet mich natürlich auf Facebook (https://www.facebook.com/LaraSteelAutorin/), Twitter (@steel_lara) und Instagram (lara_steel_autorin).

Wer mir eine Email schreiben möchte, erreicht mich unter lara.steel.mail@gmail.com

Und zu guter Letzt möchte ich allen „alten“ und neuen Lesern dafür danken, dass Sie mit mir durch den Spiegel der Welten geblickt, das Portal durchschritten und die Liebe und den Kampf an Vidars und Lajanas Seite miterlebt haben.

Wenn es Ihnen gefallen hat, freue ich mich jederzeit über eine Rezension bei *Amazon*, oder natürlich auch über ein Feedback bei *Goodreads*, *Lovelybooks* oder *Leserkanone*.

Ich hoffe, ich darf Sie noch mit vielen Geschichten erfreuen und bedanke mich abschließend nochmals von Herzen!

Ihre Lara Steel

LARA STEEL

c/o **Papyrus Autoren-Club**
Pettenkoferstr. 16-18
10247 Berlin

37453756R00171

Printed in Poland
by Amazon Fulfillment
Poland Sp. z o.o., Wrocław